네버엔딩 스토리

고전시가

■ 지은이 하경숙

1977년 서울 출생으로 선문대학교 인문대학 국어국문과를 졸업하였다. 동 대학원 석·박사 과정을 수료했고, 문학박사이다. 현재 선문대학교의 교양학부 계약제 교수로 재직 중이며, 대림대학교 교양학부에서 강의하고 있다. 저서로는『한국 고전시가의 후대 전승과 변용 연구』가 있으며, 논문으로「고대가요의 후대적 전승과 변용 연구: <공무도하가>·<황조가>·<구지가>를 중심으로」,「<헌화가>의 현대적 변용 양상과 가치」,「악부시 <황조가>의 성립과정과 문예적 특질」,「<공무도하가>의 현대적 변용 양상」,「<정읍사>의 후대적 전승과 변용 양상」,「<서동요>의 후대적 수용 양상과 변용 연구」외 다수가 있다.

네버엔딩 스토리, 고전시가

ⓒ 하경숙, 2014

1판 1쇄 인쇄_2014년 10월 20일
1판 1쇄 발행_2014년 10월 30일

지은이_하경숙
펴낸이_양정섭
펴낸곳_도서출판 경진
　　　　등록_제2010-000004호
　　　　블로그_http://kyungjinmunhwa.tistory.com
　　　　이메일_mykorea01@naver.com

공급처_(주)글로벌콘텐츠출판그룹
　　　　대표_홍정표
　　　　편집_김현열 노경민 김다솜 **디자인**_김미미 **기획·마케팅**_이용기 **경영지원**_안선영
　　　　주소_서울특별시 강동구 천중로 196 정일빌딩 401호
　　　　전화_02-488-3280 **팩스**_02-488-3281
　　　　홈페이지_http://www.gcbook.co.kr

값 15,000원
ISBN 978-89-5996-222-8 93810

※ 이 도서의 국립중앙도서관 출판예정도서목록(CIP)은 서지정보유통지원시스템 홈페이지(http://seoji.nl.go.kr)
　와 국가자료공동목록시스템(http://www.nl.go.kr/kolisnet)에서 이용하실 수 있습니다.
　(CIP제어번호: CIP2014031169)

네버엔딩 스토리
고전시가

하경숙 지음

경진출판

이 책은 우리 고전시가의 다양한 변용과 전승양상을 점검하는 글로 이루어져 있다. 단지 과거의 것이고, 석화되었다고 믿었던 고전시가가 실은 다양한 방법을 통해 지금까지 전달되고 있으며, 그 변용 속에 내재된 가치를 살피는 것은 대단히 의미 있는 작업이다. 이는 2012년에 출판된 『한국 고전시가의 후대전승과 변용 연구』와 연계되는 논의라고 할 수 있다.

디지털의 현실을 살고 있는 대중들에게 고전시가는 그 자체로만 전달되는 것이 아니라 시, 소설, 영화, 뮤지컬과 같은 다양한 장르와의 만남을 통해 우리 선조들이 고전시가를 통해 지향하고자 했던 메시지를 알려 주었으며, 동시에 현대인이 지닌 가치관과 세계관을 알려 주었다. 이에 고전문학을 변용하는 작업은 매우 가치 있는 일이면서 동시에 우리 문학의 나아갈 바를 알려 주는 소중한 과정이다.

여기에 모은 논문들이 우리 고전시가의 가치와 중요성을 드러내기에는 턱없이 부족하지만 고전시가를 새롭게 모색하고 현실에 적절하게 수용하는 과정을 점검함으로써 고전시가가 지닌 의미를 증진시킬 수 있다고 본다. 고전시가는 다양한 목적과 방향을 가지고 생성되어 최첨단의 시대를 살아가는 대중들에게 흥미와 열광을 안겨 주는 살아 있는 생생한 텍스트이다. 디지털의 발달과 **빠른** 문화의 혁명은 대중들로 하여금 공허함과 고독이라는 고질병을 안겨 주었다. 이를 통해 대중들은 그 공허함과 고독을 채우기 위해서 무엇인가를 찾아 나섰고, 이러한 그들에게 가장 큰 위로와 힘을 줄 수 있는 것이 바로 고전문학이라고 할 수 있다. 고전문학은 아이러니하게도 과거 속에 존재하는 것이 아니라 늘 우리의 현실 속에서 살아 숨 쉬면서 가장 현실적인 문제를 조언해 주는 동시에 인간이 지닌 네버엔딩 스토리의 원형을 사실적으로 보여 주기 때문이다.

이 책은 고전시가와 그 배경설화를 중심으로 하여 문학적 전개와 변용 양상을 바탕으로 다양한 장르로의 변용과 그 특질을 살펴보았다. 〈헌화가〉, 〈찬기파랑가〉, 〈도천수대비가〉, 〈호동설화〉, 〈도화녀와 비형랑〉 설화들의 개별 작품이 지니고 있는 실체를 밝히고 수용과 변용의 양상을 살펴서 원전이 지닌 가치를 규명하고자 노력하였다. 대중들이 고전작품의 변용과 수용을 바라보는 관점이나 태도는 무엇보다 현대의 창작자들이 원전을 수용하는 의미나 방법을 중심으로 이루어지고 있음을 알 수 있었다. 다만 그동안 발표한 논문들을 묶으려고 하다 보니 다소 부족한 것들만 눈에 보여서 스스로 부끄러운 마음이 든다. 하지만 앞으로 후속연구를 통해 일관성 있고 체계 있는 논의를 보이겠다고 스스로 다짐하고 용기를 내 본다.

이 연구가 가능할 수 있도록 늘 용기와 격려를 주신 많은 스승들께 감사의 인사를 드린다. 연구를 하는 동안 나는 그 속에서 많은 자유와 행복을 느꼈다. 언제나 한결같이 격려와 배려를 해 준 남편과 우리 가족들에게 감사의 말을 전한다. 그리고 지도교수님이신 ⼗사회 교수님과 모교의 교수님들, 많은 은사님들의 사랑으로 나는 조금씩 학문에 대한 열정을 갖게 되었고, 그 안에서 기쁨을 느낄 수 있었다. 그분들께 행여 누가 되지 않을까 부끄러운 마음 금할 길이 없다.

　무엇보다 이 책을 낼 수 있도록 기꺼이 허락을 해 주신 도서출판 경진 사장님을 비롯하여 출판사 여러분께 감사의 인사를 전하고 같이 작업을 하면서 따뜻한 애정을 보여 주었던 배소정, 김현열 선생께도 감사의 뜻을 전한다.

　마지막으로 건강하고 행복한 삶을 수 있도록 해 주신 하늘나라에 계신 나의 아버지께 기쁨의 뜻을 전하며 늘 변함없는 축복과 헌신으로 내 곁에서 기도해 주시는 사랑하는 나의 어머니께 이 책을 바친다.

2014년 10월
하경숙

목 차

1장

향가 〈헌화가(獻花歌)〉의 공연예술적 변용 양상과 가치

1. 〈헌화가〉의 가치와 특질

문학(文學)은 삶의 모습을 가장 실제적으로 형상화하고 있다. 무엇보다 서사적 줄거리를 지닌 경우 현실의 상황을 가장 사실적으로 반영할 수 있다. 〈헌화가〉는 신라시대의 4구체 향가(說話)로 현재까지 전해지고 있다. 이 노래는 신라 성덕왕(聖德王)때 소를 몰던 신원불명의 한 노인이 강릉태수(江陵太守)로 부임하는 순정공(純貞公)의 아내 수로에게 벼랑 끝의 꽃을 꺾어 바치면서 부른 것으로, 『삼국유사』권2 〈수로부인〉조에 실려서 대중에게 널리 알려진 작품이다.

〈헌화가〉는 『삼국유사』 소재 작품 중에서 다양한 모티프를 지니고 있는 작품으로 설명할 수 있다. 이 노래는 단순히 노옹(老翁)이 젊은 미모의 부인에 대한 연모(戀慕)라고 보기에는 다소 모호한 요소들이 많다. 이는 작품을 분석하기에는 매우 어려운 고도의 상징과 다양한 코드가 작용하여 해석의 어려움을 주는 것으로 판단된다. 이처럼 〈헌화가〉는 무엇보다 규정하기 어려운 성격의 노래로 역사(歷史)·종교 (宗敎)·민속(民俗)·지리(地理)·정치(政治)·심리(心理)·사회(社會)·문화적 으로 연계(連繫)가 되어 그 신비성이 두드러지므로 접근하기에 용이 하지 않다. 그러나 그동안 연구자들은 〈헌화가〉에 대하여 많은 의문 과 논의를 내어 놓았다. 이는 70여 편을 상회하는 논문이 있고, 가요 해독과 관련된 논문까지는 100여 편이 있다는 사실을 통해서 알 수 있다.1)

뿐만 아니라 여전히 〈헌화가〉의 성격에 대해서는 하나로 규정하 는 것은 다소 무리가 있으며 이들은 어느 것도 확정된 것이 없고, 여전히 논쟁(論爭)의 거리가 되는 것도 사실이다. 그러나 〈헌화가〉 에 대한 연구는 다양한 범위에서 활발하게 이루어지고 있다. 〈헌화 가〉는 그 모호한 사연에 비하여 『삼국유사』 소재의 설화 중에서 가 장 흥미롭고 신비로운 작품으로 손꼽히면서, 대중들에게 지속적으 로 전달되고 있다. 또한 최근에는 다양한 콘텐츠로의 활용을 통하 여 대중들에게 호응을 얻고 있는 것으로 보여 진다. 이처럼 〈헌화 가〉는 단순히 향가로만 설명되는 것이 아니라 다양한 장르로의 변 용을 통하여 대중들에게 삶의 방향과 가치를 전달하고 있다. 시공

---

1) 임기중, 『고전시가의 실증적 연구』, 동국대학교 출판부, 1992; 윤영옥, 『신라시가의 연 구』, 형설출판부, 1982; 박노준, 『신라가요의 연구』, 열화당, 1982; 김학성, 『한국고전 시가의 연구』, 원광대학교 출판국, 1980; 김광순, 〈헌화가〉, 김승찬, 『향가문학론』, 새 문사, 1989; 최철, 『향가의 문학적 해석』, 연세대학교 출판부, 1990; 성기옥, 「〈헌화가〉 의 신라인의 미의식」, 『한국고전시가작품론』 1, 집문당, 1992; 김사엽, 『향가의 문학적 연구』, 계명대학교 출판부, 1979; 윤경수, 「헌화가의 제의적 성격」, 『향가 여요의 현대 성 연구』, 집문당, 1993; 예창, 「〈헌화가〉에 대한 시론」, 한국시가문학연구, 『백영 정병 욱 선생 환갑기념논총』 2, 신구문화사, 1983; 신영명, 「〈헌화가〉의 민본주의적 성격」, 『어문론집』 37권, 민족어문학회, 1998; 현승환, 「〈헌화가〉배경설화의 기자의례적 성격」, 『한국시가연구』 12집, 2002; 이승남, 「수로부인은 어떻게 아름다웠나: 『삼국유사』, 〈수 로부인조〉의 서사적 의미소통과 〈헌화가〉의 함의」, 『한국문학연구』 37집, 동국대학교 한국문학 연구소, 2009; 유경환, 「〈헌화가〉의 원형적 상징성」, 『새국어교육』 63권, 한 국국어교육학회, 2002; 신현규, 「〈수로부인조〉 수로의 정체와 제의성 연구」, 어문논집 32집, 중앙어문학회, 2004.

을 극복하여 문화적 환경이 변화하고 급속한 매체의 발달에도 불구하고 〈헌화가〉는 그 내용이 축소(縮小)되거나 소멸하는 것이 아니라 오히려 변화에 민감하게 적응하여 주제가 확장되고 그 위치를 견고하게 만들었다.[2]

본고에서는 〈헌화가〉의 의미 양상을 살피고, 공연예술(公演藝術)로서 활용(活用)과 변용(變容) 양상을 점검해 보고자 한다. 그리하여 향가 〈헌화가〉의 의미를 명확하게 규정하는 동시에 원전의 가치와 위상을 살펴보고자 한다.

2. 〈헌화가〉의 의미 양상

문자(文字)화가 완전한 정착을 이루지 않았을 때 기록될 수 없었던 역사적 가치나 의미는 대체로 문학적 변이(變移)를 통해서 사람들에게 전달되었다. 향가 역시 오랜 세대에 어우러져 사람들의 입에서 입으로 전달되었다. 이는 오히려 역사의 기록보다 한층 더 당대(當代) 사회를 진단할 수 있는 계기가 되기도 한다. 『삼국유사』에 수록된 사료(史料)는 많은 부분이 상징과 비유로 되어 있고, 추상적인 사고 지평, 일상어 사용 및 시(詩)나 향가(鄕歌), 찬(讚)과 같은 운문(韻文) 등, 문학적 언술방식의 특징을 지니고 있다.[3] 이로 미루어 본다면 『삼국유사』 소재의 설화나 문학적 장치들은 모두 시대적 상황이나 문학적 의미를 염두에 두고 있다는 것이 판단되며 이들과 불가분(不可分)의 관계라고 추측할 수 있다. 그런 측면으로 〈헌화가〉

---

2) 하경숙, 『한국 고전시가의 후대 전승과 변용 연구』, 보고사, 2012, 217쪽.
3) 강명혜, 「삼국유사의 언술방식」, 『온지논총』 28권, 온지학회, 2011, 118쪽.

와 관련된 〈수로부인〉조는 표면적(表面的)으로는 노인의 염정(艶情)이라는 사건으로 볼 수 있고, 또한 규정되지 않은 인물, 사건 등으로 구성되면서 이야기를 전개하고 있는 듯하지만 실은 어떤 중요한 교훈(教訓)과 가치(價值)를 담고 대대(代代)로 전달되는 이야기담(談)으로 설명할 수 있다.4) 〈수로부인〉조에는 〈헌화가〉와 그 배경설화만 수록되어 있는 것이 아니라 〈해가(海歌)〉도 함께 수록되어 있다. 향가 〈헌화가〉 역시 다른 노래와 마찬가지로 오랜 시간동안 구비(口碑)전승되면서 유동(流動)과 적층(積層)을 통해서 대중들에게 전달된 작품이다. 향가 〈헌화가〉 역시 다른 시가(詩歌)들과 마찬가지로 설화를 바탕으로 이해를 증진할 수 있다. 이 노래는 설화를 통해서 전달되고 있고, 설화의 일부분으로 향유되고 있다. 향가의 배경설화 혹은 배경담으로 불리어 온 『삼국유사』의 서사문맥은 단순히 향가의 창작 배경만이 아니라 향가의 전승 과정과 작가의식, 편찬자의 시각 등 다양한 정보를 포함하고 있다.5) 수로부인 이야기는 당시 성덕왕(聖德王)대와 결코 무관하지 않은 이야기이며, 당시의 시대적인 상황을 짐작할 수 있다. 대외적으로 매우 혼란한 시기에 백성들의 생활의 어려움으로 인하여 국가에서는 민심수습(民心收拾)과 구휼(救恤)의 필요가 있었다. 그러한 상황을 극복하기 위해서 수로부인과 순정공 일행이 명주(溟洲)로 부임해 가는 과정에서 산천을 지나면서 제의(祭儀)를 행하였다는 것이다. 또한 제의의 목적은 혼란한 시기의 백성들의 구휼과 민심의 수습의 한 방책이었고 이 이야기는 이후에 정치적인 영향력으로 인하여 그 본래의 의미와는 다

---

4) 강명혜, 「단군설화 새롭게 읽기」, 『동방학』 13집, 한서대학교 부설 동양고전연구소, 2005, 10쪽.

5) 서철원, 「삼국유사 향가에서 수용의 문맥과 서정주체」, 『한국문학이론과 비평』 제37집, 한국문학이론과 비평학회, 2007, 29쪽.

르게 다루어졌을 것으로 추측하게 한다.6) 헌화가는 세속적인 애정의 세계를 읊은 서정(抒情)가요, 주술적 제의와 관련된 무속(巫俗)적 노래, 또는 불교(佛敎) 수행과 관련된 선승의 노래로 보는 해석에 따라 어느 정도 일정한 해석의 방향성을 지닌다.7) 한편 〈헌화가〉는 다산(多産)과 풍요(豊饒)를 기원하는 주술(呪術)적 성격을 지니고 있는데, 여기에는 양물(陽物)로 상징되는 남성성과 그것을 받아들여 수태(受胎)할 수 있는 여성성의 모의적인 결합 행위라는 성기신앙(性器信仰)의 상징체계가 내재되어 있다고 말할 수 있다.8)

〈헌화가〉의 배경설화인 〈수로부인〉조의 내용을 요약하면 다음과 같다.

성덕왕 때 순정공이 강릉태수(지금의 명주)로 부임하는 도중에 바닷가에 가서 점심을 먹었다. 그 곁에는 바위 봉우리가 병풍처럼 둘러쳐서 바다를 굽어보고 있는데, 높이는 천길이나 되는 그 위에는 철쭉꽃이 활짝 피어 있었다. 공의 부인 수로가 이것을 보더니 좌우 사람들에게 말했다. "누구 꽃을 꺾어다가 줄 사람은 없는가." 그러나 종자들은, "그곳에는 사람의 발자취가 이르지 못하는 곳입니다."하고 아무도 안 되겠다 했다. 그 곁으로 한 늙은이가 암소를 끌고 지나가다 부인의 말을 듣고 그 꽃을 꺾어 와서는 또한 가사를 지어 바쳤다. 그 늙은이는 어떤 사람인지 알 수 없었다.

— 『삼국유사』 〈수로부인〉조9)

6) 김병권, 「제의성을 통한 〈헌화가〉와 〈해가〉의 연구」, 단국대학교 석사논문, 2002, 59쪽.
7) 성기옥, 「〈헌화가〉와 신라인의 미의식」, 『한국고전시가 작품론』1, 집문당, 1992, 55~72쪽.
8) 구사회, 「헌화가의 자포임호의 성기신앙」, 『국제어문』38집, 국제어문학회, 2006, 218쪽.
9) 聖德王代, 純貞公赴江陵太守, 今溟州, 行次海汀晝饍. 傍有石嶂, 如屛臨海, 高千丈, 上有躑躅花盛開. 公之夫人水路見之, 謂左右曰, 折花獻者其誰, 從者曰, 非人跡所到.皆辭不能.傍有老翁牽牸牛而過者, 聞夫人言, 折其花, 亦作歌詞獻之, 其翁不知何許人也.

한편으로는 다양한 문학적 비유와 코드로 점철된 이 설화는 당대의 사회문화적 상황을 고려해 보면 그저 신비스런 이야기가 아니라 당시의 삶의 모습을 드러내 준다고 볼 수 있다. 〈헌화가〉는 신라 성덕왕 때 지어진 것으로 추정(推定)하는데, 현존 향가를 보면 다양한 목적으로 창작된 것이기 때문에 개인에 의하여 독창적으로 지어진 것으로 보기에는 다소 무리가 있고 집단이나 의례(儀禮)에서 가창된 사실을 짐작 할 수 있기 때문에 그 정확한 창작시기를 알기 어렵다.10)

향가 〈헌화가〉는 신라시대부터 현대에까지 끊임없이 불리어지고 있는 노래이다. 또한 많은 신라 향가 작품 중에서 그 성격이 규명되지 않은 노래임에도 불구하고 유독 최근에 이르러서 많은 변용이 이루어지고 공연되고 있다는 사실은 간과하기 어려운 것이다. 이것은 단순히 신라 당대의 생활상과 변모상(變貌狀)만을 추측할 수 있는 부분이라고만 하기에는 다소 무리가 있는 것으로 해석할 수 있다. 이는 현대에까지 지속적으로 전승(傳承)되는 작품을 통해 우리는 문학작품 속에서 여러 세대를 이어오면서 그 소재의 선호도나 의미가 변화되고 있음을 알 수 있고 다른 한편으로는 우리 민족의 전반적인 삶이 녹아 있다고 할 수 있다.

3. 〈헌화가〉의 공연 양상

이전부터 전승되었던 이야기는 공연의 특성에 맞게 내용이나 전달의 방식을 사용하여 수용자의 정황(政況)에 적합하게 표현하는 것을 강조하고 있었다. 현대에 이르러서는 〈헌화가〉의 소재를 바탕으

---

10) 최철, 『향가의 문학적 해석』, 연세대학교 출판부, 1990, 29쪽.

로 기존의 전형적(典型的)인 해석의 틀에서 벗어나서 합리적인 해석을 시도하고 있다. 새로운 이야기는 과거의 이야기들 중에서 유사 모티프를 반복하거나 전복(顚覆)하는 작업을 통해서 이루어지고 있다. 『삼국유사』에 대한 문화콘텐츠의 관심은 그 어느 때보다 뜨겁다. 2012년 『삼국유사』의 다섯 가지 이야기를 테마로 국립중앙극단에서 공연되었는데, '조신지몽'을 다룬 〈꿈〉, '수로부인'을 다룬 〈꽃이다〉, '처용가'를 다룬 〈나의 처용은 밤이면 양들을 사러 마켓에 간다〉, '김부대왕'을 다룬 〈멸(滅)〉, '도화녀와 비형랑'을 다룬 〈비형랑과 길달〉로 구성되었다.11) 이 작품들은 모두 원전(原典)을 충실히 재현하기보다는 창작자들의 의도와 목적에 따라 주제나 작품의 성격이 새롭게 설정되었다. 이들의 창작배경을 살펴보면 현실과의 연계성 속에서 욕망(慾望)의 대상이 된 여성을 다루려고 한다는 점을 눈여겨 볼 수 있다.12) 문학작품의 변용은 우리의 경험을 새로운 인식과 결합하여 새로운 상황으로 변이(變異)되는 것처럼 과거에 만들어진 문학작품의 가치는 당대에 새롭게 창조된 미적 체계와 결합하여 만들어진 현상으로 볼 수 있다. 장 보드르야는 현실과 유사한 상황을 창조하는 인간의 가상적 행위를 시뮬라시옹이라는 말로 정의한 바 있다. 진짜보다 더 진짜 같은 가상의 세계는 파생(派生)의 실제인 것이다. 13) 향가 〈헌화가〉를 공연예술로 변용한 작품들을 살펴보면 수로부인과 관련된 배경설화가 매우 인간적이고 현실적이라는 것을 이야기해 주고 있다.

---

11) 표정옥, 「불교 감성교육의 텍스트로써 『삼국유사』의 비판적 상상력과 창의성 연구」, 『선문화연구』 13집, 한국불교선리연구원, 2012, 309쪽.
12) 표정옥, 「『삼국유사』 스토리텔링의 문화콘텐츠 생성 욕망과 신화적 독서의 생산성 연구」, 『동방학』 27권, 동양고전연구소, 2013, 14쪽.
13) 장 보드리야르, 하태환 역, 『시뮬라시옹』, 민음사, 2007, 50쪽.

1) 연극 〈꽃이다〉

연극 〈꽃이다〉는 국립극단의 『삼국유사』 프로젝트 두 번째 작품으로 2012년 9월 21일에 공연되었다. 이 연극을 통해서 무엇보다 작가의 독특한 상상력과 아울러 연출의 힘이 결합되어 대중들로 하여금 새로운 시각으로 신라시대 설화를 만나볼 수 있게 하였다. 연극 〈꽃이다〉는 〈에비대왕〉으로 알려진 홍원기 작가와 〈헤다가블러〉를 연출한 박정희 연출이 만나 함께 무대에 올린 연극이다. 설화의 판타지와 역사가 만나 흥미로운 정치극(政治劇)을 만들어 낸 것이다.

이 연극의 작가는 『삼국유사』에 나와 있는 당시 신라의 정치적 상황을 기반으로 하여 수로부인 설화를 결합시키는 방식을 사용하여 새로운 스토리를 전개하였다. 줄거리는 다음과 같다. 수로부인을 대동하고 강릉 태수로 부임하는 순정공의 행차 대열(隊列)을 마을 아낙네들이 길에 누워 인간 사슬을 형성해 막아서는 장면에서부터 시작된다. 무당(巫堂) '검네'를 중심으로 한 마을 아낙네들은 성벽 축조공사에 징발된 장정들을 내놓으라고 연좌농성을 한다. "가뭄으로 굶어죽다 살아나 이제 겨우 농사를 시작하는데 남정네를 모두 징발해 가니 도저히 살아갈 수 없다"는 아낙들의 주장에 순정공은 "전쟁 나면 여기 변방부터 당해. 애, 어른 할 것 없이 다 죽어. 아낙들은 그것들 씨받이 되고"라며 맞선다. 민중의 생존권(生存權)과 순정공으로 대변되는 국가의 통치논리가 정면으로 충돌하는 셈이다. 작품의 극적 요소는 농성사태가 해결의 실마리를 찾지 못하는 가운데 수로부인이 아름다운 자태로 모두를 압도하며 정치력을 발휘하기 위해 나서는 부분이다. 그러나 돌발적인 상황이 발생한다. 남자들을 돌아오도록 하기 위해 바다 용(龍)에게 제사를 지내야 하는데 제물(祭物)로 마을에서 가장 아름다운 처녀 '아리'가 선택된 것이다. 자기보다 더 아름답다고 하는 처녀가 나타나면서 수로부인은 그 질투심이 극에 달하고 그는 아리 대신 자신이 용각시가 되겠다고 나선다. 그러나 수로부인은 아리가 제사를 주관하는 무당 검네의 친딸이라는 사실을 알게 되고 마음에 큰 동요가 일어난다. 결국 수로부인은 남편 순정공의 입장과 달리 징발된 장정들을 풀어주어야 한다는 주장을 하기에 이른다. 극은 수로부인에게 깨달음을 일깨워준 노인이 살해되고, 순정공은 끝내 장정들을 아낙네들에게 되돌려 주지 않은 채 농성(籠城)을 해제한 후 갈 길을 재촉하면서 마무리된다.

그 과정에 신라 시대 지배계층의 통치 논리, 권력 내부의 세력다툼, 이념 대립, 외세에 대한 시각, 출신에 따른 차별, 혁명의 기운, 화랑 등을 포함한 지배계층에 대한 민중들의 저항의식 등이 현대 사회의 정치 상황을 설명하듯 여러 등장인물의 모습을 통해서 형상화한다. 무엇보다 이 연극에서는 수로부인을 원 텍스트에서의 해석과는 다른 방식으로 설명하고 있다. 수로부인은 자신의 미모를 탐한 용(龍)에게 납치당하는 것이 아니라, 오히려 정치(政治)적 의도를 품고 스스로 용의 제물이 되는 것으로 설정하여 극의 전개가 이루어진다. 또한 수로부인 외에도 많은 인물들을 등장시키는 작업을 통해 연극 〈꽃이다〉에서는 새로운 등장인물들의 가능성과 스토리 전개의 개연성과 힘을 실어서 보여 주고 있다. 이 연극에서는 등장인물들을 섬세하게 묘사하여 다양한 인간 군상(群像)의 존재를 알려 주는 한편 연극에서 주제를 확장하는 방법을 사용하여 그 의미를 상세히 하고 있다. 연극 〈꽃이다〉는 수로부인을 중심축으로 하면서 대립인물로 '검네'라는 인물을 등장시키는데 이는 스토리 전개에 흥미를 부여하는 요소로 작용한다. 검네는 민중들의 괴로움과 반항을 대변하는 샤먼(Shaman)의 역할을 수행하고 수로부인은 순정공의

권력을 대변하는 인물로 등장한다.14)

이 작품에는 형식상 여러 특징이 있다. 그 중 하나는 직사각형의 수로(水路)로 둘러싸인 무대가 동해안의 해변 마을이 공간배경이라는 점과 용신에 대한 제사 등의 이미지를 시각적으로 부각시킨 것이다. 많은 숫자의 동심원이 새겨진 무대 뒤 철판에 등장인물들이나 물의 그림자를 비춰내도록 해 몽환적(夢幻的)인 느낌을 강화한 무대 연출도 눈길을 끈다. 극의 긴장감을 고조시키기 위한 장치로 북과 종을 비롯해 다양한 효과음을 내는 워터폰(waterphone)15)이라는 악기와 독특한 타악기들이 별동대 대원 역을 하는 코러스 배우들에 의해 연주된다. 신라시대를 배경으로 한 사극이지만 등장인물들의 대사와 어투는 매우 유머러스하고 현대적이다. 대사를 길게 늘어뜨리지 않고, 툭툭 끊어낸다. 수로부인의 대사 "누가 저 꽃을 꺾어다 주겠소?"는 "저 꽃 꺾어다 줄 사람 누구?"로 잘라낸다. 다른 일반 역사극과는 달리 수로부인을 비롯하여, 검네·아리·넙이 등 여성 등장인물들이 중요한 역할을 하는 것도 특이하다.16) 연극 〈꽃이다〉는 신라시대의 이야기를 담고 있지만, 오늘의 현실을 살아가는 서민들의 애환과 정치인들의 복잡다단한 정치적 갈등을 자연스럽게 연계하여 보여 준다. 배우들이 주고받는 독특한 말투의 대사들도 이 연극의 흥미를 가져오게 하는 하나의 요소이다. 또한 수로부인을 되찾기 위해 민중의 힘이 모여지는 것과 수로부인을 권력의 축으로 설정하여 민중의 생존권과 통치논리의 충돌을 사실적으로 보여 주고 있다. 이에 현실과 상상을 통한 몽환적인 세계는 관객들

---

14) 김슬기 편집, 『삼국유사 프로젝트』, 재단법인 국립극단, 2013, 136~137쪽.

15) 리처드 워터(Richard Water)라는 사람이 만든 악기로 워터 하프라고 한다. 통 안에 물을 넣어서 소리를 내는 방식으로 공포영화나 게임에서 음향 효과를 낼 때 주로 사용한다.

16) http://www.yonhapnews.co.kr/culture/2012/10/01/0901000000AKR20121001000500005.HTML

로 하여금 연극의 매력을 느끼게 한다. 아울러 설화의 판타지와 역사적 사실이 엮어져 팽팽한 극적 전개를 보여 준다. 이 연극에서 관객들은 수로와의 대결관계, 수로를 둘러싼 인물의 긴장감 넘치는 힘의 대결과 모험이 반전을 이로는 사실을 통해 흥미를 느끼는 한편 관객들이 삶에 대한 근원적인 물음을 깨닫게 해 준다.

2) 영화 〈은교〉

2012년에 개봉된 정지우 감독의 영화 〈은교〉는 세련된 영상미로 인물들의 감정선(感情線)을 섬세하게 그려 낸 영화이다. 완성도 높은 연출은 개봉 전부터 대중들의 화제를 모은 배우들의 노출 수위와 파격적인 소재를 단번에 서사의 뒤편으로 보내는 데 성공했다.

소설가 박범신의 동명 원작 『은교』를 스크린으로 옮긴 이 영화는 70대 노시인(老詩人) 이적요와 그의 제자 서지우, 싱그러운 관능미(官能美)를 지닌 채 이들을 흔드는 17세 소녀 한은교의 이야기다. 극중 세 인물들이 이루는 삼각관계는 복잡 미묘한 맥락을 품고 극을 전개하고 있다. 또한 은교를 향한 두 남성의 열망(熱望) 못지않게 심도 있게 다뤄진 것은 이적요와 서지우의 애증관계이다. 영화의 원작은 이적요의 죽음을 시작으로 시인과 서지우의 글들을 병렬적으로 교차시켰다. 반면 영화는 순차적인 진행으로 인물들의 감정선을 물 흐르듯 자연스럽게 배열했다. 원작에서 이적요의 눈으로 묘사된 몇 장면들은 제3의 시점을 차용(借用)한 영화를 통해 새롭게 재구성됐다.

은교가 엄마로부터 처음으로 선물 받은 거울을 바위 아래로 떨구고 이적요가 위험을 무릅쓰고 이를 줍는 장면이 대표적이라고 할 수 있다. 소설에서 거울을 줍는 이적요의 행위는 은교를 향한 맹목적인 감정과 서지우에 대한 경쟁 심리를 동시에 보여 준다. 그러나 영화는 거울을 줍기 위해 위험한 걸음을 하는 적요와 이를 지켜보는 지우의 모습 뒤로 다소 빠른 템포의 음악을 삽입하는 과감함을 발휘했다. 이는 서로를 견제하는 적요와 지우의 신경전과 아울러 그 진지함은 예상 밖의 웃음을 만들면서 극에 활력을 더한다. 영화 〈은교〉의 원작소설 『은교』에서 이적요와 서지우가 올라간 산 정상에서 서지우가 은교의 손거울을 절벽에 떨어뜨리게 되는 부분은 향가 〈헌화가〉를 형상화하고 있다. 은교는 "엄마에게 선물을 받은 안나수이(Anna Sui) 거울"이라며 울상을 짓는다. 서지우는 "그깟, 손거울. 내가 사줄께"라며 대수롭지 않게 여기지만 은교는 "똑같은 것을 사도 똑같지 않아요"라며 표독스럽게 이야기한다.[17] 이때 이적요가 사오 미터 됨직한 위험한 절벽을 아슬아슬하게 내려가 은교의 거울을 주면서 이적요는 〈헌화가〉를 외운다. 이 장면을 통해 〈헌화가〉를 연상할 수 있다. 미묘한 감정과 사안들을 욕망이라는 화두(話頭)를 중심으로 풀어 나가고 있다.

부대설화에서 늙은 노옹이 수로부인에 대한 규정하기 어려운 애정과 신비스러우면서도 다소 감상적인 태도를 보이는 것에 반하여 영화 〈은교〉에서의 노옹이라고 볼 수 있는 이적요는 적극성과 구체성을 갖는 인물로 보이고 있다. 기존의 문화적 담론에 의하면 노인들은 두 가지 유형으로 생산(生産)능력을 상실한 잉여적(剩餘的) 존재로 죽음을 강요받는 부정적 존재, 노인의 기억이나 경험·부를 인정하여 능력자로 받아들이는 긍정적인 존재[18]로 볼 수 있다면 영화 〈은교〉에서는 젊음에 대한 동경과 규정할 수 없는 관계에 대한 미묘한 사안

---

17) 박범신, 『은교』, 문학동네, 2010, 320~321쪽.
18) 이은경, 「죽음과 노년에 대한 문학적 연구: 김태수 희곡작품을 중심으로」, 『드라마연구』 제36호, 드라마학회, 2012, 140쪽.

들을 중심으로 적극성을 띠는 새로운 노인형을 보여 주고 있다.

또한 영화 〈은교〉를 통해 다양한 욕망을 지닌 인물의 단상(斷想)을 보여 주면서 현실의 세태를 진단하여 보여 주고 있다. 그동안 양지(陽地)위로 떠오르지 않고 음지(陰地)에서 곪아 가고 있던 한국사회가 가진 현 세태의 모습을 매우 사실적으로 보여 준다. 노인의 성적(性的)욕망과 메커니즘(mechanism), 청소년 성(性)매매, 작품 대필(代筆) 등을 통해 항상 가려져 있던 현대인이 지닌 삶의 단면을 실제적으로 그려 내면서 현시대 대중의 태도와 현실에 대한 반성(反省)을 유도하고 있다. 뿐만 아니라 이 영화를 통해 현재 우리사회는 인간 존엄의 가치가 전도된 세상으로 규정하면서 우리를 가두고 있는 것은 결국 사회적 제도가 아니라 대중이다. 또한 고립(孤立)을 통해 안정을 추구하고 무의미한 가치와 수동적인 삶에 익숙해진 우리 자신의 문제라는 것을 강조하고 있다. 또한 인간으로서의 가치를 박탈당한 비극적이고 부조리한 현실에서 벗어나서 서로 간의 소통을 통해서 삶의 의미를 되찾고 소외와 고립된 생활로부터 벗어나는 것이 현대인에게 주어진 과제라는 것을 시사해 준다.[19] 이를 통해 복잡한 현재를 살아가는 대중들에게 욕망의 가치를 파악하게 하는 한편 우리가 처한 현실에 대한 적극적인 해결방안을 마련하기 위해서는 무엇보다 실천적 방안이 필요하다는 것을 말해 준다. 또한 욕망으로 인한 현실의 소외와 불행을 벗어나기 위해서는 무엇보다 실천적 용기와 적극적인 의지의 필요성을 주지시켜 준다. 대중은 이러한 현실을 외면하고 부정할 것이 아니라 최선을 다해서 살아가야 하며, 진정 우리에게 필요한 삶의 태도와 반성이 필요하다는 것을 설명해 준다.[20]

---

19) 김영지, 「'소외'의 감옥에 갇힌 현대인들: 원고지와 동물원 이야기를 바탕으로」, 『동서비교문학저널』 제24호, 한국동서비교문학학회, 2011, 35쪽.

3) 뮤지컬 〈수로부인〉

뮤지컬과 문학(文學)은 같은 줄거리를 다루는 매체이지만 그 표현 양식이나 제작방식은 전혀 다르다. 뮤지컬은 보는 이야기지만 서사는 읽는 이야기이다. 뮤지컬은 구체적이고 현실적이며 객관적인 영상으로 이야기하는 데 비하여, 서사는 관념적이고 은유적이며 주관적인 심적 환기작용을 이용해 이야기하고 있다.[21] 뮤지컬 〈수로부인〉 역시 서사를 바탕으로 전달되고 있다.

뮤지컬 〈수로부인〉은 '말괄량이'의 모습을 한 캐릭터를 주인공으로 내세워서 2011년 8월 7일 인각사(麟角寺) 학소대에서 공연되었다. 뮤지컬 〈수로부인〉은 〈손순매아(孫順埋兒)〉와 〈단군〉에 이어 인각사에서 주관하는 세 번째 작품으로『삼국유사』를 소재로 한 뮤지컬이다. 인각사는 일연(一然)이 머물면서『삼국유사』를 저술한 사찰로 유명한 곳이다. 그런 의미에서『삼국유사』의 가치[22]를 재조명하기 위하여 사찰(寺刹)에서는 공연예술인 뮤지컬을 선택해서 대중들의 시선을 모으고자 했다.

뮤지컬 〈수로부인〉은 인각사의 주지(主持) 도권 스님이 직접 대본을 쓰고 작사를 했다. 틈틈이 대본을 쓰면서 공식적인 오디션을 통하여 대구지역의 유능한 배우들을 선발했다.[23] 벼랑에서 꽃을 꺾는

---

20) 하경숙, 「〈공무도하가〉의 현대적 변용 양상」, 『동양고전연구』 제43권, 동양고전학회, 2011, 105쪽.

21) 유육례, 「〈서동요〉의 현대적 변용」, 『고시가연구』 21집, 한국고시가문학회, 2008, 251쪽.

22) 한국에서는 일연의 불교적인 저작에 의해 한국의 신화가 보존되어 한국서사문학의 역사적 전개에 절대적 영향을 주었다는 사실은 이미 학자들에 의해 크게 긍정되었다(정상균, 『한국중세서사문학사』, 아세아문화사, 1972, 98쪽).

23) 수로부인'으로 분(分)한 주연배우 권미희는 가야금 산조 및 병창 전수자다. 수로부인을 위해 꽃을 꺾어 바치는 '견우옹'은 조성진 마임씨어터 빈탕노리 대표가, 수로부인의 연인인 '순정'은 고봉조 경산1대학 방송연예과 외래교수가 맡았다. 노래패 '시노래풍경'에서 활동하는 백진우가 곡을 썼고, 무용은 김나영 아리무용단이 맡았다. 유자효 시인

장면을 연출하기 위해 실경(實景)을 활용하여 원 텍스트를 충실히 재현하기 위하여 노력하였다. 학소대 절벽을 무대로 삼아서 공연이 이루어졌다. 도권 스님은 수천만 원의 비용과 그에 값하는 발품을 팔아 가면서 공연을 준비하였고, 그 열정을 바탕으로 성공리에 이루어진 작품이다. 뮤지컬 〈수로부인〉에서는 무엇보다 고대의 남녀평등(男女平等)을 재조명하는 방식을 사용하는 것에 의미를 부여할 수 있다. 그리하여 우리의 관념 속에만 존재하던 고대인의 생활상을 실제적으로 확인할 수 있게 하여 재미를 부여하였다.

또한 이 뮤지컬은 원 텍스트와 마찬가지로 신라 제33대 성덕왕 당시 강릉태수 순정공의 아내 수로부인과 얽힌 이야기를 모티브로 삼아서 공연하였다. 무엇보다 삼국통일 이후 유교(儒敎)를 통치이념으로 삼으면서 퇴색했던 고대 신라(新羅)의 남녀평등 사상을 재조명해서 관심을 모았다. 극중의 수로(水路)는 화랑이 되기를 꿈꾸는 말괄량이로 그려지고 있다. 미인으로 이름난 수로를 얻고자 무수한 장정들이 경합을 하고 결국 순정과 수로가 혼인(婚姻)을 하지만 순정은 유교(儒敎)이념을 강요하고 수로는 고대의 남녀평등을 주장하면서, 조건과 결합하는 현실세계의 결혼으로 고민하는 수로의 모습을 보여 준다. 유교이념을 강요하는 순정과 남녀평등을 굽히지 않는 수로의 신경전을 보이면서 아울러 이상과 현실 사이에서 번민(煩悶)하는 수로의 내면(內面)을 해학적인 서술로 담았다. 뮤지컬 〈수로부인〉에서 보여 주는 수로부인은 유교의 가치관을 따르지 않으면서 자기주장이 뚜렷한 여성의 모습을 그리고 있다. 그러나 한편으로는 내면의 순수한 사랑을 꿈꾸는 여성상으로 그려 내고 있다.[24]

이 작사가로 참여했고, 음악은 백진우 재즈밴드가 '라이브'로 연주하였다.
24) 뮤지컬 〈수로부인〉, 《불교신문》, 2011년 7월 30일, 2740호.

향가 〈헌화가〉가 변용된 뮤지컬 〈수로부인〉은 원 텍스트가 지니고 있는 주제적 상황을 그대로 이행하기 보다는 그동안 부각되지 않았던 남녀평등사상과 민족의식의 고취라는 확장된 주제를 보여 주기 위하여 노력하였다. 또한 배경설화를 바탕으로 작품에 새로운 이야기를 접목하는 것은 대중들로 하여금 큰 호응을 얻게 하는 요소로 작용하였다. 뮤지컬 〈수로부인〉에서는 기존의 원 텍스트가 지니고 있던 다소 모호하고 규정하기 어려운 인물을 지금의 현실의 상황과 연계하여 재해석하는 노력을 보여 주었고, 능동적이고 적극적인 인물형을 표현하고 있다. 이런 상황에서 뮤지컬 〈수로부인〉은 원 텍스트의 시공을 충실하게 재현하는 한편 노옹과 수로부인의 모호한 애정문제에 집중하는 것이 아니라 그들이 지니고 있던 실제적인 삶의 양태와 관심을 현대인의 시각에 맞게 적절하게 배열하고 있다. 또한 뮤지컬 〈수로부인〉은 그동안 대중들이 인지하지 못했던 신라인의 남녀평등사상과 민족의식을 함양할 수 있는 계기로 작용하여 대중들에게는 신선한 감동을 주고 있다.

향가 〈헌화가〉를 모티프로 삼아서 공연한 연극 〈꽃이다〉, 영화 〈은교〉, 뮤지컬 〈수로부인〉은 원전이 지닌 주제를 그대로 형상화하기보다는 그동안 문학사(文學史)에서 깊게 다루지 부분에 더욱 관심을 보이고 있다. 무엇보다 현실에 대한 지극한 관심과 다양한 인간형(人間型)에 대한 관심으로 시선을 돌리고 있다. 그러나 〈헌화가〉를 모티프로 삼아서 공연예술로 재현한 작업은 무엇보다 작품의 새로운 스토리라인을 구축하여 대중으로 하여금 작품에 대한 공감(共感)과 이해(利害)를 느끼게 하려는 적극적인 노력을 하고 있다는 점에서 높이 평가할 수 있다.25) 그러나 이들이 모두 원전에서 벗어난 작품의 구현

---

25) 하경숙, 「〈헌화가〉의 현대적 변용 양상과 가치」, 『온지논총』 32권, 온지학회, 2012, 191쪽.

이 아니라 원전을 기반으로 하여 철저한 이해를 바탕으로 새로운 시각과 가치로 재구성하려는 노력을 보이고 있는 것이다.

4. 〈헌화가〉의 공연예술적 가치와 의미

최첨단 시대를 살고 있는 현대의 대중들은 합리적 사고와 실용적 기술의 발달로 인하여 자연계의 모든 현상을 객관적이고 실증적으로 파악하고자 시도하고 있다. 그래서 흔히 우리가 피안(彼岸)의 세계나 환상(幻像)의 것, 혹은 미신이라 불리는 것들을 우리의 사고에서 배제하였다. 문학의 소재는 표현의 매개(媒介)가 된다. 언어라는 추상적인 매체에서 보다 직접적이고 자극적인 영상매체로 전환된다. 무엇보다 공연예술을 통해 언어의 추상성을 배제하고 구체적인 이미지로 변화하기 시작한다.26) 무엇보다 공연예술은 영화와 라디오, TV에 밀려 급격히 위축된 모습을 보이고 있었기 때문에 대중성(大衆性)의 문제는 모두가 풀어야 할 중요한 화두로 남아 있었다.27) 그러나 지나친 수익창출(收益創出)이라는 민감한 사안은 무엇보다 최대한 대중들의 호응을 얻어야 하는 데 목적을 두다보니 원전에 충실하기보다는 흥미위주로 취사선택하여 심각한 왜곡(歪曲)의 오류를 보여 주기도 한다. 향가 〈헌화가〉의 배경설화가 되는 〈수로부인〉을 모티프로 한 연극과 영화는 현대의 창작자들이 설화를 새롭게 재창조하여 참신하게 해석을 하려는 노력을 보이고 있다. 설화

---

26) 김혜정, 「고소설 『설공찬전』의 현대적 변용 양상 연구」, 서경대학교 석사논문, 2005, 61쪽.

27) 김옥란, 「여성연극의 상업성과 진정성: 여성 극작가 김숙현을 중심으로」, 한국미래문화연구소, 『문화변동과 인간 그리고 문화연구』, 깊은샘, 2001, 300쪽.

는 구전(口傳)되기 때문에 설화 속 인물은 가장 보편적이고 전형적인 일상(日常)화된 인물이고, 구연(口演)의 상황에 따라, 혹은 청자(聽者)와 연관성에 따라 언제나 유동적으로 변할 수 있는 인물이 등장한다. 그 내용 또한 인간의 보편적 이야기를 다루어 구전되는 동안 그 시대에 맞는 주제로 변화되고 적용될 수 있는 인간사의 핵심적 이야기를 다룬다. 설화가 오늘날 공연예술로 적용될 수 있는 것은 설화가 갖는 이러한 유구(悠久)한 구전(口傳)에 의한 창작의 생명력에 그 이유가 있다.[28]

〈헌화가〉를 모티프로 공연예술로 변용된 작품에는 분명히 배경설화가 갖는 의미와 인물의 특성이 다양한 방향과 방식으로 반영되어 있다. 또한 배경설화의 인물들이 가지는 의미 양상이나 세계관이 규명되지 않은 모호한 부분들은 대중들로 하여금 상상력을 강조하게 만든다. 무엇보다 원전이 지니고 있는 환상성과 신비성은 공연예술로 변모(變貌)된 작품 속에서 반영되는 한편 이를 실증적으로 풀어가는 노력을 하고 있다. 삶에 있어서 환상이란 현실생활에서의 결핍(缺乏)이나 욕구(慾求)·욕망(慾望)을 대리적으로 실현해 주는 기제(機制)로 작용한다. 원전 속에 나타나는 이승과 저승을 넘나드는 일종의 환상적 공간의 출현은 대중들의 현실적 불만들을 허구적 사안을 통해서 해소해 낸 욕망의 대리만족의 기제로 작용하고 있다고 볼 수 있다.[29] 공연예술로 변용된 〈헌화가〉는 단지 노옹이 지닌 러브라인으로만 국한하는 것이 아니라 이야기의 전형성을 탈피(脫皮)하는 것에 중점을 두고 있다. 그동안 주목받던 노옹과 수로부인의 애정에 대한 비중을 축소하고 오히려 현실을 내세워 정치적 연계나

28) 오지원, 「〈처용설화〉의 현대적 변용연구」, 아주대학교 석사논문, 2007, 19쪽.
29) 김선영, 「『금오신화』에 나타난 환상성 고찰」, 전북대학교 석사논문, 2007, 52쪽.

대중들이 겪는 현실적 가치의 고민을 보여 주면서 현실에 대한 재인식과 관심을 보여 주고 있다. 또한 현대의 대중들이 지니고 있는 가치나 사고를 전복(顚覆)시키는 것이 아니라 그들이 처한 현실을 실증적으로 보여 주고자 노력하고 있다. 무엇보다 원전에서 이루어지고 있는 신비하고 환상적인 요소들을 배제하고 공연예술을 통해서 변용되는 과정 속에서 그것을 합리적이고 현실적으로 고양(高揚)하고자 하였다. 향가 〈헌화가〉가 공연예술로 수용되면서 중요하게 작용하는 두 가지 측면이 있다. 공연예술에서는 '수로부인'의 고정적인 이미지와 해석에서 벗어나 정치적인 성향을 지닌 인물로 창작자들이 접근하고 있다. 뿐만 아니라 원전의 인물형을 세밀히 분석하여 공연콘텐츠에 적합하도록 현실적인 인물형으로의 변형으로 전개하였다. 고전서사를 바탕으로 현대문화에 접목(椄木)시키는 작업은 대단히 어려운 일이지만, 작품이 원래 지니고 있는 주제와 이 시대와의 간극(間隙)을 메우면서 다시 살려 내야 하는 점이 관건(關鍵)이라고 할 수 있다.30)

또한 대중들은 외형적인 이야기보다는 일상적이고 보편적인 사안에 대단히 많은 관심을 표현한다.31) 그럼에도 불구하고 공연예술은 대중들의 공허(空虛)함을 공격하여 자본의 이익을 목적으로 삼고 자극적이고 환상적인 소재를 찾아 나서고 있다. 그러나 고전문학을 작품의 모티프로 삼는 이유는 이미 철저하게 대중들의 검증을 받은 사실이 있기 때문에 작품의 안정성을 획득하는 동시에 자신들이 지닌 특수성을 점검받을 수 있기 때문이다.

〈헌화가〉를 모티프로 삼아서 공연예술로 변용한 작품에는 그동

---

30) 김풍기, 「고전문학 작품의 정체성과 그 현대적 변용」, 『고전문학연구』 제30집, 한국고전문학회, 2006, 13쪽.
31) 하경숙, 『한국 고전시가의 후대 전승과 변용 연구』, 보고사, 2012, 239쪽.

안 잠재되어 있던 현실에 대한 인간의 욕망과 가치관이 고스란히 담겨져 있다. 또한 수면에 드러나지 않았던 노인의 모습을 재현하면서 동시에 노인에 대한 새로운 인식과 시선을 담아내는 것에 집중하고 있다. 그리하여 대중은 한층 더 현실의 사안(事案)을 집중하고 몰입하게 된다. 비록 신라시대로 한정하여 고대인들의 모습을 재현했다고 생각할 수 있으나 그것은 단순히 과거사에만 적용되는 문제가 아니다. 외환위기(外換危機), 고용불안(雇用不安), 인간소외(人間疎外), 빈부격차(貧富格差), 실업자(失業者)를 양산해 내는 사회를 살고 있는 현실의 대중들에게 이는 단순히 과거의 이야기이지만 사실은 여전히 지속되고 있는 네버엔딩 스토리(never ending story)라고 할 수 있다. 표면적으로는 신라(新羅)인의 세계관과 가치관을 담고 있는 듯 보이지만 실은 과거와 대비하여 현실의 모습을 가장 현실적으로 신랄하게 비판하고 있는 것이다.

또한 연극 〈꽃이다〉는 원전을 충실히 이행하기보다는 인물형을 확장하여 현실의 정치적 모습에 비중(比重)을 두어서 작품을 다루고 있는 한편 영화 〈은교〉에서는 애정문제를 넘어선 노인의 욕망을 다루면서 사회적으로 관심의 대상이 되고 있는 계층에 대한 섬세한 고민으로 새로운 시선과 열망(熱望)을 작품 속에서 다루고 있다. 그렇지만 이 두 작품 속에는 분명히 현실에 대한 섬세한 관찰이 엿보인다. 불신(不信)과 위기(危機)로 점철된 오늘의 현실을 보여 주기 위해서 창작자들은 과거의 사안에 관심을 갖고 재현하기 위해서 노력한다. 또한 저항(抵抗)과 일탈(逸脫)의 형식을 찾아 나선 대중들에게 현실적이고 본래적인 것에 대한 중요성과 회귀(回歸)를 강조하고 있다. 그리하여 여전히 모호한 문제를 지니고 있기는 하지만 순수하면서도 아름다운 작품인 〈헌화가〉를 기반으로 한 공연 작품들을 통해서 대중들에게 정서적 위로(慰勞)와 안정(安靜)을 찾게 한다. 무엇보다 다양한 장르로의 변용에 있어서 그 연결고리를 가지고 있는 향가 〈헌화가〉는 시대를 초월하여 공연예술물로 만들어졌다. 이들 〈헌화가〉를 공연예술물로 변용한 작품들은 원전을 바탕으로 인물들의 서사(敍事)를 확대하여 설명하고 있다. 〈헌화가〉는 신라인의 애정이 담긴 노래이면서 현대 대중의 애틋한 현실의 이야기이기도 하다. 애정을 구가하는 노래인 듯 보이면서 신비스러운 분위기를 보여 주기도 한다. 그러나 다른 요소를 배제하고 단지 애정을 축으로 하는 노래라고 설명한다면 가장 인간적인 모습이 반영되어 있다. 아울러 대중(大衆)의 생활이나 시대상황에 대해 상세히 설명을 가미(加味)하지 않아도 보는 이들로 하여금 시대의 거리감과 단절이 아닌 감동을 느끼기에 충분한 것이다.

5. 〈헌화가〉의 전망과 공연예술적 특질

〈헌화가〉는 한국 최고의 고전으로서 대중들에게 무안한 상상력과 낭만의 절정을 보여 주는 훌륭한 문학작품이다. 이러한 소재가 오늘날의 공연예술과 접목하여 창작의 역량(力量)과 손을 잡음으로 공연예술의 역량을 확대하고 서사 전략을 재발견하게 하는 기회가 되었다. 본고에서 살펴본 〈헌화가〉를 공연예술로 변용한 작품들은 이들이 단순히 배경설화와 향가로만 이해하고 감상하는 데 그친 것이 아니라, 창작자들이 그것을 새롭게 해석하여 공연예술로 재창조하는 시도를 하였고, 그 결과물을 대중들에게 선보이게 된 것이다. 무엇보다 고전서사는 다양한 매체에서 활발하게 자리를 넓히면서 문화콘텐츠의 창작소재로 새롭게 주목을 받고 있다. 무엇보다 새로운 이야기를 창작하기보다는 기존의 고전작품에서 소재를 찾아서 재구성(再構成)해서 공연으로 올려서 대중들에게 많은 찬사(讚辭)를 받고 있다. 고전작품에는 오랜 세월동안 다양한 삶의 원형을 담고 있으며 또한 전승되면서 탄탄한 구성력도 갖추게 되었다.[32] 문화적 상황과 미디어의 환경이 달라진 현 실태(實態)에서 고전텍스트를 현대적으로 변용하는 작업은 그리 쉬운 일이 아니다. 더욱이 공연예술로 변용하는 것은 매우 고된 작업이다. 그러나 전통적 문학 유산을 바탕으로 풍부한 문학적 소재를 보장받을 수 있다면 고전 텍스트의 가치와 의미를 장황하게 설명하는 일은 더 이상 불필요하다.[33]

〈헌화가〉를 공연예술로 변용한 작품에서 알 수 있듯이 원본의 가치와 의미를 충실히 지키고, 현실과 적극적으로 소통하는 장르로의 변용은 다양한 방법을 양산한다. 이를 체계적으로 구축하는 작업을 통해 문화적 가치와 현실의 맥락을 사실적으로 구현(具現)할 수 있다. 그러나 공연예술로 변용(變容)된 작품들의 특징은 무엇보다 공연이라는 장르와의 결합을 통해 원전을 구체화하고 다양한 주제로의 확장이라는 가치를 설명할 수 있다. 그러나 공연의 소재가 이미 대중성을 바탕으로 하고 있기는 하지만 반드시 원작(原作)에 대한 심도 깊은 이해가 절실하다는 것을 주지해야 한다. 이는 원전을 바탕으로 하는 새로운 서사로의 확대는 원작을 재창조하는 과정에 있어서 필수적으로 요구되는 것이다. 전통사회로부터 현대에 이르기까지 면면히 이어져 오는 문화적 전통이 창의적인 소재의 보고(寶庫)가 될 수 있다.[34] 이런 측면에서 본다면 연극 〈꽃이다〉, 영화 〈은교〉, 뮤지컬 〈수로부인〉은 다양한 주제로의 확장을 통하여 원전의

---

32) 윤종선, 「〈심청전〉의 현대적 수용 양상 연구」, 고려대학교 박사논문, 2011, 168쪽.

33) 하경숙, 앞의 논문, 195쪽.

34) 이남희, 「논평 1: 문화콘텐츠로서의 인문학」, 『고전문학연구』 제25집, 한국고전문학회, 2004, 79쪽.

가치를 고양(高揚)하는 한편 그동안 문학사에서 주목하지 않았던 부분이나 혹은 설명하지 않았던 모호한 부분들을 상세히 풀어내었다. 또한 현실의 대중들이 지니고 있는 고민과 상처에 대해서 충실히 수용하고 공감할 수 있는 기회를 제공하는 계기가 되었다고 말할 수 있다. 연극 〈꽃이다〉에서는 현실과 연계하여 정치적 문제를 중심으로 수로부인의 성향을 새롭게 규정하여 설정함으로써 대중들에게 흥미를 주었고, 영화 〈은교〉에서는 사회적으로 예민한 문제를 중심으로 노인 '이적요'가 지닌 인물의 갈등과 욕망을 무엇보다 강조하였다. 두 작품에서는 현실의 사안에 집중하려는 태도를 보이는 한편 주어진 현실을 실증적으로 재조명하는 기회를 마련하였다. 향가 〈헌화가〉는 애정의 노래로 규정할 것이 아니라 새롭게 창작되고 소통하여서 현재까지도 새로운 양상(樣相)으로 변모하고 있다는 것을 잊어서는 안 된다. 〈헌화가〉는 많은 작가들에게 창작의 의욕을 주면서 완성된 작품으로 규정할 것이 아니라 지속적으로 진행되는 작품으로 작용하고 있다. 또한 고전의 새로운 장르로의 수용(受用), 특히 공연예술로의 변용은 대중들에게 삶의 가치를 제시하는 한편 작품의 의미를 설명해 주는 중요한 기회라고 할 수 있다.

2장

향가 〈찬기파랑가〉의 정체성과 현대적 변용

1. 〈찬기파랑가〉의 가치와 의미

한국문학사에서 〈찬기파랑가〉는 기파랑의 고매한 인격을 찬양하는 노래로 오랜 세월 동안 대중에게 향유(享有)되었다. 〈찬기파랑가〉는 신라 제35대 경덕왕(景德王, ?~765, 재위: 742~765) 때에 충담(忠談)이 화랑이었던 기파랑(耆婆郎)을 추모하면서 지은 10구체 향가이다. 이 노래는 해독(解讀)의 난해(難解)와 사연의 불확실성으로 인하여 활발한 논의가 이루어지지 않았음에도 불구하고 90여 편을 상회하는 논문이 발표되었고, 어느 정도의 연구 성과가 이루어졌다.[1]

---

1) 유창균, 『향가비해(鄕歌批解)』, 형설출판사, 1996; 정열모, 『향가 연구』, 한국문화사, 1999; 서재극, 『신라 향가의 어휘 연구』, 형설출판사, 1995; 박노준, 「〈찬기파랑가〉에 대한 1·2의 고찰」, 『어문논집』 19·20, 고려대학교 국어국문학연구회, 1977; 김종우, 『향가 문학연구』, 이우출판사, 1999; 이탁, 「향가 신해식」, 『한글』 114호, 한글학회, 1956; 김완진, 『향가 해석법연구』, 서울대학교 출판부, 1990; 최철, 『향가 문학론』, 새문사, 1999; 김승찬, 『향가 문학론』, 새문사, 1996; 지헌영, 『향가려요신석』, 정음사, 1947; 황패강, 『향가문학의 이론과 해석』, 일지사, 2001; 신재홍, 『향가의 미학』, 집문

그러나 여전히 합의점(合意點)에 이르지 못하는 부분들이 많다. 〈찬기파랑가〉는 오래전부터 우리 문학사에서 매우 의미 있는 작품임에도 불구하고 그 창작과 향유에 있어서는 기존의 시선에서 벗어나지 못했다.

향가 〈찬기파랑가〉에 대한 논의는 어석(語釋)의 문제, 기파랑을 찬양하는 서정시(抒情詩)의 특성, 찬양의 대상이 되는 기파랑에 대한 정의와 실존에 대한 의문, 민속 신앙에서 보는 상징성 및 제의의 형식에 대한 의견으로 나눌 수 있다.2) 특히 〈찬기파랑가〉의 성격을 규정할 때 불가(佛歌)에 가까운 것으로 보는 것은 이 노래가 불교사상(佛敎思想)과 관련이 있다고 추측하기 때문이다. 이처럼 〈찬기파랑가〉를 불교적 설화라는 인식에 바탕을 두고 이해하거나 혹은 시적 대상을 불교적 인물로 초점을 맞추어 해석하려는 시도는 작가인 충담사(忠談師)나 기록자인 일연(一然)이 모두 승려라는 공통점에서 출발한 것으로 볼 수 있다. 또한 이 노래를 지나치게 불교적으로 해석하려는 집착의 결과물이라고 할 수 있다.

이처럼 〈찬기파랑가〉는 작품을 분석할 때 설화·종교·민속·신앙·역사적인 요소들이 어우러지면서 기파랑에 대한 흠모와 추앙이 심

당, 2006; 양희철, 「〈찬기파랑가〉의 어문학적 연구」, 『한국고전연구』 2권, 한국고전연구학회, 1996; 이완형, 「월명사 〈도솔가〉조의 이해와 〈도솔가〉의 성격」, 『어문학』, 제88집, 어문학회, 2005; 장진호, 『신라향가의 연구』, 형설출판사, 1994.

2) 신영명, 「〈찬기파랑가〉의 상징체계와 경덕왕대 정치사」, 『국제어문』 43집, 국제어문학회, 2008; 이완형, 「〈찬기파랑가〉에 숨겨진 의도와 노래의 기능」, 『어문학』 96집, 어문학회, 2007; 김갑기, 「모현모티프: 〈찬기파랑가〉와 〈촉상〉을 중심으로」, 『한국사상과 문화』 25집, 한국사상문화학회, 2004; 조형호, 「〈찬기파랑가〉의 미학적 우주론」, 『한국어문연구』 8권, 한국어문연구학회, 1993; 김진희, 「〈모죽지랑가〉와 〈찬기파랑가〉의 서정성에 대하여: 시간성과 관련하여」, 『국문학연구』 20권, 국어국문학회, 2009; 박수밀, 「〈찬기파랑가〉의 문학적 의미와 세계관」, 『동방학』 2호, 한서대학교 동양고전연구소, 1996; 손종흠, 「향가의 시간성에 대한 연구: 〈찬기파랑가〉와 〈모죽지랑가〉를 중심으로」, 『한국방송통신대학교 논문집』 42집, 한국방송통신대학교, 2006; 정상균, 「〈안민가〉·〈찬기파랑가〉연구」, 『한국어교육학회지』 108호, 한국어교육학회, 2002.

충적으로 드러나고 있다. 그동안 〈찬기파랑가〉에서 형상화된 기파랑(耆婆浪)의 모습은 고매한 인격을 지닌 대상으로 강조되었지만, 현대에 이르러서는 다양한 장르로의 변형(變形)과 재창조를 통해 다양한 시선으로 인물을 형상화하였다. 이와 같이 창작자들이 동일한 모티프를 반복하여 작품 속에서 지속적으로 재현한다는 것은 그들의 삶이나 소통방식에 있어 깊은 연계를 지니고 있는 것이다. 동일 모티프를 바탕으로 창작을 하는 작가들은 어떤 특수한 메시지를 내포(內包)하고 있다가 그것을 효과적으로 전달하려는 의지를 가지고 있다. 그런 의미에서 본다면 〈찬기파랑가〉는 단순히 향가 그 자체만으로 수용되는 것이 아니라 다양한 장르로의 변이를 통해서 유통되고 소통하고 있는 것이다. 이는 단순히 〈찬기파랑가〉는 신라시대에만 한정된 노래가 아니라 현재까지도 영향력을 미치는 다양한 의미의 텍스트라는 것이다. 그렇다면 작품을 파악하고자 할 때 모호한 성격을 밝히는 작업이 무엇보다 선행되어야 한다. 현재 향가 〈찬기파랑가〉는 현대소설·현대시·뮤지컬 등을 통하여 새롭게 변용되어 대중들에게 전달되고 있다. 이를 통해 다매체시대를 살아가는 대중들은 〈찬기파랑가〉속에 함축된 다양한 메시지를 해석하는 한편 그 속에서 흥미를 느끼고 있다. 본고에서는 〈찬기파랑가〉를 현대적으로 변용한 작품들의 의미를 점검하는 동시에 그 속에 내재된 작품의 형상성과 의미를 규명하여 원전의 가치와 특질을 고찰(考察)하고자 한다.

2. 〈찬기파랑가〉의 정체성

문학작품은 사회적 의미를 규명하기도 하지만 전통적인 가치관(價値觀)과 사유(思惟)체계를 전승하여 내재된 원형성(原形性)을 형상화한다고 볼 수 있다. 고전서사는 오랜 기간을 거쳐 축척되고 취사선택된 텍스트이기 때문에 오늘날 우리의 정서와 공감대를 형성할 수 있는 보편적인 이야기이다.[3] 현실에 존재하는 서사(敍事)는 다채롭지만 인간의 원형적인 모습을 담아내기에는 다소 미약하다. 그러나 고전서사 속에는 삶의 모습과 원형(原形)이 고스란히 담겨져서 보존되어 전달되고 있다. 고전이 현대에도 수용될 수 있는 것은 고전의 의미와 가치가 대중적 정서와 가치관이 반영되었음을 의미하며, 동시에 전승 과정에서 민족 특유의 정서와 세계를 인식하는 방법을 적절히 제공해 주기 때문이다.[4] 우리는 그 누구도 역사적 맥락이나 작품의 환경 그리고 현대사회의 방대한 정보를 수용해야 하는 방식에서 자유로울 수 없고, 이러한 점을 비추어 과거의 작품을 현대적으로 변용하거나 수용하는 창작자들에게 과거는 여전히 일정 이상의 의미를 반영하는 동시에 그것을 주체적으로 해석해야 하는 역할이 주어진다.

〈찬기파랑가〉는 『삼국유사』 권2 「기이(紀異)」편 〈경덕왕 충담사 표훈대덕(景德王忠談師表訓大德)〉조에 〈안민가(安民歌)〉와 함께 실려서 전해지고 있다. 그런데 〈안민가〉는 그 배경기사 속에 노래의 생성동인(生成動因)을 뚜렷이 담고 있는 반면, 〈찬기파랑가〉는 그것의 생성동인에 대한 일체의 언급이 없이 노래만 전한다.[5] 이런 이유로 〈찬기파랑가〉의 생성동인을 상세히 설명하는 것은 어려운 일이다. 향가의 배경설화 혹은 배경담(背景談)으로 불리어 온 『삼국유사』의 서사문맥은 단순히 향가의 창작 배경만이 아니라 향가의 전승 과정

---

3) 이명현, 「문화콘텐츠 스토리텔링 소재로서 고전서사의 가치」, 『우리문학연구』 25집, 우리문학회, 2008, 102쪽.

4) 전영선, 「고전소설의 현대적 전승과 변용」, 한양대학교 박사논문, 2000, 1쪽.

5) 이완형, 「〈찬기파랑가〉에 숨겨진 의도와 노래의 기능」, 『어문학』 제96집, 한국어문학회, 2007, 221쪽.

과 작가의식, 편찬자의 시각 등 다양한 정보를 포함하고 있다.[6]

그러나 『삼국유사』에 실린 〈안민가〉와 〈찬기파랑가〉에 대한 정보는 그것과 관련된 창작배경과 〈찬기파랑가〉에 대한 간략한 내용만이 존재할 뿐이다. 이에 대한 관련서사를 살펴보면 다음과 같다.

3월 3일 왕이 귀정문(歸正門) 누각 위에 나가서 좌우 신하들에게 일렀다. "누가 길 가운데에서 영복승(榮服僧) 한 사람을 데려올 수 있겠느냐?" 이 때 마침 위의 있고 깨끗한 대덕(大德)이 길에서 이리저리 배회하고 있었다. 좌우 신하들이 보고서 이 중을 왕에게로 데리고 오니, 왕이 "내가 말하는 영승(榮僧)이 아니다" 하고 그를 돌려보냈다. 다시 중 한 사람이 납의(衲衣)를 입고 앵통(櫻筒)을 지고 남쪽에서 오고 있었는데 왕이 보고 기뻐하여 누각 위로 영접했다. 통속을 보니 다구(茶具)가 들어 있었다. 왕이 물었다. "그대는 대체 누구요?" "소승(小僧)은 충담(忠談)이라고 합니다." "어디서 오는 길이오?"

"소승은 3월 3일과 9월 9일에는 차를 달여서 남산(南山) 삼화령(三花嶺)의 미륵세존(彌勒世尊)께 드리는데, 지금도 드리고 돌아오는 길입니다."

왕이 말하기를 "나에게도 그 차를 한 잔 나누어 주겠는가?" 하자, 중이 이내 차를 달여 드리니 차의 맛이 이상하고 찻잔 속에서 이상한 향기가 풍겼다. 왕이 다시 물었다.

"내가 일찍이 들으니 스님이 기파랑(耆婆郎)을 찬미(讚美)한 사뇌가(詞腦歌)가 그 뜻이 무척 고상하다고 하니, 그 말이 과연 옳은가." "그렇습니다." 라 하였다. "그렇다면 나를 위하여 백성을 다스려 편안하게 할 노래를 지어 주시오." 충담은 이내 왕의 명을 받들어 노래를 지어 바치니 왕은 아름답게 여기고 그를 왕사(王師)로 봉했으나 충담은 두 번 절하고 굳이 사

6) 서철원, 「삼국유사 향가에서 수용의 문맥과 서정주체」, 『한국문학이론과 비평』 제37집, 한국문학이론과 비평학회, 2007, 29쪽.

양하여 받지 않았다.7)

— 『삼국유사』 권2 〈경덕왕 충담사 표훈대덕(景德王 忠談師 表訓大德)〉조

향가는 구전(口傳)되다가 문자로 정착되었다는 점을 고려해 본다면 그것을 신라 시대의 언어나 곡조(曲調)라고만 주장하기에는 다소 어려움이 따른다. 향가는 고려시기에 정착(定着)되면서 개중에는 개별 작품의 이름이 붙여진 것도 있다.8) 그렇지만 〈찬기파랑가〉는 10구체 향가의 백미(白眉)로 손꼽히면서 시적표현기법이나 서정성이 매우 뛰어나다고 추앙(推仰)을 받고 있다. 〈찬기파랑가〉는 신라 경덕왕 때 지어진 것으로 판단하는데, 현존 『삼국유사』 소재의 향가를 보면 개인에 의하여 독창적(獨創的)으로 지어진 것으로 보기에는 어렵다. 집단적인 구전(口傳)이라고 미루어 본다면 그 정확한 창작시기를 설명하는 것은 애매한 문제이다. 다만 신라 향가 〈찬기파랑가〉는 시공을 초월한 서정성을 바탕으로 당대인들이 지닌 감수성(感受性)을 보여 줄 뿐만 아니라 신라인의 의식(意識)세계를 파악할 수 있는 노래이다. 〈찬기파랑가〉를 이토록 추앙(推仰)하는 이유는 노래의 성격이 단순히 화랑인 기파랑의 인격을 찬양하는 문제만 포함된 것이 아니라 그 속에는 당대인들이 공감(共感)하는 사연이 존재할 확률이 높다고 추측하기 때문이다. 또한 신라인들이 처한 특수한 상황이 존재한다면 이를 염두에 두고 해석해야 한다. 원 텍스

---

7) 三月三日, 王御歸正門樓上, 謂左右曰: "誰能途中得一員榮服僧來?" 於是適 有一大德, 威儀鮮潔, 徜徉而行. 左右望而引見之, 王曰: "非吾所謂榮僧也." 退之. 更有一僧, 被衲衣, 負櫻筒[一作荷簣], 從南而來, 王喜見之, 邀致樓上. 視其筒中, 盛茶具已, 曰: "汝爲誰耶?" 僧曰: "忠談." 曰: "何所歸來?" 僧曰: "僧每重三重九之日, 烹茶饗南山三花嶺彌勒世尊, 今玆旣獻而還矣." 王曰: "寡人亦一甌茶有分乎?" 僧乃煎茶獻之, 茶之氣味異常, 甌中異香郁烈. 王曰: "朕嘗聞師讚耆婆郎詞腦歌, 其意甚高, 是其果乎?" 對曰: "然." 王曰: "然則爲朕作理安民歌." 僧應時奉勅歌呈之. 王佳之, 封王師焉, 僧再拜固辭不受(『삼국유사』 권2, 〈경덕왕 충담사 표훈대덕〉조).

8) 최철, 『향가의 문학적 해석』, 연세대학교 출판부, 1990, 15쪽.

트는 다음과 같다.

咽嗚爾處米	열치매
露曉邪隱月羅理	나타난 밝은 달이
白雲音逐于浮去隱安支下沙	흰구름 좇아 떠가는 어디쯤
是八陵隱汀理也中	새파랑 냇가에
耆郎矣皃史是史藪邪	기파랑의 모습이 있구나
逸烏川理叱磧惡希	(모래) 일은 냇가의 조약에
郎也持以支如賜烏隱	郎이 지니시던
心未際叱肹逐內良齊	마음의 끝을 따르렵니다.
阿耶栢史叱枝次高支好	아아 잣가지가 높아
雪是毛冬乃乎尸花判也	서리를 모를 화랑이시여

(양주동 해독)

　1~4행까지는 시적 화자가 추앙하는 대상인 기파랑의 죽음으로 인해 기파랑과 영원히 이별하게 되는 순간을 맞이하고 있는 것이다. 고매한 인품을 지닌 기파랑을 상징하는 시어 달을 통해 기파랑의 이미지를 선명히 부각하였다. 또한 '달이 흰구름을 좇아 떠가는' 구절은 자연의 모습과 인간의 삶의 모습을 대비하여 보여 주고 있다. 이어서 5~8행에서는 '기파랑의 모습을 가지고 있는 무리들'이 '자갈밭'에서 마음의 끝을 좇고 있다고 표현하는데, '조약돌'의 상징을 생전의 기파랑의 모습을 따르려는 여러 무리들의 신념(信念)을 보여 주는 것이다. 마지막으로 9~10행에서는 '잣나무'라는 시어는 통하여 시적 대상인 기파랑의 높은 정신적 경지를 보여 주고 있다. 〈찬기파랑가〉는 당시 신라인들에게 많은 깨달음을 주었을 것으로 판단된다. 현실 속에서 발붙이고 사는 신라인들은 초월적인 세계를

지향(指向)하지만 갈 수 없는 어떠한 상황이 존재할 것으로 추정되며 이들은 자신들의 위치에서 해야 할 일들을 생각하고 깨닫는 계기가 되었을 것이다. 그리고 이러한 깨달음을 주는 노래인 향가 〈찬기파랑가〉는 당대인(當代人)들이 널리 부르고 전파(全波)하여, 왕의 귀에까지 들어가게 되었을 것으로 추측하는데, 당대인들은 〈찬기파랑가〉를 '기의심고(其意甚高)'라고 여기게 되었을 것이다.[9]

〈찬기파랑가〉는 신라시대부터 지금까지 전승되어 향유되어지는 노래이다. 또한 많은 신라 향가 작품 중에서 어떠한 사연도 규명되지 않은 채 현대적 변용이 이루어지고 있다. 이러한 사실은 매우 흥미롭다. 왜냐하면 이 노래를 통해서 우리는 당대인의 사유(思惟)상과 생활의 변모를 추측할 수 있기 때문이다. 또한 현대에까지 지속되는 작품을 통해서 우리의 문학작품이 오랜 시간동안 그 소재의 선호도나 지향하는 바가 변화되어도 우리 민족의 총체적인 삶이 응축되어 전통으로 살아 숨을 쉬고 있다는 사실은 간과할 수 없다.[10]

3. 〈찬기파랑가〉의 현대적 변용

〈찬기파랑가〉의 다양한 장르로의 수용과 변용을 탐색(探索)하는 방법은 무엇보다 작가의 태도나 기술(記述)의 방향에 관심을 두고 살펴야 한다. 작가가 작품을 창작하는 양상이나 그것을 기반으로 서술하는 태도를 결정하는 것은 창작자의 몫이다. 이는 창작자가 창작의 목적에 따라 설명할 수 있으며 대체로 다원적(多元的)인 방

---

9) 김혜진, 「향가의 서정성 연구」, 서울여자대학교 박사논문, 2005, 70쪽.
10) 이금희, 『한국 문학과 전통』, 국학자료원, 2010, 308쪽.

향을 설정하고자 한다. 작품은 작가의식의 산물로서 문학작품은 세계를 보는 특별한 방법이며 지각 형태로서 세계를 보는 지배적 방식, 즉 한 시대의 '사회적 정신' 혹은 이데올로기와 관련된다.[11] 따라서 다른 장르로의 변용을 꾀한 작품에는 분명한 개인의 가치관이 포함되었으며, 특히 현대적인 의미의 변용은 현실적 가치를 반영하면서 개별(個別)의 특성을 강조하는 것에 의미를 두고 있다. 문학 작품이 '시대 심상(心象)의 반영'이며 작가와 작품의 관계가 '그 나무에 그 열매'임을 부정하지 않는다면 '시대·작가·작품'의 관계는 별개일 수 없으며, 그것이 당시대의 보편심상이기에 또 작품이 이해와 무관할 수 없음은 지극히 당연한 논리이다.[12] 이런 측면에서 〈찬기파랑가〉는 여전히 완성된 텍스트라고 판단하기에는 무리가 있고 현재까지도 여러 매체를 통한 다양한 방법으로 적극적인 활용을 가능하게 하는 흥미로운 스토리이다.

앞으로 논의할 〈찬기파랑가〉를 변용한 현대소설·현대시·뮤지컬 개별의 작품들은 시대현실을 초월하여 본래 작품 속에 나타나는 배경설화의 요소를 제외하고 인간다운 면모에 중점을 두고 살피면서 기파랑이 지닌 사람다운 가치와 의미[13]를 형상화하는 방식을 택하고자 한다. 그 속에는 현실을 살아가는 대중의 구체적인 모습이 구현되어 있고, 대중이 처한 개인과 공동체의 모습이 나타나므로 그것을 규명하는 방식으로 점검하고자 한다. 이를 통해 작품에서 시사하고 있는 바가 무엇인지를 밝히고, 우리가 극복해야 할 삶의 방안들에 대하여 모색하고자 한다.

---

11) 김유정, 『한국현대소설과 현대성의 미학』, 1998, 국학자료원, 10쪽.
12) 김갑기, 「慕賢 모티프: 「讚耆婆郎歌」와 「蜀相」을 中心으로」, 『한국사상과 문화』 제25집, 한국사상문화학회, 2004, 10쪽.
13) 나정순, 『우리 고전 다시 쓰기』, 삼영사, 2005, 100쪽.

1) 현대소설: 고종석 『찬 기 파랑』

고종석의 『찬 기 파랑』은 향가를 모티프로 사용한 소설로 역사적 사실보다는 새로운 서사를 중심으로 스토리를 확대하여 서술하고 있다. 그 줄거리는 다음과 같다.

주인공 기 파랑은 파리 동쪽 근교의 군인병원의 한 산실에서 1901년 태어났다. 1928년부터 1933년까지 4년 반 남짓 현지 언어 연구를 위해 중국과 한국, 일본에 머물렀다. 특히 1928년 8월 '기 파랑'은 아내와 함께 처음 서울에 도착했을 때 그의 아내는 만삭의 몸이었기 때문에 부부는 아이의 출산에서 산모의 산후조리에 이르는 두 달 반가량을 서울에 머물러야 했다. 그는 이듬해인 1929년은 온전히 조선에 머물며 조선어를 연구하게 되는데, 1928~1929년에 걸친 조선 체험은 그의 동아시아 체류기 『봄 샐러드』에 기록으로 남아 있다. 이 책에서 '기 파랑'은 조선어(朝鮮語)와 일본어(日本語)가 지닌 공통점을 설명하고, 일본의 식민(植民)치하에 놓인 조선 작가들이 얼마나 오랫동안 조선어 글쓰기를 지킬 수 있을지에 대한 걱정스러운 추측을 내놓았다. 또한 서울 거리에서 마주치는 일본인들의 어둡고 비장한 표정과 조선인들의 밝고 낙천적인 표정을 대비해서 묘사하기도 하였다. 특히 언어학자인 홍기문과의 만남을 그린 대목이 인상적인데, 홍기문이 1927년에 잡지 『현대 평론』에 연재한 논문 「조선문전요령」을 교과서로 삼아 '기 파랑'이 조선어를 공부하기 시작했고, 1933년 조선어학회가 조선어 철자법 통일안을 발표하는 것은 그의 조선 체류가 일정한 공헌을 한 것이다. 그가 자신의 조선어 연구 성과를 담아 1950년에 펴낸 책 『한국어의 기원』은 서양 사람이 만들어 놓은 가장 수준 높은 한국어 관련 저술의 하나이다.

'기 파랑'은 1930년 2월부터 1932년 말까지 중국에 머물면서 중화 소비에트 공화국 임시정부에서 일을 했으며, 1936년 스페인 내전에는 국제여단의 일원으로 참전(參戰)해 전투를 벌이다가 부상을 당하기도 했다. 그럼에도 이 소설의 서술자는 그가 마르크스주의자나 혁명가는 아니었다고 기술한다. 그것보다 그는 20세기를 아우른 두 사상, 즉 마르크스주의 및 프로이트주의와 거의 무관한 학문적 경향을 보였다. 기 파랑의 학문적 태도와 세계관은 '중용(中庸)과 균형(均衡)의 철학'으로 표현될 수 있는 것이었다. 그것을 절충주의 혹은 아마추어리즘이나 딜레탕티즘이라고 부르든지 바로 그런 균형과 중용의 세계관이야말로 '기 파랑'의 삶을 주관했던 방법이다.

20세기의 후반은 기 파랑 생애의 후반부로 그는 한국과 관련해 두 가지 중요한 체험을 추가로 하게 된다. 1928년 부모의 첫 조선 방문 때 서울에서 태어났던 그의 외아들 장-프랑수아가 군의관으로 한국전쟁에 참전했다가 전사(戰死)했으며, '기 파랑' 자신이 사월혁명 이후 한국에 한 달 가까이 체류한 것이다. '기 파랑'은 이후 소르본 대학에서 가르치며 베트남에 대한 프랑스의 정책을 비난하고 알제리 독립과 쿠바 혁명을 옹호하는 지식인의 대열에 합류하는가 하면 1968년 학생시위를 공개적으로 지지하는 등 참여적 지식인의 면모를 보인다. 1970년 은퇴한 뒤에는 한국의 김지하와 김대중을 비롯한 전 세계 정치범들의 석방 탄원서에 서명을 하고 베트남의 보트 피플과 팔레스타인 사태, 그리고 유고 내전과 인종주의(人種主義)에 관련한 집회와 시위에 직·간접적으로 참여하는 등 지식인으로서 그의 참여와 실천은 열정적이었다. 마침내 1996년 11월 9일 국제여단의 스페인 내전 참전 60주년 기념행사에서 스페인 총리가 한 감사 연설에 대해 국제여단 생존자들을 대표해서 답사를 한 것이 그가 마지막으로 공개 석상에 모습을 나타낸 일이었다. 『찬 기 파랑』은 파천황의 상상력으로 패러디의 새로운 차원을 열어젖힌

문제작이라 할 수 있다.14)

이 작품은 기존의 모티프를 사용하지 않고 현실의 이야기를 중심으로 글쓰기를 하고 있다. 그러나 향가 〈찬기파랑가〉에서 기파랑의 죽음을 통해 기파랑의 고매한 인품을 기리며 화랑정신을 되새긴 서술적 사항은 이 소설에서도 동일하게 적용된다고 볼 수 있다. 고종석의 〈찬 기파랑〉은 이러한 충담사의 기파랑에 대한 고매한 덕의 칭송을 기반으로 하여 작가 자신이 추구하고 이상화하는 세계가 어떠한 것인지를 구체적으로 설명하고 있다.15)

향가 〈찬기파랑가〉에서는 기파랑이 지닌 높은 이상과 고매한 정신세계에 대한 일방적인 찬양으로 서술하고 있다면 이 소설에서는 기파랑을 언어학자로 설정하여 현실감을 느끼게 한다. 또한 이런 스토리는 상세한 시대적 설정과 현실감 있는 인물들을 내세워서 풀어가고 있다. 향가에서는 기파랑에 대한 규정하기 어려운 추앙과 무조건적인 찬양이라는 다소 감상적(感傷的)인 태도를 보였다면, 고종석의 『찬 기 파랑』에서는 기파랑을 지식인으로 설정하여 지식인의 내면에 존재하는 상념을 인간적이고 사실적인 모습으로 집중하여 서술하였다. 이는 향가 〈찬기파랑가〉에서 기파랑이 신라시대의 영웅으로 신라인들의 사유상을 응집해서 보여 주었다면, 고종석은 소설 속 '기 파랑'을 내세워서 다양한 사회적 환경과 배경을 구체화하고 응집하여 현대인의 결핍된 요소를 진단하게 하였고 시대를 직시하게 하였다. 또한 실천력(實踐力)을 지닌 적극적인 지식인의 모습을 작품 속에서 완성하고 있다. 현실은 인간으로서의 가치를 박탈(剝脫)당한 비극적이고 부조리한 공간으로 서로 간의 소통은 삶의

---

14) 최재봉, 「고종석의 초기작품들」, 『나비』, 책읽는사회문화재단, 2009, 14쪽.
15) 나정순, 『우리 고전 다시 쓰기』, 삼영사, 2005, 93쪽.

의미를 되찾고 소외와 고립된 생활로부터 벗어나는 것으로 현대인에게 주어진 과제라는 것을 시사해 준다.[16] 이를 통해 다양한 문제를 끌어안고 사는 대중들에게 삶의 의미를 짚어주고 성찰하게 하면서 현실을 극복할 수 있는 방법을 제시하고자 한다. 또한 혜안(慧眼)을 지닌 참된 지식인의 출현을 갈망하는 심리가 대중의 기저(基底)에 존재한다고 추측된다. 향가 〈찬기파랑가〉에서는 충담은 기파랑이 지닌 마음의 끝을 따르고 싶다는 소망을 표출하듯이 고종석의 소설 『찬 기 파랑』에서도 창작자는 가장 이상적이고 완성적인 인간형을 구현하려던 작가의식이 강하게 서술하였다.

2) 현대시

향가 〈찬기파랑가〉를 모티프로 삼고 있는 현대시의 대부분이 원 텍스트의 일률적(一律的)인 해석에서 벗어나서 다양한 방식의 해석을 설명하기 위해 문학 속 함의(含意)를 적극적으로 활용(活用)하고자 시도하고 있다.

　① 이성복, 〈기파랑을 기리는 노래〉 1

　언젠가 그가 말했다, 어렵고 막막하던 시절
　나무를 바라보는 것이 큰 위안이었다고
　(그것은 비정규직의 늦은 밤 무거운
　가방으로 걸어나오던 길 끝의 느티나무였을까)

---

16) 이은경, 「죽음과 노년에 대한 문학적 연구: 김태수 희곡작품을 중심으로」, 『드라마연구』 제36호, 드라마학회, 2012, 140쪽.

그는 한 번도 우리 사이에 자신이
있다는 것을 내색하지 않았다
우연히 그를 보기 전엔 그가 있는 줄을 몰랐다
(어두운 실내에서 문득 커튼을 걷으면
거기, 한 그루 나무가 있듯이)

그는 누구에게도, 그 자신에게조차
짐이 되지 않았다
(나무가 저를 구박하거나
제 곁의 다른 나무를 경멸하지 않듯이)

도저히 부탁하기 어려운 일을
부탁하러 갔을 때
그의 잎새는 또 잔잔히 떨리며 웃음지었다
ㅡ아니 그건 제가 할 일이지요

어쩌면 그는 나무 얘기를 들려주러
우리에게 온 나무인지도 모른다
아니면, 나무얘기를 들으러 갔다가 나무가 된 사람
(그것은 우리의 섣부른 짐작일테지만
나무들 사이에서는 공공연한 비밀)

ㅡ 이성복, 〈기파랑을 기리는 노래〉, 현대문학, 2007

이성복의 〈기파랑을 기리는 노래〉 1에서는 향가 〈찬기파랑가〉의
제목을 그대로 풀어서 사용하고 있다. 이러한 사실에서 알 수 있듯
이 원 텍스트와 마찬가지로 이 시에서도 인물에 대한 섬세한 감정

과 추앙을 드러내고 있다. 향가 〈찬기파랑가〉에서 자연물을 차용(借用)하여 기파랑의 고매한 인격을 찬양하는 방법을 사용했듯이 이 시에서도 역시 나무라는 자연물을 통해 친근감을 유도하는 한편 시상의 전개를 이어 가고 있다. 현대적 전승에서 인물의 변용은 표면적으로는 곧 친숙한 인물의 이미지의 배반을 통한 의미의 재해석 과정으로 시대적 상황 변화에 따라 확대된 독자들의 기대지평에 부응하여 현대적 삶에 부응하는 인물로 심리적 유대를 높이는 작업이다. 현대시로 변용된 고전작품에서도 인물의 달라진 모습, 그러나 친숙한 모습을 통해 현대인의 삶과 연관하여 인물의 생동감과 연결고리를 찾을 수 있다.17)

이성복의 시 속에서는 시적대상을 나무와 연계(連繫)하여 보여 주는데 무엇보다 시적대상이 인격적(人格的)으로 완성된 모습을 하고 있다. 시적 대상은 자신의 존재를 과장하거나 비하하지 않고, 다른 나무를 경멸하지 않는다. 또한 누구에게도 짐이 되거나 생색을 내지 않으면서 상대방을 배려하는 섬세한 모습을 지니고 있다. 원 텍스트와 마찬가지로 기파랑의 고매한 인격을 찬양하는 노래의 그 연장선상으로 보이는 이 시는 지극히 평범한 삶을 살고 있지만 타인의 귀감이 될 수 있는 현대인을 선정(選定)하여 그를 칭찬하고 있다. 그리하여 작품 속에서 평범한 현대인은 이 시의 시적대상이 되어서 찬양의 대상이 되었다. 이는 기파랑이라는 과거의 인물에게 갖게 되는 거리감을 줄이는 한편 현대의 작품 속에서 동질감(同質感)을 확보하려는 노력이다. 그러나 시적 화자는 현 세태를 적나라하게 지적하는 태도를 보이지 않지만, 현실의 상황을 돌아보게 하는 성찰의 기회를 갖도록 돕는 역할을 한다. 이와 같은 이상적인 인간형

---

17) 전영선, 앞의 논문, 36쪽.

이 필요한 것은 어쩌면 인간의 실존(實存)과 사회적인 상황 속에서 결핍의 요소를 지적하는 시도라고 볼 수 있다.

② 박제천, <찬곡(讚曲)>

님은 하늘이 처음 열리는 날 저 높은 곳에서 솟아오른 달이어라
구름이 그 아래 떠돌아 다니어도 물을 보면 거기에 님이 있네
조약돌 하나 드리오니 그처럼 내마음 굳으오
눈오는 날이면 푸른 잣나무 가지를 바라보오니
님이여 바로 당신입니다.

— 박제천, 『박제천 시전집』 2, 문학아카데미, 2005

박제천의 <찬곡>은 향가 <찬기파랑가>를 확장하여 변용하기보다는 원 작품을 충실히 이행(移行)하고자 노력하였다. 주지하다시피 『삼국유사(三國遺事)』 소재 향가인 <찬기파랑가>는 다른 향가와는 달리 배경설화가 존재하지 않으므로, <안민가>와 더불어 해석해야 하는 어려움이 수반된다. 그러나 <찬곡>은 향가 <찬기파랑가>를 천년의 시공을 넘어 현대적으로 세밀하게 재현(再現)한 작품으로 볼 수 있다. 이 시는 님을 천지(天地)가 열리는 날의 달로 비유하고 눈 오는 날의 푸른 잣나무는 높은 인격(人格)을 가진 대상으로 규정하였다. 원 작품에서 사용되던 시어인 '달, 구름, 조약돌, 잣가지' 등을 이 시에서도 그대로 사용하여 작품에 대한 이해와 친근감을 바탕으로 유대감을 형성하여 본래의 주제(主題)를 그대로 실천하고 있다. 앞에서 말한 시어들은 자연물일 뿐 아니라 시적대상의 인품을 드러내는 비유(比喩)의 대상이라고 할 수 있는데, 이를 통해 원 작품과 마찬가지로 시적화자가 존경하는 것은 '님'이라고 규정하면서 화자는 그

를 따르겠다는 자신의 신념을 강조하고 있다.

이 시에서 화자는 시적대상인 님을 추앙하고 찬양하는 것 그 자체에만 목적을 두고 있다. 또한 시각적(視覺的) 이미지를 중심으로 찬양의 감정을 한층 더 고조하고 있다. 다만 박제천의 시「찬곡」에서는 원 작품을 확장하거나 내용을 확대하는 과감성(過感性)은 보여주지 않는다. 다만 그 관심의 초점은 님이고, 그에 대한 찬양(讚揚)을 기반으로 섬세하게 풀어내고 있다. 향가 〈찬기파랑가〉를 모티프로 삼은 대부분의 현대시들은 원래 작품이 지닌 의미에만 집착하고 그 틀에서 완전히 벗어나지 못하는 것과 마찬가지로 박제천의 시「찬곡」에서도 여전히 시적대상에 대한 무조건적인 찬양에 치우치고 있으며 내용의 확대와 같은 적극적인 변용 양상을 보여 주지 않는다.

3. 이승하, 〈찬기파랑가〉

저걸 보게 벗이여
구름 자욱하던 하늘에 나타난 달
바람이 구름을 열어젖히자 저 달이
흰 구름 좇아서 떠가는 것 아닌가?
아니!
저 달의 행로를 따라
구름이 뒤따르다 지치자
푸른 하늘 한쪽 내보이는 것 아닌가? //

벗이여
무엇이 무엇을 따르든 누가 누구를 따르든

나는 자네 마음의 가장자리에 가 닿고 싶네

맞아!

서리 내린 오늘따라 잣나무의 가지가

너무나 높아 달 보듯 우러러보네

한 세월 같이 보낼 수 있어 고마운 저 달마냥

뾰족하다가도 그예 다시 둥글게 되는//

— 이승하, 『유심』 제55호, 만해사상실천선양회, 2012

　　이승하의 〈찬기파랑가〉는 원 작품의 제목을 그대로 차용하고 있다. 또한 원 작품에서 사용하던 시어를 그대로 사용하여 유기적(有機的)인 연결고리를 찾게 하였다. 제목을 그대로 차용(借用)한 이유는 작품에 대한 흥미와 이해를 증진하기 위한 방식이라고 볼 수 있다. 시의 맥락과 원전(原典)의 사연 간에 존재할지도 모르는 은폐(隱蔽)된 연관성에 대해 숙고하는 과정에서 작품의 심층적 의미가 좀더 풍부해질 가능성이 충분하다.[18] 시적 청자를 벗으로 규정하여 친근감을 유지하는 한편 독자와의 심미적(審美的)인 거리는 좁히고 있다. 이 시에서는 향가 〈찬기파랑가〉에서 사용했던 동일한 시어인 '달, 구름, 잣나무'를 그대로 사용하여 고전이라는 거리감을 줄여 주고 친근감을 유도하여 주제를 강조하고 있다. 이를 통해 주제적 연결이 지속적으로 이루어지고 있음을 알 수 있다. 이 시에서는 이해관계가 복잡한 현실 세계의 대중들에게 자신이 지켜야 할 신념의 중요성을 이야기하는 한편, 인생은 자연의 섭리와 마찬가지로 순환(循環)하면서 어울리는 자연스러운 삶을 살아야 한다는 것과 아울러 대중들의 삶이 안정되기를 희망하고 있다.

---

18) 이창민, 「향가 현대시화의 맥락과 의미: 〈헌화가〉관련 현대시 유형 분류」, 『한국문학이론과 비평』 제37집, 한국문학이론과 비평학회, 2007, 75쪽.

향가 〈찬기파랑가〉를 재창조한 현대의 시인들은 〈찬기파랑가〉를 참신하게 표현하고자 노력하고 있다. 그러나 창작자들이 대부분 기파랑을 찬양하는 원래의 작품이 지닌 태도를 벗어나지 못했다. 또한 기술의 확장을 시도하기보다는 원 텍스트를 충실히 이행하고 있다. 다만 시적 정황이나 인물을 현대인의 시선에 맞추어 설명하려는 노력은 찾을 수 있다. 이와 같은 노력은 시에서 보여 주는 현실에 대한 깊은 탐구이며 다양한 해석을 통하여 시대적 사유와 함의 파악에 적극적으로 동참(同參)하려는 사실로 볼 수 있다.19) 또한 작품을 단순히 기파랑의 고매한 인격을 찬양하는 행위로만 설명하는 것이 아니라 그 내면에 존재하는 현실의 모습을 충실히 재현하여 현대인이 미처 파악하지 못한 사실과 시대의 이해를 증진(增進)하고 있다.

〈찬기파랑가〉를 현대시로 변용한 작가들은 각박한 현실 속에서 살아가는 대중들이 이상적인 인물을 그리워하거나 기대하는 감정을 사실적(事實的)으로 표출하고 있다. 이는 인간이라면 누구나 지니고 있는 이상적인 존재에 대한 막연한 그리움과 소망(所望)의식을 표출한 결과라고 할 수 있다.

3) 뮤지컬 〈화랑(花郞)〉

뮤지컬 〈화랑〉은 아름다운 젊은이들의 집단인 화랑을 모티브로 기획된 뮤지컬로 2009년에서 2011년까지 대학로에서의 1년 4개월간의 장기공연을 마치고 2012년 8월 예술의 전당 자유소극장에서 공연된 작품이다. 뮤지컬 〈화랑〉은 화랑이라는 하나의 목표를 가진

---

19) 하경숙, 「〈헌화가〉의 현대적 변용 양상과 가치」, 『온지논총』 제32권, 온지학회, 2012, 188쪽.

소년들이 성인으로 성장해 나가는 모습을 그린 작품으로 그들의 꿈과 사랑, 열망과 좌절을 보여 주면서 현대적 감성과 화려한 볼거리로 완성된 작품이다.

뮤지컬 〈화랑〉의 기본 스토리는 향가 〈찬기파랑가〉를 그대로 재현하지 않고 재구성하여 만들어졌다. 어린 화랑(花郞)들이 훈련을 통해 좌절을 겪으면서 가족애(家族愛)와 이웃사랑에 대한 책임을 깨우치면서 화랑도의 세속오계(世俗五戒)를 배우는 내용이다. 다소 현대의 대중들과 거리감이 있는 세속오계의 정신을 재치 있는 대사와 익숙한 멜로디로 배치하여 대중들의 감각에 맞게 연출하였고, 다양한 장르의 음악을 통해 관객의 호응을 얻었다. 뮤지컬 〈화랑〉은 그 어떤 역사 속에서도 보기 어려운 소년 집단인 '화랑'을 모티프로 삼아 고유의 역사적 소재를 발굴하였다.

신라의 도읍 서라벌에 '화랑' 오디션 공고가 붙고, 신라의 미남(美男)들로 손꼽히는 멋진 청년들이 서라벌로 모여든다. 등장인물은 어머니로부터 벗어나고 싶은 반항아 유오와 자기가 세상의 중심이라고 생각하는 안하무인(眼下無人) 파랑, 원대한 꿈을 안고 산골에서 내려온 화랑의 후예(後裔) 문노, 아버지 때문에 어쩔 수 없이 화랑에 지원한 관랑, 관랑을 지키는 게 삶의 목표인 줄 알고 살아온 다함이 있다. 이들은 우여곡절을 겪으면서 한 팀이 되지만 다양한 개성을 지닌 그들의 단체생활은 사건사고로 하루도 조용할 날이 없다. 매일 엄격한 규칙과 고된 훈련 속에서 그들은 서로에 대한 오해와 갈등으로 지쳐가던 때에 단체 경합 결과에 따라 화랑으로 선발된다는 기로에 놓이게 된다. 이들은 신라를 지키는 '진짜 화랑'이 되기 위해 최선을 다하고 결국은 화랑이 된다.

뮤지컬 〈화랑〉은 원 작품이 지닌 익숙한 모티프를 바탕으로 하고 있지만 요즈음 대중들에게 관심을 받고 있는 오디션 경합(競合)을 첨가하는 등의 내용을 확대하여 관객의 흥미를 높였다. 이 뮤지컬은 한 인물을 부각하여 추앙(推仰)하는 방법을 사용하지는 않았다. 또한 원 작품이 지니고 있는 주제를 그대로 계승한 것이 아니라 현대인의 일상에 가장 가까운 식으로 접근하여 관심거리와 재미를 중심으로 공연하여 관객들에게 좋은 반응을 얻었다. 뮤지컬 〈화랑〉에서는 무엇보다 현대인의 시선으로 바라본 화랑의 모습과 그 의미를 재현해 내는 것에 비중을 두었고, 이는 현실의 대중들에게 신선한 자극을 주었다고 판단된다. 또한 향가 〈찬기파랑가〉와는 달리 재미있는 스토리를 가미(加味)하여 그 속에서 발견되는 미적 가치를 기반으로 상투적이면서 반복적인 것들을 탈피(脫皮)하고자 노력하였다. 뮤지컬 〈화랑〉에 제시된 신라의 모습, 화랑의 상황, 그들이 지닌 고민과 세계관(世界觀)의 표현은 신라시대 화랑의 우두머리였던 기파랑을 찬양하는 노래인 향가 〈찬기파랑가〉와는 불가분(不可分)의 관계에 놓여 있다고 볼 수 있다.

뮤지컬 〈화랑〉에서는 기존의 향가 〈찬기파랑가〉에 형상화된 다소 모호하고 신비로운 인물을 작품 속의 상황에 맞게 재해석하여 능동적이고 적극적인 인물들로 골고루 배치하여 표현하고 있다. 관객들의 공감(共感)을 얻기에는 다소 모호한 스토리와 성격을 지닌 원 작품과 달리 뮤지컬 〈화랑〉은 주제나 인물의 형상화 방식에 있어서 현대적이면서 흥미로운 스토리를 접목하여 대중들에게 찬사(讚辭)를 얻었다. 이런 측면에서 뮤지컬 〈화랑〉에서는 원 작품의 시공(時空)을 충실히 재현하는 문제에만 집착하는 것이 아니라 당대의 인물들이 겪었던 삶의 상황과 관심의 영역을 현대적 사유와 배합하여 현대의 대중들과 연계하고자 시도하였고, 그들의 구미(口味)에 맞도록 적절하게 배치하여 관객을 자극하는 것에 가치를 두고 있다. 또한 뮤지컬 〈화랑〉은 그동안 자주 콘텐츠로 활용하지 않았던 화랑의 존재에 대해 집중적으로 조명해 볼 수 있는 계기가 되었으며 무엇보다 화랑이라는 소재(素材)를 다양한 형태의 콘텐츠로 연계할 수 있는 가능성을 제시하였다.

4. 〈찬기파랑가〉의 현대적 수용의 특질

문학은 디지털 매체를 매개로 하여 다른 문화적 갈래들과 접속(接續)함으로써 위기를 가능성으로 역전시킬 수 있다. 문학과 문화의 '접속'에 대한 다원적 인식을 매개로 문학과 문화를 바라보는 시각의 다양성으로 표출(表出)되었고, 그것은 다시 '해석'과 '판단'의 다양성으로 귀속(歸屬)되었다.20) 이처럼 문학은 다른 문화들과 접촉하면서 끊임없이 현실을 가시화(可視化)하고 서사하고 있다. 무엇보다 고전문학 속에는 인간에 대한 끊임없는 의문이 제기되고 있다. 그것은 단순히 당시대(當時代)에만 국한(局限)되는 것이 아니라 시대와 공간을 뛰어 넘어서 보편성과 특수성을 보유하면서 대중들을 자연스럽게 이끌어 나가고 그들에게 삶의 가치를 형상화하기도 한다. 그러나 무엇보다 고전문학에 내재되어 있는 보편성을 바탕으로 고전작품의 가치는 지속적으로 대중의 관심과 열광(熱狂)의 대상이 될 수 있는데, 현대의 독자들은 일상(日常)사에 대한 상세한 묘사와 현실생활에 대한 깊은 관심, 그에 대한 사실적이고 구체적인 표현은 사실주의 정신의 매개항(媒介港)이 된다는 점에서 근대성이 반영된다.21)

향가 〈찬기파랑가〉는 시공을 극복하여 전승할 만한 타당한 의미

---

20) 해석과 판단 비평공동체, 『문학과 문화디지털을 만나다』, 산지니, 2008, 6쪽.
21) 강명혜, 「고전문학의 콘텐츠화 양상 및 문화콘텐츠를 위한 수업모형」, 『우리문학연구』 제21집, 2006, 12쪽.

를 지닌 작품이라고 볼 수 있으므로, 무엇보다 이를 다양한 방식으로 활용하는 방법에 있어 신중한 태도를 지녀야 한다. 이것은 현대의 대중들에게 주어진 중요한 과제이기도 하다. 향가 〈찬기파랑가〉는 최첨단의 시대를 살고 있는 대중들에게 콘텐츠를 활용하여 다양한 방법으로 시대와 장소 그리고 사회를 초월하여 인간중심의 필요성이라는 가치를 복원(復原)한다.

고전문학을 그대로 재현(再現), 콘텐츠화하는 것은 의미 있는 일이다. 이는 단순히 고전문학을 통해 교양을 배양하는 것만을 의미하는 것이 아니라 전통을 계승하는 것과 아울러 현실과의 유기적 공감을 바탕으로 처한 상황을 직시하게 하는 것이다. 그러나 우리는 과거를 단순히 우리의 과거라는 이유로 중요한 것이라고 저항 없이 받아들일 것이 아니라 현재와 미래를 연결시키는 교량(橋梁)이기 때문에 신중한 태도를 지니고 전승해야 하는 것이다. 다시 말해 고전문학은 고전으로 수용될 수 있으면서 한편으로는 문화적 창조의 기반이 되는 중요한 코드이다.

향가 〈찬기파랑가〉를 현대적으로 변용한 작품에서는 다양한 소재들을 바탕으로 개성을 지닌 인물들을 창조해 내고 현대적인 감각에 맞게 변용하고 수용하여 콘텐츠나 다양한 방식으로 재탄생시켜 우리의 문화를 더욱 다채롭고 풍성하게 조직하고 있다. 뿐만 아니라 보는 이들로 하여금 향가 〈찬기파랑가〉는 이미 검증된 대중성으로 대중들에게는 친숙함을 불러일으키며 동시에 새로운 흥미를 전달해 주는 역할을 함으로 매우 효과적(效果的)이다. 그런 측면에서 고전문학은 내용적인 측면, 방법적인 측면 등을 통틀어 끊임없이 재구성하고 재해석하는 것이 요구된다. 고전을 현대적으로 수용하는 과정에서는 무엇보다 창작의 원리를 탐구하고, 원전의 서사적(敍事的) 모티프를 선택, 배제, 재구성하는 과정에서 작가의 상상력과 의식이 어떠한 방식으로 작용되는지 살펴보아야 한다.[22] 향가 〈찬기파랑가〉역시 다른 향가 작품들과 마찬가지로 적층문학의 한 형태로 향유자들이 지닌 목적(目的)과 실천적(實踐的) 움직임에 따라서 작품의 양상(樣相)이 설정되었다. 원 작품이 지닌 의미를 기반으로 그것을 현대적인 상황으로 다시 창조하는 작업은 매우 뜻깊은 일이라고 할 수 있다. 그러나 원작(原作)을 단순히 반복하는 것은 비생산적인 행위이다. 원작이 제기한 문제의식이 오늘날 설득력을 얻기 어렵다면 원작에서 제기한 문제의식을 오늘날의 시선으로 변형하여 담아 낼 필요가 없다.[23]

〈찬기파랑가〉를 현대적으로 변용한 작품에서는 분명하게 규정(規定)하지 않았지만 인간에 대한 변함없는 관심(觀心)과 유대(紐帶)가 나타나 있다. 작품을 재창조하는 작업은 현대의 사유상과 가치체계를 짐작할 수 있는 가장 확실한 방법이다. 향가 〈찬기파랑가〉를 현대적으로 변용한 작가들은 불안(不安)과 강박관념(强迫觀念)에 시달리는 다수의 현대 대중들의 현실을 끊임없이 관찰하고, 그들에 대한 이해를 증진시켜 그것을 바탕으로 작품을 섬세하게 기술하고 있다. 또한 현실적 가치를 기반으로 대중에게 호응을 얻은 이 작품들은 지속적으로 대중들의 관심의 영역이 되고 있다.

향가 〈찬기파랑가〉를 현대적으로 변용한 작품들의 가치는 다음과 같다. 작품 속에서 대중들에게 단순히 고매한 인품을 지닌 이상적인 인물에 대한 추앙과 집착(執着)을 보이면서 현실에 머무르게 하는 것이 아니라 창작자들은 추앙의 대상이 되는 인물을 선정하고 보여줌으로써 대중들이 자신의 삶을 개척하고자 노력하게 만드는

---

22) 김영숙, 「현대소설에 나타난 설화의 변용 양상 연구: 〈아랑은 왜〉(김영하)와 〈처용단장〉(김소진)을 중심으로」, 숭실대학교 석사논문, 2010, 1쪽.
23) 이명현, 앞의 논문, 112쪽.

한편 그들이 지닌 삶의 의지(意志)를 심화시키는 역할을 하는 것이다. 그러나 향가 〈찬기파랑가〉는 규명하기 어려운 성격의 노래에는 틀림없다. 다만 뛰어난 서정성과 신비로운 성격을 부각하여 호응을 얻은 것이 아니라 다양한 활용을 모색하면서 다채로운 방법을 동원하여 지속적으로 작품의 성격 및 가치를 변용하고 있는 것이다. 무엇보다 현대까지 전승될 수 있는 것은 영원한 인간정신에 뿌리를 둔 '의미 있는', '귀감(歸勘)이 될 만한' 가치가 있으며, 이 가치를 통해 '삶의 질적 수준 높이기에 기여'할 수 있다.24) 〈찬기파랑가〉는 향가라는 장르임에도 불구하고 콘텐츠로의 다양한 활용의 가능성을 바탕으로 하여 가장 매력적이고 현대적인 장르들과 결합하여 그 위상을 드높이고 있다. 이는 〈찬기파랑가〉가 지닌 배경설화의 '서사'를 기반으로 새로운 장르로의 시도를 통해 서사의 지속성을 유지하고 확장할 수 있는 좋은 방향이라고 설명할 수 있다. 현대의 대중들은 여전히 인간에 대한 이해를 중심으로 인간의 가치기반의 향상을 위해서 노력하고 있다. 이에 차별과 체제(體制) 혹은 권력(權力)에 저항하여 자신의 삶을 개척해 나가는 인물의 모습을 형상화하는 것에 비중을 두기보다는 현대인이 지향하고 있는 삶의 모습을 심층적으로 배합(配合)하여 이해를 증진하고자 시도하였다. 대중은 이런 코드를 통해 정서적 안정감과 삶에 대한 강한 열정을 얻을 수 있다고 판단된다.25) 〈찬기파랑가〉를 현대적으로 변용한 작품 속에서도 이와 마찬가지로 체제를 전복(顚覆)하거나 적극적으로 저항(抵抗)하기보다는 현실에 안주(安住)하면서 자신의 삶을 적극적으로 살아가

---

24) 이징진, 「문화콘텐츠 '김유정' 다시 이야기하기: 게릭디성과 스토리텔링을 중심으로」, 『현대소설연구』 48권, 한국현대소설학회, 2011, 42쪽.

25) 하경숙, 「〈서동요〉의 후대적 수용 양상과 변용 연구」, 『온지논총』 제33권, 온지학회, 2012, 57쪽.

는 인간형들을 보여 주면서 대중들에게 깊은 감동과 동시에 생(生)의 의욕을 한층 부여한다고 판단된다.

5. 〈찬기파랑가〉의 현대적 변용과 전망

문학이라는 것은 단절(斷切)이 아닌 전통적(傳統的)인 연속성(連續性) 내에서 각각의 시대(時代)를 조망(眺望)할 때 비로소 문학의 위상과 가치를 발견할 수 있는 것처럼, 다소 작품 자체의 문학적 짜임이 미흡하더라도 그것 역시 시대를 반영하는 문학의 한 일부로 인식해야 한다.26) 고전문학을 현대적으로 재창조하는 과정에서 창작자의 상상력과 아울러 현실인식(現實認識)이 세밀(細密)하게 나타난다.

본고에서 향가 〈찬기파랑가〉의 정체성을 파악하고 현대적으로 수용된 가치와 변용된 작품의 양상을 살펴서 그 속에 담긴 작품의 함의(含意)를 설명하려고 시도하였다. 〈찬기파랑가〉는 향가로의 가치를 전달할 뿐만 아니라 다양한 장르로의 소통을 통하여 전달되고 있다. 〈찬기파랑가〉는 오랫동안 대중들에게 기파랑의 인격을 사모(思慕)하고 추앙하는 것으로만 소통되었다면 최근에는 문화적인 콘텐츠로서의 위치를 확보하고 있다. 지금까지 우리는 우리의 고유한 정신이 담긴 이야기를 보유하지 못했다는 한계를 지니고 있었지만 향가 〈찬기파랑가〉의 모티프가 된 화랑이라는 소재는 여러 장르의 작품들과 연계할 수 있는 가능성을 보여 주었고 이런 약점을 극복하게 하였다.

향가 〈찬기파랑가〉를 현대적으로 변용한 작품들은 대중들의 관

---

26) 심치열, 「구활자본 애정소설 〈약산동대〉의 서사적 측면에서 본 양상」, 『한국고전여성문학연구』 제8집, 한국고전여성문학회, 2004, 54쪽.

심에서 벗어나지 않고 새로운 방식의 전환을 모색하고 있다. 고종석의 소설 『찬 기 파랑』에서 주인공 기파랑은 행동하는 지식인의 모습으로 설정하여 다양한 사회적 현실과 배경을 연계하여서 서술하였다. 이는 현대인에게 가장 필요한 요소(要素)를 판단하게 하는 동시에 복잡한 현실을 살아가는 대중들에게 삶의 가치를 알게 하려는 시도이다. 또한 이러한 현실을 극복할 수 있는 혜안(慧眼)을 지닌 참된 지식인이 출현하기를 기대하는 심리가 기저(基底)에 있다고 판단된다.

향가 〈찬기파랑가〉를 재창조한 현대 시인들은 작품을 새롭게 조명하고자 했으나 대부분 원 텍스트를 해석하던 태도에 치중하고 있다. 다만 현실에 대한 깊은 탐구(探求)와 험난(險難)한 현실을 살아가는 대중들이 지니고 있는 이상적(理想的)인 인물에 대한 그리움을 적극적으로 표현하고 있다. 또한 뮤지컬 〈화랑〉에서는 향가 〈찬기파랑가〉의 모티프가 되는 화랑의 모습을 능동적이고 적극적인 인물형으로 설정하고, 작품 속에 골고루 배치(配置)하여 대중들에게 공감을 주었다. 아울러 그 당시 인물들이 겪었던 현실의 문제와 관심의 대상을 현대적인 소재들과 연계하여 이를 이해하게 하였으며 그동안 자주 콘텐츠로 활용하지 않았던 화랑에 대해서 집중적으로 조명해 볼 수 있는 계기가 되었다.

향가 〈찬기파랑가〉는 변화하는 시대의 조류(潮流)에 맞추어 다양한 형태로의 변용을 이루었다. 어떤 문화가 오랫동안 지속하려면 상황에 맞추어 그 변화를 이겨내야 한다. 또한 그 속에 내재된 사상적 근간(根幹)은 그 사회를 살아가는 구성들의 가치규범과 행동양식을 규정하는 규칙으로 사회를 이끌어 나가는 힘이 된다. 이러한 상황에서 볼 때 〈찬기파랑가〉를 현대적으로 변용할 경우에는 무엇보다 신중한 자세를 갖추어야 한다. 단순히 오래된 것을 삭제하고 새로운 장르로의 변환만이 최선의 방법이라고 믿는 것은 대단히 큰 실수이다. 무엇보다 작품 속에 담겨진 바람직한 사상적 근간을 수용하여 현대적인 상황과 목적에 부합하게 변화시키고 성장하게 하여야 한다. 또한 이를 바탕으로 작품 고유(固有)의 함의(含意)를 밝히고 작가의식(作家意識)을 규명하는 작업도 필요하다.

향가 〈찬기파랑가〉 뿐만 아니라 향가를 소재로 하여 현대적인 장르로의 변용을 시도하는 많은 작품들은 독자가 지닌 작품에 대한 의문점들에 대해 무엇보다 성실하게 답변을 해야 하는 의무가 있다. 이런 작업은 원래의 작품을 충실히 해석하고 이해하는 것이 수반이 되어야 하는 것이다. 아울러 시대적인 상황까지도 고려하여 작가가 작품의 방향을 설정하는 개인적인 모색(摸索)이 무엇보다 절실하다고 할 수 있다. 이런 질문들 속에서 향가는 계속해서 새롭게 태어나고 있는 것이며, 향가는 끊임없이 독자가 작품의 의미를 생산하고 참여하는 열린 텍스트이며, 완결된 텍스트가 아니라 생성중인 텍스트인 것이다. 우리가 향가를 읽고 추구하는 방향이 그것의 본질을 되찾는 일이라고 할 수 있다.

3장

향가 〈서동요〉의 후대적 수용 양상과 변용 연구

1. 〈서동요〉의 가치와 의미

세계와 인간에 대한 개연성의 파악은 곧 세계와 인간에 대한 우리의 인식·정보의 확장을 의미한다.[1] 문학을 통해서 우리는 현실의 사물과 사유상을 인지할 수 있으며 세계를 살피는 시야가 넓어진다.

〈서동요〉는 서동이 선화공주에 대한 은밀한 구애를 보여 주는 사랑의 노래로 오랫동안 대중들에게 불린 노래이다. 〈서동요〉는 백제의 서동(薯童: 백제 무왕의 어릴 적 이름)이 신라 제26대 진평왕(眞平王, ?~632) 때 지었다는 4구체 향가이다. 〈서동요〉는 그 설화(說話)와 함께 『삼국유사(三國遺事)』 권2 〈무왕(武王)〉조에 실려서 전하고 있다. 그 내용은 백제의 무왕이 어린 시절 진평왕의 셋째 딸인 선화공주(善花公主)의 미모가 뛰어나다는 소문을 듣고 선화공주를 사모하던

---

1) 심재호, 「하이데거 철학으로 본 오정희의 「동경」 연구」, 『국어문학』 50권, 국어문학회, 2011, 95쪽.

끝에 머리를 깎고 중처럼 분장을 하여 신라의 서울인 경주에 와서 마(薯)를 팔러 다니면서 성 안의 아이들에게 마를 나누어주어 환심을 사고 이 노래를 지어서 부르게 했다는 것이다.

〈서동요〉는 대중들에게 매우 친숙한 노래이다. 그러나 〈서동요〉에 대한 연구는 그동안 창작자와 시대에 대한 문제, 노래의 주술적·사회적 성격을 규명하는 일에 치중하였고, 그것의 전승과정에 대한 의문점과 다양한 의견은 여전히 제기되고 있다.2) 〈서동요〉는 다양한 성격을 지닌 노래로 그 변용과 수용은 다양한 장르에서 진행되고 있으며 매우 흥미롭다. 최근에는 〈서동요〉에 대한 연구가 문화콘텐츠와 결합하여 활발하게 진행되고 있으며 노래·문학·영상·지역문화·건축·스토리텔링 등의 다양한 측면에서 논의되고 있는데, 그 의미가 다채롭다고 할 수 있다. 〈서동요〉는 그 창작과 향유에 있어서 유동적(流動的)이지 못한 것이 사실이다. 또한 그 위상을 제대로 밝히지 못하여 작품의 한계를 실감할 수밖에 없는 것도 인정해야 할 문제이다.

---

2) 김병욱, 「〈서동요〉고(考)」, 충남대학교 백제연구소 1976; 박노준, 「〈서동요〉의 역사성과 설화성」, 민족어문학회, 1976; 김승찬, 「〈서동요〉 연구」, 문창어문학회, 1998; 윤철중, 「〈서동요〉의 신고찰: '원을포견'에 대한 새로운 해석, 비교어문학회, 1995; 최용수, 「〈서동설화〉와 〈서동요〉」, 배달말학회, 1995; 유비향, 「〈서동요〉와 〈서동설화〉의 원형적 상징: 영웅출현원리를 중심으로」, 한국국어교육학회, 2000; 정운채, 「〈하생기우전〉의 구조적 특성과 〈서동요〉의 흔적들」, 한국시가학회, 1997; 김수업, 「서동노래의 바탕에 대하여」, 어문학 35권, 한국어문학회, 1976; 정한기, 「〈서동요〉에 나타난 민요적 성격」, 고전문학과 교육 22권, 한국고전문학교육학회, 2011; 최재남, 「민요계 향가의 구성 방식과 사랑의 표현: 〈서동요〉와 〈헌화가〉의 대비」, 반교어문연구 29집, 반교어문학회, 2010; 표정옥, 「청소년의 다문화 의식 함양을 위한『삼국유사』의 창의적 글쓰기와 독서토론 연구: 중학교 교과〈서동요〉교육의 미디어 활용 가능성을 중심으로」, 다문화콘텐츠연구 11집, 중앙대학교 문화콘텐츠기술연구원, 2011; 유육례, 「〈서동요〉의 현대적 변용」, 고시가연구 21집, 한국고시가문학회, 2008; 한선아, 「〈서동요〉를 통해 본 통합교육의 실천 방안 연구」, 단국대학교 석사논문, 2010; 신영명, 「〈서동요〉의 역사적 성격」, 우리문학연구 21집, 우리문학회, 2007; 정운채, 「〈무왕설화〉와 〈서동요〉의 주역적 해석과 문학치료의 구조화」, 한국어교육학회지 106호, 한국어교육학회, 2001; 김종진, 「〈무왕설화〉의 형성과 〈서동요〉의 비평적 해석」, 한국문학연구 27집, 동국대학교 한국문학연구소, 2004; 이완형, 「〈武王〉조의 찬술의도와 〈서동요〉의 성격」, 어문학 74호, 한국어문학회, 2001; 황인덕, 「〈서동요〉의 '알(卵)' 해석 재론」, 한국언어문학 61집, 한국언어문학회, 2007.

그러나 〈서동요〉가 구전(口傳)으로 전해지다가 문자로 정착되었다는 것은 이미 작품의 대중성과 생명력이 검증되었다는 증거이다.

〈서동요〉는 오랫동안 유동과 적층의 반복을 통하여 이루어진 작품이다. 선화공주에 대한 서동이 지닌 특별한 애정과 아울러 노래 속에 담겨진 의미를 추리하는 것은 시공을 초월하여 여전히 대중에게 주어진 과제로 전달되고 있다. 〈서동요〉가 지니고 있는 노래의 모호성과 숨겨진 함의는 문학의 소재로 사용되기에 충분한 가치를 지니고 있고, 현재에도 다양한 측면으로 활용의 가능성을 인정할 수 있다. 또한 여러 장르의 전환과 변용이라는 작업을 통해 새로운 생명력을 부여하고 있다. 무엇보다 우리는 〈서동요〉를 단순히 신라 시대의 향가로만 볼 것이 아니라 현재까지도 계속해서 창조되고 있는 다양한 가능성을 지닌 텍스트라는 사실을 기억해야 한다. 또한 작품이 가지고 있는 모호하면서도 신비한 애정의 문제를 규명하는 작업이 필요하다. 현재 〈서동요〉는 현대시·현대소설·드라마·뮤지컬 등을 통하여 다양한 장르에서 새롭게 소통되고 있다. 이를 통해 대중들은 지속적으로 〈서동요〉에 관심을 보이고 있다.

본고에서는 향가 〈서동요〉를 통하여 후대에 변용된 작품의 양상을 살펴보면서 그 속에 내재된 작품의 의미와 가치를 서술하고자 한다. 그리하여 원전의 세련됨과 아울러 그 의미를 규정하는 일에 목적을 두고자 한다.

2. 〈서동요〉의 수용 양상

문학작품의 형태적 변이는 우리의 체험이 새로운 인식과 만나 새로운 체험으로 변이되는 것처럼 전대에 창조된 문학작품의 형태를 결정짓는 미적 인식에 대하여 당대에 새로이 생성된 미적 인식이 결함됨으로써 생겨난 현상이다.3) 그러므로 문학은 그 작품 속에서 사회가 문학작품의 양상(樣相)을 규정하기도 하지만 전대의 가치관과 사유(思惟)상을 전승하여, 내재된 원형적인 의미를 복원한다고 볼 수 있다. 고전서사는 오랜 기간을 거쳐 축적되고 취사선택된 텍스트이기 때문에 오늘날 우리의 정서와 공감대를 형성할 수 있는 보편적인 이야기이다.4) 현재에는 다양한 서사가 존재하고 있지만 인간의 근원적인 삶에 대한 접근의 시도는 미비하다. 그러나 고전서사는 인류의 근원적인 삶의 모습과 원형이 담겨 있고 보존되어 있으면서 그 방법을 고심했다. 현대적 전승은 친숙한 이야기의 반복이 아닌 당대 사회의 의미를 발견하기 위한 끊임없는 새로운 읽기의 과정이다.5) 이러한 과정을 통하여 우리는 오늘날의 가치와 현실을 직시할 수 있게 된다.

1) 수용과정

〈서동요〉는 『삼국유사(三國遺事)』 권2 〈무왕(武王)〉조에 실려서 전하고 있다. 〈서동요〉 관련 서사 기록문은 설화적인데, 마를 캐어 팔아 생계를 유지하던 서동이 이 계략을 써서 공주를 아내로 삼아 신분이 상승한 이야기 속에서 이 노래가 사건 전환(轉換)의 한 계기로 작용하고 있다.6) 서동이 공주를 얻고자 하는 개인의 욕망을 바탕으로 개사(改辭)하여 〈서동요〉를 만들었고 노래를 퍼뜨리기 위해 서울의

---

3) 김효림, 「삼국시대 서사문학연구: 삼국사기·삼국유사에 나타난 통치자의 형상을 중심으로」, 강남대학교 박사논문, 2012, 120쪽.
4) 이명현, 「문화콘텐츠 스토레텔링 소재로서 고전서사의 가치」, 『우리문학연구』 25집, 우리문학회, 2008, 102쪽.
5) 안토니 이스트호프, 임상훈 역, 『문학에서 문화연구로』, 현대미학사, 1996, 81쪽.
6) 류병윤, 「〈서동요〉의 형성과정」, 『고시가연구』 24집, 한국고시가문학회, 2009, 23~24쪽.

아이들과 친밀한 유대를 형성하고 그들을 흡수하였는데 이것이 노래 유포(流布)의 시작으로 보았다. 또한 그 노래는 유포자(流布者)인 아이들의 발설 본능에 힘입어 동요(童謠)로서 전파가 가속화되었다.[7]

제30대 무왕의 이름은 장(璋)이다. 그 모친이 과부가 되어 서울 남지변(南池邊) 가에 살았는데, 그 못 속의 용(龍)과 교통(交通)하여 장(璋)을 낳고, 아명(兒名)을 서동(薯童)이라 불렀는데, 그 도량(度量)이 넓어 헤아리기 어려웠다. 항상 마를 캐어다 팔아 생활(生活)을 하였으므로 사람들이 그를 서동(薯童)이라고 불렀다. 신라 진평왕의 셋째 공주인 선화가 아름답다는 소문을 들은 서동은 머리를 깎고 서라벌로 가서 마를 동네 아이들에게 먹이니 아이들이 친해서 따르게 되었다. 이에 동요(童謠)를 지어 여러 아이들을 꾀어서 부르게 하였는데 그 노래에 〈선화공주님은 남 몰러 어러(정을 통한다는 뜻) 두고 서동방(薯童房)을 몰래 밤에 안고 간다〉 하였다. 동요가 서울에 널리 퍼져 대궐에까지 들리게 되므로 백관들이 임금에게 간곡히 간하여 공주를 먼 곳으로 귀양 보내도록 했다. 공주가 떠나려 할 때 왕후는 순금 한 말을 주어 노자에 쓰도록 했다. 공주가 귀양처로 갈 때 서동이 도중에 나와 맞이하며 공주에게 절하여 모시기를 청했다. 공주는 그가 어디서 온지는 모르나 우연히 믿고 기뻐하여 따라가며 잠통(潛通)하였다. 그 후에야 서동의 이름을 알고 동요가 맞은 것을 알았다.[8]

— 『삼국유사(三國遺事)』 권2 〈무왕(武王)〉조

---

7) 장성진, 「〈서동요〉의 형성과정」, 『한국전통문화연구』 제2집, 대구효성가톨릭대학교 인문과학연구소, 1986, 236~244쪽 참조.

8) 第三十武王, 名璋. 母寡居, 築室於京師南池邊, 池龍交通而生, 小名薯童, 器量難測. 常掘薯, 賣爲活業, 國人因以爲名. 聞新羅眞平王第三公主善花一作善化美艶無雙, 剃髮來京師, 以薯 餉閭里 童, 郡童親附之, 乃作謠, 誘 童而唱之云 善化公主主隱, 他密只嫁良置古, 薯童房乙, 夜矣卯乙抱遣去如. 童謠滿京, 達於宮禁, 百官極諫, 竄流公主於遠方. 將行, 王后以純金一斗贈行, 公主將至竄所, 薯童出拜途中, 將欲侍衛而行, 公主雖不識其從來, 偶爾信悅, 因此隨行, 潛通焉, 然後知薯童名, 乃信童謠之驗.

이처럼 향가로 분류되는 〈서동요〉의 전파 담당자는 바로 아동(兒童)인 것이다. 서동은 궁중의 공주(公主)를 비방하는 내용을 담은 동요(童謠)를 만들고 아이의 입을 빌어 그 노래를 퍼뜨리고 있어서 서동의 목적이 실현되었음을 알 수 있다.9) 〈서동요〉는 아이들의 노래, 서동의 노래, 선화공주의 노래라는 세 차원이 복합되어 있으면서 또한 예언, 애정, 자유의지의 세 요소를 함축하고 있다.10)

이처럼 〈서동요〉는 기존의 동요를 기반으로 개사한 이유는 백제(百濟)와 신라(新羅)가 역사적으로 굴곡짐을 반복하는 것에서 추리할 수 있다. 동요나 민요의 변개(變改)는 사회의 변화와 수반되는 상황에 따라 항상 이루어질 수 있으며 현재에도 지속적으로 이루어지고 있다. 이와 같이 〈서동요〉는 표면적으로는 '애정(愛情)'의 문제를 기반으로 하는 듯 보이지만 그 내면에는 서동의 욕망(慾望)이 존재하는 노래로 표현되었으며 시대와 정치적 상황 및 역사적 기반을 바탕으로 보여 주는 하나의 문학적인 장치라고 이야기할 수 있다. 원텍스트는 다음과 같다.

善化公主主隱	선화공주님은
他密只嫁良置古	남 몰래 사귀어
薯童房乙	맛둥[薯童]도련님을
夜矣卯乙抱遣去如	밤에 몰래 안고 간다

---

9) 한영란, 「동요 개념의 전개양상 연구: 1910년대 이전의 문헌에 나타난 '동요' 인식을 중심으로」, 『어문학』 85권, 2004, 409쪽.
10) 정운채, 「〈하생기우전〉의 구조적 특성과 〈서동요〉의 흔적들」, 『한국시가연구』 제2집, 한국시가연구회, 1997, 196쪽.

향가 〈서동요〉는 민요의 구성을 활용하여 문자문학으로 창작한 노래라는 점을 알 수 있고 선후창 민요의 사설 확장 방법을 잘 활용하여 서동이 이를 조정하는 가운데 아이들이 지속적으로 사설(辭說)을 확장시켜서 전승되었다.11) 한편 〈서동요〉의 성격을 공개적 구애요(求愛謠)가 예언적 참요로 변모한 것으로 추론하기도 하면서12) 그 성격을 다양하게 규명하고 있다. 참요(讖謠)는 민중에 의하여 창조되고 그들의 사상과 감정 지향이 그대로 반영되는 형태로 통치자들에 대한 조소나 증오, 그들에 대한 예언(豫言)·예시(豫示)가 드러나 현실에 대한 당한 도전, 폭로와 비판을 담고 있다.13) 이를 통해 시대적·정치적 현실을 충분히 인식하게 된다.

2) 후대 전승

향가 〈서동요〉는 다양한 전승과정을 거쳐서 조선시대에는 악부라는 형식을 통해서 가창되어서 소통되었다. 기존의 악부작품은 표면적으로는 악부라는 형식을 빌려 우리의 노래를 한역(漢譯)하거나 우리나라의 역사를 읊었지만 내면적으로는 현실세계에 대한 강한 문제의식을 담고 있는 경우가 많았다.14)

서동과 선화공주를 소재로 창작된 악부(樂府)는 이복휴의 〈서동〉이 있다. 그 내용은 서동과 선화공주가 사랑의 장애를 극복하고 사랑의 성취를 이루는 것이다.

---

11) 최재남, 「민요계 향가의 구성 방식과 사랑의 표현: 〈서동요〉와 〈헌화가〉의 대비」, 반교어문연구 29집, 반교어문학회, 2010, 181쪽.
12) 강혜선, 「구애의 민요로 본 〈서동요〉」, 『한국고전시가작품론』 1, 집문당, 1992, 35~44쪽.
13) 최철, 『한국민요학』, 연세대학교 출판부, 1998, 6쪽.
14) 유영혜, 「귤산 이유원 연구: 문화, 예술 취향을 중심으로」, 이화여자대학교 석사논문, 2007, 63쪽.

靑山淡無姿	푸른산 맑아도 모양별로 없지만
薯藝多於土	그 땅에는 마풀이 많다네
矯矯彼龍子	날래고 사나운 저 용의 아들이
采采日當午	정오가 되도록 마를 많이 캤네
自言採作藍田15)玉	스스로 자기를 일컫기를 남전에서 옥을 캤다고 하거늘
玄霜搗得雲英親	검은 구름을 찧다가 운영과 친하게 되었네.
善化離宮春不春	선화공주의 이궁에는 봄이 봄같지 않고
街童齊唱厭孤謠	거리의 아이들은 모두들 예언의 노래를 부르네
宮中鹿車行向向	궁중안의 작은 수레는 멀리 가는데
女心有郎郎有金	여인은 낭군 생각 낭군에게 금이 있는데
金在高山色色好	금은 높은 산에 있어 빛이 좋다네
蓬窩寶氣橫扶桑	쑥풀움집 보배기운 해뜰녘에 가로 놓였고
龍華寺裡香煙繞	용화사 절 속에 향기는 안개를 두루고
獅前彩함無脛走	사자 앞에 금빛합자 지고 달리 이 없어도
曉寢色動鷄林主	새벽침소 신라의 임금 감동 되네
金용散盡販大寶	금상자 흩어주고 큰 보배도 팔았으나
晋宮午馬誰能悟	진궁의 마소같은 이들 중에 누가 능히 깨우치리야
空敎創起彌勒寺	공연히 미륵사를 창건하여
不作龍堂祭龍父	용당을 지어 않고 용부를 제사지내지 않네

― 이복휴, 〈서동〉, 『해동악부』

이복휴의 악부 〈서동〉은 원 텍스트를 매우 충실하게 반영하여 재현하고 있다. 이복휴는 은유적이고 함축적인 시어사용을 강조하기보다는 사실적인 내용전달에 비중을 두려는 창작태도를 지니고 있

---

15) 藍田은 중국 섬서성 서안시 동남방에 있는 현의 이름으로 그 동쪽의 남전산에서 아름다운 구슬이 났다. 명문에서 뛰어난 젊은이가 나옴을 칭찬할 때 이르는 말.

으며, 한국의 영사악부(詠史樂府)에 있어서 그 내용전개나 형식에 있어서 전형성을 띠고 있다.16) 악부 〈서동〉에서 서동과 선화공주의 사랑의 결합이 나오는데 우선은 개인적인 결합의 형태를 보이고, 후에는 공식적인 결합의 상황을 보인다. 악부 〈서동〉에서 서동은 사실 용(龍)의 아들이지만 표면적으로는 마를 캐는 근면하고 성실한 인물로 형상화하고 있다. 그러한 근면(勤勉)함은 도교에서 신선의 영역인 '옥(玉)'과 '선약(仙藥)'으로 이어지면서 서동의 신분을 높은 것으로 그리고 있으며 이를 통해 '선녀'인 선화공주와의 만남이 서로 어울리는 설정이라고17) 보여 주면서 그 만남의 당위성을 설명한다. 또한 악부 〈서동〉에서 '여인은 낭군생각(女心有郞)'이라는 부분에서도 드러나듯이 선화공주는 적극적인 감정을 지닌 여성으로 내면세계를 짐작할 수 있고 이 시를 이끌어 가는 힘이 된다.

서동과 선화공주가 겪었던 일종의 시련은 비로소 '신라 임금의 감동으로' 이어져서 부모의 허락을 바탕으로 공식적 결혼이라는 사실을 가져온다. 아울러 미륵사(彌勒寺)를 창건(創建)하게 되는 바탕이 되는 일종의 결실(結實)의 양상을 보여 준다. 무엇보다 신분의 차이로 인해 겪게 되는 여러 불리한 조건 속에서 결국 사랑을 성취하게 되는 사실에 깊은 의미를 둘 수 있다. 이복휴의 악부 〈서동〉에서는 이별이나 고독 등의 부정적인 이미지가 드러나지 않으면서 남들이 사는 대로 따라서 살지 않고, 스스로 선택하고 결정함으로써 진정한 자기로서 살아가는 것18)을 구현하고 있다. 이 작품에 드러난 사랑의 성공담은 신분이 천한 서동이 선화공주와의 개인적 결합에서

---

16) 하경숙, 「고대가요의 후대적 전승과 변용 연구: 〈공무도하가〉·〈황조가〉·〈구지가〉를 중심으로」, 선문대학교 박사논문, 2011, 84쪽.

17) 함귀남, 「삼국시대 인물서사의 후대적 재현·변모양상: 악부의 애정모티프를 중심으로」, 이화여자대학교 석사논문, 2008, 61쪽.

18) 김용규, 『도덕을 위한 철학통조림, 달콤한 맛』, 푸른그대, 2005, 86~134쪽.

공식적 결합이 되기까지의 장애와 그것의 극복을 형상화 한 것으로 구성되어 있다.[19]

이복휴는 사회적 가치체계보다 자신이 존재하는 삶의 의미와 가치를 실현하고자 노력했다. 또한 그 내부에 존재하는 인간중심의 사고를 표명하며 이것이 실존과 연결고리로 이어져 있다는 사실을 추리할 수 있다. 조선후기에는 지속적으로 행해진 교화(敎化)정책에 힘입어 열(烈)이념이 사회 전반에 걸쳐 창작되어진 양상을 보여 주고 있다.[20] 이러한 사회적인 상황에서 이복휴는 당대 지배적인 관념에서 벗어나 인간적인 실존으로의 가치에 대하여 표명하였다. 무엇보다 삶의 근본이 되는 애정문제에 관심을 가지면서 인간이 지니고 있는 가장 근원적인 감정에 집중을 하고 있다. 그 내면에는 인간에 대한 순수한 탐구와 애정을 축으로 하고 있으며 실증(實證)적인 삶의 태도가 드러난다. 악부 〈서동〉에서는 남성중심의 서술에서 벗어나 여성에 대한 새로운 태도를 드러내는 한편 인간이 지닌 현실의 상황에 집중한다. 애정의 문제는 시공을 초월하고 남녀를 구분할 수 없는 문제이기 때문에, 신분이나 성별의 구애받지 않고 사랑의 성취를 위해서라면 적극성을 지닐 수 있다는 것을 알려준다. 이런 현실적이고 적극적인 삶에 대한 태도는 유연한 문체인 악부를 통해서 그대로 반영되고 있다.

〈서동요〉는 단순히 신라 시대에만 향유된 것이 아니라 조선시대에 와서 악부로 가창한 것을 보면 그 안에는 분명한 그들의 정서를 대변할 수 있는 요소가 내재되어 있다고 판단된다. 〈서동요〉는 단순한 애정문제로만 규정할 수 있는 사안이 아니라 그들이 생활한

---

19) 함귀남, 앞의 논문, 62쪽.
20) 강진옥, 「열녀전승의 역사적 전개를 통해 본 여성적 대응양상과 그 의미」, 『여성학논집』 제12집, 이화여자대학교 한국여성연구원, 1995, 85쪽.

시대적 사유(思惟)상까지도 폭넓게 형상화하고 있다. 또한 노래를 통해서 그들이 추구하는 삶의 가치와 세계관을 추리할 수 있으며, 현실적 사안을 구체화하고 있다. 단순히 문학이라는 방편을 통하여 이상적인 주제를 형상화하고 추앙(推仰)하는 것이 아니라 현실적인 문제에 보다 접근을 하는 것은 이미 오래전부터 우리 조상들이 인간중심의 실제적인 가치를 추구하면서 삶을 적극적으로 개척하고자 하는 방안을 모색했다는 증거이다. 이를 통해 현재 우리가 살고 있는 현실은 과거와 분리하여 이원화(二元化)할 수 없다는 사실을 인지할 수 있다. 이복휴의 악부 〈서동〉에서 표면적으로는 단순히 우리의 역사적인 사안을 설명하는 것으로 보이지만 실상을 살펴보면 그가 처한 현실세계에 대한 깊은 관심과 통찰(通察)을 지니고 있는 것으로 볼 수 있다.

3. 〈서동요〉의 현대적 변용 양상

고전서사는 시대를 초월하여 그것을 전달하는 매체의 변화를 수용하면서 지속된다. 입에서 입으로 전해지는 구비전승(口碑傳承)의 단계를 지나, 인쇄술의 발달과 함께 문자의 형식을 통해 대중 속으로 광범위하게 침투해 들어가는 단계를 거쳐, 영화나 TV 드라마 같은 영상매체를 통해 더욱 강하고 빠른 전파력을 자랑하는 지금에 이르기까지 그 외양은 달라졌을지라도 그것에 숨어 있는 원초적인 인자로서 이야기의 기능과 역할은 지속돼 왔다.21) 고전문학의 가치는 당대의 보편적인 가치추구와 공유(共有)에서 비롯된다고 할 수

---

21) 정수현, 「대중매체의 설화수용 방식」, 『한국문예비평연구』 19, 한국현대문예비평학회, 2006, 251쪽.

있다. 시대를 막론하고 독자 계층은 자신들의 세계관이 반영된 작품을 수용한다.[22] 이런 상황에서 〈서동요〉는 여전히 완성된 텍스트라고 규정하기에는 다소 무리가 있는 것으로 보여 지면서 지금까지도 여전히 활발하게 모색하고 있는 가치 있는 텍스트이다.

앞으로 논의 할 〈서동요〉를 변용한 현대소설·현대시·뮤지컬에서는 현대인의 삶의 모습을 형상화하면서 단순히 애정문제에 한정하여 서술하는 것이 아니라 작품 속에서 재현(再現)되고 있는 다양한 현실의 상황을 집중하여 서술하고자 한다.

1) 소설: 이수광의 『하룻밤에 읽는 소설 서동요』

이수광의 『하룻밤에 읽는 소설 서동요』(이하 『소설 서동요』)는 우리나라 최초의 향가로 알려진 〈서동요〉를 소설로 재현하였는데 역사적 사실을 바탕으로 서술하고 있다. 이 소설은 백제의 왕자 서동과 신라의 선화공주와의 사랑 이야기를 중심으로 서술하였다. 『소설 서동요』는 서동과 선화공주의 사랑 이야기뿐만 아니라 역사적인 인물과 사실까지도 상세히 내포하고 있다. 백제의 왕자 서동이 황궁(皇宮)에서 쫓겨난 이유와 아울러 당시 백제의 치열한 왕권을 둘러싼 음모(陰謀)와 권력(權力)에 대한 투쟁을 여실히 확인할 수 있다.

그 줄거리는 다음과 같다. 백제의 위덕왕과 몰락한 귀족가문의 출신인 연미랑 사이에서 태어난 왕자 장은 사악한 황후 때문에 목숨을 위협받는다. 비운의 왕인 위덕왕은 황후와 상좌평 사택기루의 권력남용으로 인하여 왕권을 집행하지 못하고 사랑하는 여인 연미랑마저 지키지 못하고 핏덩이 아들과 함께 궁 밖으로 내보내게 된

---

22) 전영선, 「고전소설의 현대적 전승과 변용」, 한양대학교 박사논문, 2000, 10쪽.

다. 그리하여 왕자 장(璋)은 궁궐에서 쫓겨나 자신의 이름을 버리고 마를 파는 아이 서동으로 천민(賤民)들과 함께 생활한다. 하지만 황궁 세력의 끈질긴 추격으로 인하여 서동과 그의 어머니 연미랑은 결국 백제를 떠나 신라에서의 삶을 선택할 수밖에 없었다. 서동은 서라벌에서 신라 진평왕의 딸 선화를 만나게 되고 사랑을 하게 된다. 선화공주는 아름답고 총명하여 뭇사람들의 사랑을 한 몸에 받았다.

세월이 흐르고 위덕왕이 죽고 혜왕과 법왕이 일 년 남짓 권력을 잡는다. 세력이 없던 서동은 금광(金鑛)을 발견하게 되고 황금(黃金)이 절실히 필요했던 신라와 거래를 하게 된다. 한편 사랑하는 선화공주를 얻기 위해 신라로 돌아온 서동은 〈서동요〉를 지어 아이들에게 부르게 한다. 이에 선화공주는 서동과의 사랑 때문에 결국은 조국과 권력을 포기하고 서동을 따른다. 세월은 무수히 흐르고 서동 장(璋)은 무왕(武王)으로 즉위한 후 선정(善政)을 베풀어 백성들을 안정시키고 백제를 부강한 나라로 만들었다. 무왕과 선화공주는 부부가 되어서 사십여 년 동안 변함없는 사랑으로 결혼생활을 했고, 그들 부부의 사이에서 낳은 원자는 태자(太子)로 책봉되었다. 태자는 학문이 뛰어나고 부모에 대한 효성(孝誠)이 지극하였다. 선화공주는 태자(太子) 의자를 흐뭇한 눈으로 바라보면서 궁남지의 포룡정을 거니는데, 궁남지에 수양버들 꽃솜이 날리는 배경과 아울러 사십여 년 동안 서동의 한없는 사랑을 받은 선화공주는 삶의 아름다움을 느낀다. 이 소설 속에는 서동과 선화공주의 아름다운 사랑 이야기가 고구려, 백제, 신라의 통일 직전의 삼국의 정세변화와 아울러 서술되면서 후에 선덕여왕의 자리에 올라 삼국통일의 기반을 다진 덕만공주의 이야기까지 첨가되어 흥미를 준다.

『소설 서동요』는 국경을 넘은 서동과 선화공주의 사랑 이야기를 중심으로 서술되어 그 시대를 살아간 사람들의 모습을 통해 야망과 좌절을 절실(切實)하게 설명하고 있다. 고유의 서사 방법이나 주제를 가진 소설들은 시대를 건너 지속적으로 창작되는 경우가 많다.23) 이 소설에서는 애틋한 러브스토리가 극명하게 그려진다. 또한 모든 역경을 딛고 사랑을 성취한 서동과 선화공주의 이야기를 통해 대중들은 깊은 감동을 받는다. 이 소설은 원 텍스트를 기반으로 충실하게 스토리라인을 구축하면서 서동이 무왕으로 등극하기까지의 과정이 상세하게 서술되어 대중들은 스토리의 흥미를 느끼고 인과관계를 충분히 이해할 수 있도록 설명해 준다. 이수광의 『소설 서동요』는 설화(說話)적인 요소를 섬세하게 설명하면서 역사적인 세부사항들을 가미하여서 스토리의 이해를 돕고, 소설속의 주인공이 지닌 삶에 대한 적극적인 개척과 선택을 중심으로 서술하여 보여 준다. 이는 원 텍스트가 지닌 서동의 태도와 일관되었다고 볼 수 있다. 이 소설에서는 단순히 서동의 애정문제에만 관심을 기울이는 것이 아니라 삶의 가치와 선택의 의미를 생각할 수 있는 기회를 제공하였다. 또한 영웅담(英雄譚)에 열광하는 대중들의 기호(嗜好)에 잘 맞추어진 작품으로 대중들이 어렵지 않게 접근할 수 있는 계기를 마련하기도 한다.

---

23) 김한식, 『소설의 시대』, 미다스북스, 2010, 261쪽.

2) 현대시 <서동요>24)

① 홍해리, <서동요>

1. 사랑
천의 아이들 입마다/불을 밝혀서//서라벌 고샅마다/밤을 밝히던//
사랑 앞엔/국경도 총칼도 없어//오로지 타오르는/불꽃 있을 뿐//
사랑도 그적이면/꽃이였어라.//

2. 노래
사랑 앞에선/황금도 돌무더기/신라 천년/사랑 천년/
그 언저리/노랫소리/들려요 들려요/그대 옆구리 간질이던/바람/
아직도 가슴에 타고/서라벌 나무 이파리/ 하나/ 흔들리고 있어요/
고샅마다//아롱아롱 일어나는/ 아지랑이/몽롱한 꿈자리/보여요 보여요.//

3. 서울
6월이 오면/밤꽃이 흐드러지게 피지만/시멘트 철근의 숲은/오염에 젖어
있고/
흐린 하늘 아래/아래만 살아남은 뜨거운 사랑/순간접착제/뻥튀긴 강정/
불꽃만 요란하고/식은 잿더미가 골목마다 쌓인다/별이 뜨지 않는/매연

---

24) 고영민, 「〈서동요〉를 듣다」, 『악어』, 실천문학사, 2005; 권천학, 〈서동의 일기〉, 『청동
거울 속의 하늘: 삼국유사에 부쳐서』, 푸른물결, 1998; 권천학, 〈서동의 일기: 서동·1〉,
『가이아 부인은 와병중』, 뿌리, 1994; 김규화, 〈서동이여〉, 『진단시동인 테마시집: 서
동에서 등잔까지』, 시문학사, 1991; 김석규, 〈신서동요〉, 『태평가』, 빛남, 2001; 김용관,
〈마동이 선화공주를 안고〉, 『산으로 오르는 통정소리』, 징은출펀, 2005; 문효치, 〈서동
의 기쁨〉, 『진단시 동인테마』, 시문학사, 1991; 박경석, 〈내 열아홉 서동〉, 『아내의 잠』,
민음사, 1987; 박상배, 〈신 서동요〉, 『모자속의 시들』, 문학과 지성사, 1988; 박진환,
〈서동〉, 『진단시동인 테마시집: 서동에서 등잔까지』, 시문학사, 1991.

의 거리/

　이제 사랑도 별볼일없어/찍어 바르고/문지르고 두드려/저마다 몇 개의 탈을 쓰고/

　거리마다 서성댄다/소리의 집만 무성한 잡초 덤불/깨어진 거울조각이/ 시대의 흙 속에 묻힌다.//

　　　　　　　　　— 홍해리, 〈서동요〉, 『대추꽃 초록빛』, 동천사, 1987

　홍해리의 〈서동요〉에서는 원 텍스트와 마찬가지로 사랑에 대한 서정(抒情)적인 감정을 드러내고 있다. 원 텍스트에서는 아이들의 입을 빌려서 목적을 이루려는 서동의 모습과는 달리 홍해리의 시에서는 그 어떤 목적도 없이 사랑의 가치와 의미를 분명히 드러내고자 시도하고 있다. 홍해리의 연작시 〈서동요〉 1편 '사랑'과 2편 '노래'는 원 텍스트를 바탕으로 충실하게 재현(再現)하여 시 속에서 서정적인 감정을 고조시키고 있다. 또한 과거의 서라벌과 현재의 서울이라는 공간을 대비시켜서 현대인이 지닌 애정의 가치와 형태를 섬세하게 형상화하고 있다.

　시에서는 천년(千年)의 시공을 초월한 사랑의 위대함과 가치를 고스란히 현대의 서울로 옮겨왔다. 이러한 시적배경의 설정은 사실적으로 시를 이해하고 공감하게 한다. 해마다 6월이 되면, 천 년 전 신라인들과 마찬가지로 현대인들도 사랑의 감정이 고조되지만, 현대인들에게는 일시적이면서 일회적(一回的)인 육체적 사랑만이 존재할 뿐 진실한 애정의 감정은 찾아보기가 어렵다. 그것은 이성과의 사랑을 쉽게 허락하고 또한 금세 싫증을 느끼는 현 세태의 모습을 반영한 것이기도 하다. 홍해리의 시에서는 현재 대중이 처한 애정의 모습을 '잡초 덤불'이나 '깨어진 거울조각'이라는 부정적 이미지에 비유(比喩)하면서 하찮고 가치 없는 것으로 형상화한다. 그러나 작가는 시적화자를 통해 사랑의 가치를 분명히 설명하고자 노력하는 한편 현실의 안타까운 상황을 한탄하고 아울러 세태의 그러한 태도를 날카롭게 지적하고 있다.

홍해리의 시 〈서동요〉에서는 서동과 선화공주의 애정문제에 대한 집착을 고수(固守)하는 방식을 택하지 않은 채 다만 원 텍스트의 분위기나 정서를 기반으로 하여 현재의 시공간을 대비시켜 애정의 가치를 극명하게 설명해 준다. 이를 통해 현대인의 애정문제와 삶의 생활태도를 반성하고 점검하게 하는 기회를 제공하고 있다.

② 임보, 〈서동형님의 달〉

형님,/열일곱 이른 여름은/유난히도 출렁거렸지요.//천둥은/밤마다/연못 속의 별들을 거둬 올리고,//

새들은/ 더운 날개로/무딘 산자락만 후려치고,//어머니/흰 삼베 적삼엔/비린/먹개구리 울음 소리가/자주 묻어//

형님은/한 이레 밤쯤 생각다가/드디어/잣나무 끝에 꽂힌/달을/부끄럽게 삼켰지요.//

한 말의 마(薯)를 지고/떠나던/ 열일곱/내 왕십리(往十里) 역사(驛舍) 위에도/그 달이/

그렇게 와/걸렸데요.

— 임보, 〈서동형님의 달〉, 『서동에서 등잔까지』, 시문학사, 1991

임보의 시 〈서동형님의 달〉은 원 텍스트의 내용을 충실히 이행하면서 시적화자는 달을 성(性)의 본능(本能)을 주관하는 자연물로 인식하고 있다. 그 성적 충동의 변천(變遷)은 서동의 어머니에게서 서동으로 이어지고 또한 시적화자로 이어진 것으로 해석할 수 있다.

이처럼 성의 본능은 지속적으로 이어져 오는 인간의 가장 원초적인 모습이라고 할 수 있다.

시적화자는 서동을 형님으로 부르면서 청자로 설정하여 시작한다. 무엇보다 원 텍스트가 지니고 있던 애정문제를 근간으로 하는 동시에 한층 구체적인 상황이 보인다. 또한 여기에는 작가의 애정에 대한 문제와 더불어 인간이라면 누구나 겪는 성적(性的)본능의 문제를 중심으로 이 시를 서술해 나가고 있다.

이 시에서는 신라시대의 인물인 서동을 형님으로 설정하여 단순히 그를 과거의 인물로만 치부하는 것이 아니라 동시대의 현실을 살고 있는 인물로 느끼도록 친근감을 부여하고 있다. 이는 시적화자가 지니고 있는 갈등의 상황이 과거로부터 현재까지도 계속해서 이어져 오는 것으로 인간이 지니고 있는 보편적인 감성(感性)이라는 사실을 알려준다.

이 시에서 '열일곱살의 서동이 달을 부끄럽게 삼켰다'는 구절에서 알 수 있듯이 '달'은 선화공주를 의미하는 것이고, 서동은 선화공주와의 육체적 접촉이 있었음을 추리할 수 있다. 이 시에서의 시적화자도 열일곱 살 때 왕십리(往十里) 역에서 특별한 경험을 하게 되는 것으로 묘사하여 그것이 서동과 마찬가지의 경험이라고 짐작하게 하고 이를 통해 서동과의 동질(同質)감을 표현한다. 이런 경험은 인간이라면 누구나 겪는 삶의 통과(通過)의 일부분으로 누구도 피해 갈 수 없는 것이다. 이를 통해 과거의 인물과 현실 속 인물의 특징을 이원화해서 생각할 수 없다는 것을 보여 준다.

고전의 이야기는 단순히 과거(過去)의 문제가 아니라 우리의 일상에서 나타나는 모든 사안들의 기반이 되는 것이다. 서동이 선화와 혼인(婚姻)을 하고 임금의 자리에 오른 것처럼 이 시의 화자 역시 새로운 경험이지만 이는 누구나 겪는 통과의 과정이기에 이를 통해

성숙한 인간의 삶과 가치를 누릴 수 있는 것이다.

③ 문효치, <님 오시는 아침: 선화공주>

저 지평선 끝에/일어서서 걸어 오시는 이//옷자락, 물들여 나부끼는/
어둠을 터어내고 다가오시는 이//
햇빛,/ 거대한 악기 속을 지나 나오며/부신 선율 만들고//
선율,/ 또한 휘감겨 세상을 밝혀/그 손목 잡고 오시는 이//
우주의 끝에 씻어 두었던/맑은 천년/그 어깨에 날개 달아/날아 올리며/
띄어 올리며//
가슴 가슴 속에/별드는 방./방으로 들어오시는 이.//
그 신발 끄는 소리/소리만 들어도/알 수 있는/ 님 오시는 아침.//
  ― 문효치, <님 오시는 아침: 선화공주>, 『백제시집』, 문학아카데미, 2004

문효치의 시 <님 오시는 아침: 선화공주>는 원 텍스트를 기반으
로 하여 선화공주를 중심으로 확장(擴張)된 서사를 보여 주고 있다.
원 텍스트에서는 서동과 선화공주의 애정문제를 중심으로 하고 있
으면서 이야기의 축은 주로 서동이었다. 그러나 문효치의 시에서는
선화공주를 중심으로 서사를 풀어가면서 여성이 지닌 섬세한 감정
을 기반으로 사랑의 감정을 세밀하게 설명하고 있다.
  원 텍스트에서 서동(薯童)은 참요(讖謠)를 통해서 선화공주의 삶을
바꿔놓는 장본인이다. 말하자면 서동은 선화공주에게 애정을 구가
하는 기쁨의 대상이기도 하지만 선화공주에게 갈등의 상황을 가하
는 두려움의 대상이라고 할 수 있다. 그러나 이 시에서는 애정으로
인한 갈등과 고통의 모습보다는 선화공주가 어떤 대상을 기다리는
절실한 모습이 분명하게 형상화되어 있다. 만일 원 텍스트에 집착

한다면 선화공주에게 기다림의 대상은 서동이라고 이야기할 수 있 겠지만 그와는 달리 이 시에서는 선화공주를 현대의 대중이라고 치 환한다면 기다림의 대상은 새로운 존재의 출현이라고 추측할 수 있 다. 이처럼 새로운 존재는 영웅(英雄)이거나 혹은 새로운 체제(體制) 의 출현 일수도 있고 대중이 원하는 무엇인가로 강한 열망과 소망 의 형태라고 볼 수 있다.

이처럼 문효치의 시에서는 애정문제에 중심을 둔 원 텍스트에 대 한 이행보다는 선화공주의 내면을 중심으로 기술해 나가는 동시에 선화공주의 기다림의 태도에 중심을 두고 있다. 선화공주의 기다림 은 현대의 대중(大衆)들에게 투영하여 설명할 수 있는데, 무엇보다 새로운 희망을 찾는 대중들에게 긍정의 효과를 주기도 한다. 이를 통해 작가는 현대인들에게 새로운 희망(希望)과 비전을 제시하고 있 다고 설명할 수 있다.

④ 함민복, <서동을 부러워 함>

장안의 낭자들은 을지로 샐러리맨 두고/농촌의 노총각들을 밤에 몰안고 간다네//

노래가 사랑이 되던 시절이 있었네/말이 씨가 되던 시절이 있었네//

장안에 위장취업해 선화 공주님 만나/농촌으로 돌아오려고 했건만/

우리가 짓는 노래에서는 두엄 냄새가 나는지/멀고 멀기만 하던 처녀의 젖가슴아//

이제는 다시 고향에 돌아와/가슴 시린 사랑의 노래 전하려 해도/노래 불러 줄 학동들마저 없고/ 빈 집 늘 때마다 마음만 텅텅 외로워진다네//서 동 그대는 참 부러운 시대를 살았구려.

― 함민복, <서동을 부러워 함>, 『현대시학』, 1995년 4월호

함민복의 시 〈서동을 부러워 함〉은 현대의 시공간을 활용하여 우리 사회가 겪고 있는 현실의 문제를 보여 준다. 무엇보다 농촌총각들이 지닌 결혼의 어려움을 보여 주면서 천년(千年) 전 신라와 현재의 시간차를 극복하는 한편 화자의 감정을 상세히 풀어 나가고 있다.

원 텍스트를 고스란히 현대적인 상황들과 접목한 함민복의 시속에서는 현대인들에게 경종(警鐘)의 메시지를 주고 있다. 사랑을 성취(成就)하기 위해 자신의 상황을 속이는 현재의 농촌 총각들과 신분을 속이고 마를 팔던 신라시대 서동의 처지는 같은 의미라고 볼 수 있다. 그러나 원 텍스트에서는 결국 선화공주와 혼인에 이르게 되는 서동의 상황과는 달리 이 시속의 농촌 총각들은 결혼이 쉽지 않은 비관적이며 안타까운 처지이다. 또한 농촌총각들은 이러한 상황을 비관해 고향을 떠나는 사람들이 많아지고 이에 화자는 현 세태를 한탄스러워 하는 한편 과거 서동의 삶을 부러워한다.

시의 화자는 순수함과 진실이 존재하던 과거와는 달리 인간이 지닌 원형적인 감정인 사랑마저도 믿지 않는 현실에 대한 안타까움을 시로써 풀어 토로하고 있다. 함민복의 시에서는 원 텍스트를 충실히 이행하면서도 상상력을 배제하고 현실의 문제를 서사적으로 끌어들여 문제의식을 확대하고 있다. 아울러 현대의 대중들이 익숙하게 접할 수 있는 시공간을 시적배경으로 설정하여 정서적인 이해를 돕는다. 그리하여 현 세태를 적나라하게 지적하면서 현실의 문제를 되짚어보는 성찰의 의미를 부여하고 있다.

향가 〈서동요〉를 재창조한 현대 시인들은 무엇보다 〈서동요〉를 새롭게 읽어 내고자 노력했다. 그러나 창작자들은 서동과 선화공주의 러브스토리에 어느 정도 집중하고 있다는 사실을 부인하기는 어렵다. 다만 시적 인물을 단순히 사랑에 빠진 남녀와 그 결합에 중심을 두고 시적 상황을 서술하기보다는 인간의 실존(實存)과 사회(社

會)적인 문제에 치중하여 재현하고자 노력하였다. 그것은 〈서동요〉를 애정의 문제로 보는 단순한 해석에서 벗어난 적극적인 시도이면서 다양한 감상을 추구하는 작업이라고 할 수 있다. 이처럼 현대 시인들은 〈서동요〉를 신분이 다른 두 남녀의 결합이 가져온 성공적인 러브스토리라는 사실에 열광하기 보다는 현실의 대중이 지니고 있는 '삶'의 모습에 대한 접근과 감정의 원형을 추적해 가는 한편 인간에 대한 따뜻한 이해를 보여 주고자 노력하였다.

3) 연극: 〈밀당의 탄생: 선화공주 연애비사〉

연극 〈밀당25)의 탄생〉은 서동과 선화공주의 설화를 바탕으로 탄탄한 스토리와 코믹코드(comic-code)를 자연스럽게 녹여서 만든 사랑이야기로 2012년 2월 PMC대학로자유극장에서 공연되었다. 이 연극은 한국을 대표하는 어린이 공연, 창작 뮤지컬, 라이선스 뮤지컬 등 다양하고 탄탄한 콘텐츠를 보유하고 있는 대표적인 대한민국 문화기업인 피엠씨 프로덕션에서 제작하였다.

연극 〈밀당의 탄생〉은 서동과 선화공주의 설화를 모티프로 하여 선화와 서동의 사랑이야기를 그린 코믹 음악극이다. 그 줄거리는 다음과 같다. 노는 것은 좋아하고 뛰어난 미모를 소유한 신라 최고의 연애스캔들의 주인공 선화공주는 그 시절의 클럽(club)을 드나들면서 유흥(遊興)을 즐긴다. 신라 최고의 미남인 해명도령이라는 정혼자(定婚者)를 두고서 소위 연애의 달인 맛둥도령 서동과 연분이 난다. 감정의 밀고 당기기를 하다가 결국은 사랑에 빠지게 되면서

---

25) 밀당이란 신조어로 밀고 당기기의 줄임말을 의미하는데 남녀관의 관계에서 미묘한 심리전을 줄다리기 하는 것에 비유하는 말로 남녀의 연애를 비유하여 젊은이들 사이에서 자주 사용하는 용어이다.

이야기는 점점 흥미를 더해 간다. 한편 서동과 놀아난 것이 소문이 나서 선화공주는 외출금지를 당하고 상사병에 눈이 먼 서동은 선화공주가 궁에서 소박을 맞을 궁리를 하다가 소문을 내게 된다.[26]

신라의 향가 〈서동요〉가 연극으로 공연되면서 원 텍스트가 지니고 있는 애정의 문제는 그대로 연극 속에서도 모티프로 작용한다. 그러나 연극에서는 선화공주가 중심이 되어 이끌어 가는 연애담(戀愛談)을 중심으로 코믹과 연애심리를 적절히 배합하여 현대대중들의 입맛에 맞게 이야기를 확장하였다. 이 연극에서는 관객의 정서를 충분히 충족시켜 주기 위해 빠른 음악으로 템포감을 유지하는 한편 판소리, 아리아, 랩, 타령 등의 다양한 장르의 음악과 결합한다. 국악과 현대음악의 상호 간의 연관성을 바탕으로 한국적인 아름다움이 넘치는 안무를 동원하여 관객에게 볼거리를 제공해 준다. 연극 〈밀당의 형식〉은 제목 그대로 밀고 당기기라는 콘셉트에서 시작해 어느 쪽으로 전개될지 모르는 팽팽한 긴장감을 바탕으로 완성된다. 밀고 당기기라는 감정은 팽팽한 줄다리기와 같아서 어느 쪽이 이길지 짐작할 수 없는 팽팽한 싸움이다. 그래서 이 작품은 그 팽팽한 긴장감을 유지시키기 위해 밀고 당기기라는 형식미를 차용(借用)하였다.

원 텍스트가 지닌 익숙한 이야기는 구성을 변형하는 것으로 관객의 상상을 전복(顚覆)시킨다. 또한 음악 및 조명, 움직임, 소품 등에서도 밀고 당기기 형식을 느낄 수 있도록 장치들을 활용한다. 대사의 톤(tone)도 사극의 음가(音價)와 현대어를 사용하거나 한자어나 유행어 등을 적절하게 배치시키는 등의 수법을 통해서 자유롭게 극의 전개방향을 이끌어 나간다. 또한 이 연극에서는 고수(鼓手)가 해설

---

26) http://www.mildang.com/social/birth.php

자 역할을 하는데, 북을 치면서 극의 문을 열어주거나 닫아 주는 반복적 행위를 통해서 자유롭게 감정을 표현한다. 고수가 어느 방향으로 문을 열어주느냐에 따라 코믹과 감정이 교차하면서 갈등은 증폭된다. 고수는 이야기의 속도 전개감을 빠르게 유지시키고 극의 분위기를 지속적으로 환기시킨다.

현대연극은 고전적인 재현의 개념에서 벗어나, 재현의 층위를 바꾸면서 표현 영역을 넓혀 왔다.[27] 연극 〈밀당의 법칙〉에서는 기존의 원 텍스트가 지닌 모호한 이야기를 코믹이라는 소스를 접목하여 인물의 심리를 표현하는 방법으로 성공을 거두었다. 이 연극은 대중의 지지를 받으면서 과거의 러브스토리에 집착하여 원 텍스트를 계승한 것이 아니라 현대인이 지니고 있는 사유(思惟)와 관심거리, 흥미를 중심으로 공연하여 관객들에게 재미를 선사하였다. 또한 연극 〈밀당의 법칙〉은 현대인의 시선으로 바라보는 과거의 연애담과 생활상을 보여 주어 현실의 대중에게 신선한 자극과 문제를 던져 주는 것이다.

4. 〈서동요〉의 현대적 변용의 특질

입에서 입으로 전달되는 경우는 복잡한 구조나 직설적 이야기, 교훈을 직접적으로 표현하는 경우는 거의 전달되지 않으며 그 생명력이 길지 못하다는 것은 주지의 사실이다.[28] 다시 말해서 사람들은 대단히 복잡하거나 이해하기 어렵고, 당연한 이야기에는 흥미와

---

27) 안치운, 『연극과 기억』, 을유문화사, 2007, 365쪽.
28) 강명혜, 「『삼국유사』의 언술방식」, 『온지논총』 28권, 온지학회, 2011, 121쪽.

관심도 없을 뿐만 아니라 기억 또한 하지 않으며 전달의 의지 또한 미약하다고 볼 수 있다. 또한 기본적으로 대중의 흥미와 정보제공에 대한 부응 새로운 콘텐츠를 지속적으로 생산하고 포섭할 수 있는 융합성과 개방성 그간의 연구결과를 수용하여 출처의 정확성과 해석의 깊이를 보여 주는 전문성, 대중의 자발적이고 유희적인 스토리텔링이 가능한 능동성, 참여성, 상호작용성을 지닌 것이어야 한다.29)

무엇보다 현대까지 전승될 수 있는 것은 영원한 인간정신에 뿌리를 둔 '의미 있는', '귀감이 될 만한' 가치가 있으며, 이 가치를 통해 '삶의 질적 수준 높이기에 기여'할 수 있다.30) 이처럼 문학작품 특히 고전작품의 가치에 따른 지속적인 생명력은 현대에 와서도 높이 평가되고 있다. 고전작품은 독자의 관심과 애정의 대상이 되면서 적용되고 있다. 또한 그 변용의 주체에는 늘 독자가 중심이 되어서 진행되고 있다. 고전문학의 전승과 현대적 변용 양상은 작품을 수용하는 태도에서 드러난다. 무엇보다 일상사에 대한 상세한 묘사와 현실생활에 대한 깊은 관심을 바탕으로 사실적이면서 구체적인 표현은 사실주의 정신의 매개항이 된다는 점에서 근대성이 반영되는 것이다.31) 한편 문학은 시대와 더불어 시대정신을 반영하면서 인간을 억압하고 그 정신의 자유를 간섭하는 금기들을 깨뜨려 왔다.32)

이와 같이 현대의 독자들은 사실적인 이야기에 호응(呼應)한다. 무엇보다 그 내면은 일상에 길들여져 있으면서 지속적으로 변하지

---

29) 이상진, 「문화콘텐츠 '김유정' 다시 이야기하기: 캐릭터성과 스토리텔링을 중심으로」, 『현대소설연구』 48권, 한국현대소설학회, 2011, 442쪽.

30) 설성경, 『구운몽 연구』, 국학자료원, 1999, 7쪽.

31) 강명혜, 「고전문학의 콘텐츠화 양상 및 문화콘텐츠를 위한 수업모형」, 『우리문학연구』 제21집, 우리문학회 2006, 12쪽.

32) 김주연, 『뜨거운 세상과 말의 서늘함』, 솔출판사, 1994, 106쪽.

않는 스토리들에서 안정감을 느끼며 열광하고, 금기(禁忌)에 대하여 도전하고 있다. 〈서동요〉는 단순하게 규정하기에는 아직 그 실체가 규명되지 않은 작품으로 복잡다단한 문제들이 여전히 존재하고 있다. 아름다움과 모호성을 두루 내포한 노래로, 향가 〈서동요〉는 애정문제에 집중을 하고 있는 것은 사실이다. 외적으로는 신분을 초월한 사랑의 문제로 보이지만 실상은 인간의 욕망과 새로운 희망을 추구하는 적극성을 지닌 노래이다. 이것은 현대에 와서도 많은 장르를 통해서 소통되고 있는데, 그 이유는 꿈을 잃어버리고 쫓기듯 삶을 살아가는 현대인들에게 한줄기 희망의 메시지로 전달될 수 있기 때문이다. 현대인은 청정한 마음을 버린 지 오래로 저마다 욕망이란 전차를 타고 질주하려고만 하다 보니 서로 부딪치기도 하고 추락하기도 하며 별별 고장을 다 내어 인생이란 길을 막기도 한다.33) 그러나 〈서동요〉에는 단순히 개인의 욕망만이 드러나는 것이 아니라 신라시대부터 현대에까지 자신의 삶을 개척하고자 노력하는 인물의 모습이 나타나는 동시에 현대 대중이 가진 의지의 산물(産物)이 투영되어 있다.

한편 현대인들은 타인과 관계 맺기를 원하면서도 상처받는 것이 두려워서 자신감을 상실한 채 위축되어 있다. 현대인들은 대인관계(對人關係)는 맺고 싶지만 타인들에게 거절당하지 않을까 두려워 훔쳐보기로 자신의 욕망을 대리 표출한다.34) 〈서동요〉를 현대적으로 변용한 작품들은 현대인의 훔쳐보기의 욕망을 표출하고 있다. 가장 은밀하면서도 베일에 싸인 신비한 장소 궁궐에서 사는 공주는 평민과는 다른 고귀한 신분을 가졌음에도 불구하고 평민남자와의 애정

---

33) 윤재근, 『노자』 2, 나들목 출판사, 2004, 189쪽.
34) 김상준, 『신화로 영화읽기 영화로 인간읽기』, 세종서적, 1999, 170~171쪽.

문제가 발생되었고, 그것이 적나라하게 발설(發說)되면서 사람들의 호기심에 불을 붙이기에 충분하였다. 또한 이것이 급속도로 퍼진 것은 당연한 일이었다. 〈서동요〉는 '금기(禁忌)와 도전(挑戰)'이라는 내용을 지닌 이야기로 그것을 모티프로 하여 변용하기에 충분하였고, 변용된 작품들은 현대인들의 훔쳐보기의 욕망을 그럴싸하게 포장하였다. 또한 매력적인 이야기의 소재(素材)를 제공하기에 부족함이 없다고 판단이 된다.

또한 〈서동요〉를 현대적으로 변용한 작품에는 가시(可視)화하지는 않았지만 휴머니즘에 바탕을 두고 있다. 휴머니즘은 '인간의 생명, 인간의 가치, 인간의 교양, 인간의 창조력을 존중히 여기고 이것을 보호하여 보다 풍부한 것으로 높이려고 하는 정신으로서, 이것을 부당하게 위협하고 압박하고 왜곡하는 모든 비인각적이고 반인간적인 힘과 싸우는 것'이다.35) 이처럼 휴머니즘을 중심으로 〈서동요〉를 현대적으로 변용한 작품들은 무엇보다 인간에 대한 이해를 중심으로 인간에 대한 가치를 기반(基盤)으로 하여 노력하였다. 이에 차별과 체제 혹은 권력에 저항하면서 자신의 삶을 개척해 나가는 인물의 모습을 형상화하면서 또한 거기에 현대인이 겪고 있는 삶의 모습을 심층적으로 배합(配合)하여 이해를 증진시키고 있다. 대중은 이런 코드를 통해서 정서적인 위로와 삶에 대한 의지를 획득할 수 있다.

---

35) 김윤식, 『역사의 그늘 문학의 길』, 한길사, 2008, 329쪽

5. 〈서동요〉의 가치와 전망

이 장에서는 향가 〈서동요〉의 의미를 파악하고 후대적으로 수용된 가치와 특히 현대적으로 변용된 작품의 양상을 살펴서 그 속에 내재된 의미와 상황을 설명하고자 하였다. 〈서동요〉는 단지 향가로의 가치만을 설명하는 것이 아니라 다양한 장르로의 소통을 통하여 전달되고 있다. 〈서동요〉는 오랫동안 대중들에게 전승되면서 러브스토리라는 원형적인 주제로 인하여 소통되었고 최근에는 문화적인 콘텐츠로서 널리 사용되었다. 향가 〈서동요〉가 신분이 다른 남녀의 사랑과 성공을 노래했다면 후대에 와서 특히 현대적으로 변용한 작품 속에서는 인간의 실존과 가치에 대해 서술하여 현대의 대중들에게 흥미를 부여했다. 지금까지 우리는 차별화된 우리만의 스토리를 확보하지 못했다는 문제점을 가지고 있었으나 그런 측면에서 본다면 〈서동요〉는 우리의 어려움을 해결할 수 있는 대안이며 스토리라인을 활용하기에 충분하다.

〈서동요〉가 현대적으로 변용된 작품들은 여러 장르로의 소통을 통하여 구체적이고 사실적으로 현실 속 대중의 모습을 대변하고, 작가의 독특한 주제의식을 보여 주고 있다. 그러나 고전문학을 수용하는 문제에 있어서 원 텍스트를 온전하게 이해하고 받아들이는 작업은 대단히 어렵고 많은 과제를 수반한다. 원 텍스트를 기반으로 확대된 서사를 창출하고 그 수익을 얻는 것은 대단히 가치 있는 일임에는 확실하지만, 사실상 다양한 작업이 수반되어야 하는 매우 고된 작업이라고 할 수 있다.

〈서동요〉는 대중의 노래이다. 오랫동안 대중에 의해서 구가(謳歌)되어 온 이유는 분명히 존재하고 있다. 애정의 모습뿐만 아니라 민중이 지닌 삶의 모습과 의지가 고스란히 담겨 있기 때문이다. 이복휴의 악부 〈서동〉에서는 여성에 대한 새로운 인식과 인간이 살고 있는 삶의 형태에 집중하면서, 신분이나 성별의 구별 없이 사랑에 대한 적극적인 감정에 대한 사실을 표현했다. 현실적이고 적극적인 삶에 대한 태도는 유연한 문체인 악부를 통해서 형상화하였다. 현대에 와서 이수광의 『소설 서동요』는 설화적인 서사(敍事)를 그대로 이행하면서 역사의 세부적인 사건들을 상세히 곁들어서 이야기의 이해를 증진(增進)하고 소설 속 주인공들의 강인한 모습을 보여 준다. 주인공들은 모두 현실에 대한 적극적인 의지와 선택을 한다. 이는 원 텍스트가 지닌 서동의 태도를 계승하면서 단순히 서동의 애정문제에만 치중하고 있는 것이 아니라 대중이 지닌 삶에 대한 태도와 가치를 판단하게 하는 기회를 제공하였고, 대중들의 기호(嗜好)에 맞추어진 작품으로 변용하여 쉽게 열광할 수 있게 한다.

향가 〈서동요〉를 재창조한 현대 시인들은 〈서동요〉를 새로운 시각으로 재현하고자 노력했다. 그러나 창작자들이 서동과 선화공주의 애정담에 초점을 두기보다는 인간의 현실적인 모습과 사회적인 상황에 비중을 두고 형상화하고자 시도하였다. 그것은 기존의 해석을 극복하여 다양한 감상의 경험을 제공하고자 하는 시도이면서 동시에 삶과 감정의 원형을 추적해 가면서 인간에 대한 이해를 도모하는 것이다. 연극 〈밀당의 법칙〉에서는 원 텍스트가 가진 모호한 이야기에 대중이 즐기는 코믹 요소를 접목하여 인물의 심리를 보여줌으로써 대중의 지지를 받았다. 무엇보다 과거의 러브스토리를 충실히 보여 주면서 현대인의 가치와 관심사를 흥미롭게 배치하여 관객들의 호응을 얻었으며 현대인의 시선으로 바라보는 과거의 연애담과 생활상을 중심으로 대중들에게 신선한 호기심과 문제의식을 보여 주었다.

이와 같이 〈서동요〉를 다양하게 변용한 작품이나 콘텐츠를 통하여 작가가 작품을 대하는 태도나 주제의식을 살필 수 있었다. 그것들은 단순히 과거와 현재라는 단절의 의미가 아니라 오히려 과거와 현재의 연장으로 볼 수 있다. 그러나 다양한 장르로의 변용은 원 텍스트가 지닌 매력과 친근감을 증진한다는 장점을 부여하기는 하지만 세심한 주의와 노력이 없이는 그 가치를 추락시킬 수 있다. 고전은 단순히 과거의 산물로만 여기는 것이 아니라 새롭게 변용되고 재창작 되어서 소통하고 전승(傳承)돼야 하는 당위성(當爲性)을 지니고 있기 때문이다. 그 속에는 과거의 모습이 고스란히 담겨 있으면서 미래에 대한 전망과 해결책도 존재하기 때문이다. 이러한 사실을 염두에 두고 텍스트의 올바른 이해와 가치를 배양해야 한다. 〈서동요〉는 여전히 현대의 대중들에게 삶의 가치와 의미를 고양(高揚)시키고, 다양한 장르로의 변용을 모색하고 있다.

4장

향가 〈도천수대비가〉의 현대적 변용 양상

1. 〈도천수대비가〉의 배경과 의미

문학을 통해서 우리는 현실의 사물과 사유상을 인지할 수 있으며 세계를 살피는 시야가 비로소 넓어진다. 〈도천수대비가(禱千手大悲歌)〉는 신라 제35대 경덕왕(景德王, ?~765, 재위: 742~765)때에 희명이 지은 10구체 향가이다. 『삼국유사』 권3 「탑상」 제4 〈분황사천수대비맹아득안〉조에 가명(歌名) 없이 실려 〈도천수대비가(禱千手大悲歌)〉・〈도천수관음가(禱千手觀音歌)〉・〈천수대비가(千手大悲歌)〉・〈맹아득안가(盲兒得眼歌)〉・〈천수천안관음가(千手千眼觀音歌)〉・〈득안가(得眼歌)〉・〈관음가(觀音歌)〉 등으로 불린다. 그 내용은 희명(希明)이란 여인이 자신의 아들이 출생한 지 오 년 만에 눈이 멀자 분황사 천수관음(千手觀音) 앞에서 이 노래를 지어 아들에게 부르게 하자 눈을 떴다는 신비한 내용을 기반으로 하고 있다. 청원(請願)형 향가에 해당하는 작품으로 〈도천수대비가〉는 자신이 바라는 바가 이루어지길 청원하고 기도하며, 노래에 구체적이면서 외양적 청원의 모습까지 삽입되었다. 〈도천수대비가〉에서는 설화·종교·역사적인 요소들이 어우러지면서 그 성격에 대하여 완전한 해답을 보여 주지 못하고 있는 것이 사실이다.

〈도천수대비가〉는 대중들에게 친숙한 노래이다. 〈도천수대비가〉에 대한 연구는 그동안 창작자의 시비, 관음사상의 구현 및 어석문제, 득안(得眼)의 의미를 규명하는 일에만 치중하였고 그것의 전승과정에 대한 의문은 계속해서 제기되고 있다.[1] 그러나 〈도천수대비가〉가 불교라는 종교적 사실을 기반으로 거부감이 없이 현대에 이르러 문학적 소재로 활용되고, 변용과 수용이 지속적으로 진행되고 있다는 것을 주지한다면 매우 흥미로운 일이라고 할 수 있다. 〈도천수대비가〉는 우리 문학사에 있어서 모성애(母性愛)를 화두(話頭)로 내세워 소망의식을 발현하는 높은 가치의 작품임에도 불구하고 그 창작과 향유에 있어서 소외되었던 것은 안타까운 일이다. 또한 그 위상을 적절히 밝히지 못하여 작품의 한계를 실감할 수밖에 없는 것도 안타까운 현실이다. 그렇지만 〈도천수대비가〉가 현재까지도 전승되는 것은 이미 작품의 대중성과 생명력이 검증되었다는 증거로 볼 수 있다.

창작자들이 지속적으로 동일한 모티프를 사용하여 작품을 구현(具現)한다는 의미는 그들의 세계관이나 소통방식과 깊은 연관이 있고, 동시에 작가들이 보유(保有)하고 있는 자신만의 메시지를 보여주려는 적극적인 시도이다. 그런 측면에서 〈도천수대비가〉는 단순

---

1) 윤영옥, 『신라시가의 연구』, 형설출판사, 1981; 김승찬, 『향가문학론』, 새문사, 1987; 임기중, 「향가문학과 신라인의 의식」, 『문학과 언어』 제23집, 문학과 언어학회, 2001; 박노준, 『신라가요의 연구』, 열화당, 1981; 김동욱, 『한국가요의 연구』, 을유문화사, 1961; 김사엽, 『향가의 문학적 연구』, 계명대학교 출판부, 1979.

히 향가 그 자체로 수용하는 것이 아니라 현대소설, 현대시, 가무악극(歌舞樂劇) 등의 다양한 장르를 통해 새롭게 변용과 활용된 양상을 살필 수 있다. 본고에서는 향가 〈도천수대비가〉가 현대에 와서 변용된 작품의 사례를 검토하는 동시에, 작품이 지니고 있는 의미와 가치에 대하여 서술하고자 한다. 또한 현시대를 살아가는 창작자들이 바라보는 〈도천수대비가〉에 대한 의식을 규명하고 작품 속에 내재되어 있는 실체들을 점검하여 원전의 세련됨을 보여 주고자 한다.

2. 〈도천수대비가〉의 수용 양상

문학작품의 형태적 변이는 새롭게 전개되는 것이 아니라 이미 이전에 창조된 작품과 현실의 상황이 수용되어 일어나는 것이다. 그러므로 문학은 그 작품 속에서 사회가 문학작품의 가치를 양상하기도 하지만 과거의 가치 체계를 전달하고 원형적인 의미를 밝히고 추적하는 과정인 것이다. 고전서사는 오랜 기간을 거쳐 축척되고 취사선택된 텍스트이기 때문에 오늘날 우리의 정서와 공감대를 형성할 수 있는 보편적인 이야기이다.[2] 현재에는 여러 종류의 서사(敍事)가 존재하고 있지만 인간의 본래적인 삶에 대한 성찰의 노력은 부족하다. 고전서사는 인류의 근원적인 삶의 모습과 원형이 반영되어 있어서 그 방법을 모색하기에 유리하다. 그렇지만 현대적 전승(傳承)은 친숙한 이야기를 무의미하게 지속하는 작업이 아니라 현실 사회의 가치를 찾기 위한 새로운 읽기의 방법으로 인지해야 한다.

---

2) 이명현, 「문학콘텐츠 스토리텔링 소재로서 고전서사의 가치」, 『우리문학연구』 25집, 우리문학회, 2008, 102쪽.

1) 수용과정

〈도천수대비가〉는 『삼국유사』 권3 「탑상」 제4 〈분황사천수대비맹아득안〉조에 실려 있다. 이는 『삼국유사』 중에서 사찰(寺刹)의 탑(塔)과 불상(佛像)과 관련된 이야기를 전하는 「탑상(塔像)」편에 실린 것은 분황사 벽면에 그려진 천수대비(千手大悲)에게 소원을 빌고 그 자비를 얻어 아들이 눈을 뜨게 된 불상의 영험담(靈驗談)으로 보기 때문이다.

경덕왕 때에 한기리(漢岐里)에 사는 희명(希明)이라는 여인의 아이가 태어나 다섯 살 되던 해에 갑자기 눈이 멀었다. 어느 날 어머니가 이 아이를 안고 분황사(芬皇寺) 좌전(左殿) 북쪽 벽에 그려진 천수대비(千手大悲) 앞으로 나아가 아이로 하여금 노래를 지어 빌게 했더니, 마침내 멀었던 눈이 드디어 떠졌다. 이 노래가 「도천수대비가」이다. 다음과 같이 기린다 "죽마(竹馬)아 총생(葱笙)으로 맥진(陌塵)에서 놀던 애기, 하루아침에 두눈을 잃어버렸네, 대사(大師)의 자비로운 눈으로 돌보지 않았던 들, 사춘(社春)이나 버들꽃 못 보고 지냈을까"[3]

　　　　　　　　 ― 『삼국유사』 권3 「탑상」 제4 〈분황사천수대비맹아득안〉조

〈도천수대비가〉는 배경설화의 내용이 간단하고 원문의 향찰(鄕札) 표기가 어렵지 않아 해독(解讀)을 둘러싼 논란이 비교적 적었다. 이 노래는 천수관음 앞에 기도하여 눈먼 아이의 눈을 뜨게 하였다는 내용으로 관음신앙(觀音信仰)을 기조(基調)로 한 기원문(祈願文)으로

---

3) 景德王代 漢岐里女希明之兒. 生五稔而忽盲. 一日其母抱兒. 詣芬皇寺左殿北壁畵千手悲前. 令兒作歌禱之. 遂得明. 其詞曰. 讚曰: 竹馬葱笙戱陌塵, 一朝雙碧失瞳人, 不因大士廻慈眼, 虛度楊花幾社春.

향가의 기도적 구조를 대표하는 작품으로 볼 수 있다. 기도의 성격이 신격(神格)에 대한 청원(請願)이라는 구조를 지닐 뿐만 아니라 어법에서도 자유형태가 점차 의식적인 격식을 의식하고 있다고 할 때 자유형태이기 보다는 어느 정도의 양식성을 포함하고 있다고 보는데 그것이 바로 외양적 자세의 청원방법이 대입되었기 때문이다.4)

청원형 향가에서 화자(話者)는 청자(聽者)에게 심리적 열등감을 가지고 이로 인해 저자세를 취하며 자신이 바라는 바를 위해서 청자를 찬양하거나 간절히 애원하는 것을 볼 수 있다. 〈도천수대비가〉에서도 천수관음이라는 자신의 꿈을 이루어줄 수 있는 절대적인 신이 등장하는 청원형 향가의 성격으로 화자는 노래를 통해 자신의 경건한 자세를 강조하고 있다.5) 〈도천수대비가〉의 제작연대를 경덕왕대로 판단하는데, 현존 향가들이 대부분 불교를 전파하기 위한 목적에서 불렀거나 또는 지어진 것으로 보기 때문에 이들 노래가 어떤 한 개인에 의하여 독창적으로 창작(創作)·가창(歌唱)되었다고 설명하기는 어렵다. 또한 예로부터 구전되어 온 전송(傳誦)가요와도 같은 성격을 띠기 때문에 이 노래가 정확히 언제 지어졌는지는 알 수 없다.6)

〈도천수대비가〉 역시 다른 향가와 다르지 않게 오랜 시간 동안 구비전승의 과정을 거쳐 되면서 유동(流動)과 적층(積層)을 통해 완성된 작품이다. 신라향가는 무엇보다 지금은 쓰이지 않는 신라시대 언어를 재구성하기도 힘들거니와, 불교적인 상상력에서 창작된 노래를 제대로 이해하기도 힘들다.7) 그러나 〈도천수대비가〉는 신라

---

4) 이재선, 『향가의 이해』, 한국학술정보, 2003, 530쪽.
5) 박미정, 「향가의 기원성에 대한 유형적 고찰」, 대구교육대학교 석사논문, 2009, 41쪽.
6) 최철, 『향가의 문학적 해석』, 연세대학교 출판부, 1990, 29쪽.
7) 일연, 이가원·허경진 역, 『삼국유사』, 한길사, 2006, 33쪽.

인의 세계관을 이해할 수 있는 노래라고 할 수 있는데, 그 속에 나타난 불교적 성격과 소망의식이 비단 개인의 문제라고만 한정(限定)할 수 없다. 그것은 개인의 문제로 설명할 수 있고 사회적 특수 상황으로도 존재할 수 있기 때문이다. 신라인들은 단순히 문학(文學)이라는 방편을 통해 이상적인 주제를 구현하고 완성하는 것이 아니라 현실적이고 구체화된 문제에 중점을 두고 서사하면서 이미 오래 전부터 인간중심의 실용적인 사안을 실현하는 것에 목적을 두고 있었다. 원 텍스트는 다음과 같다.

膝肹古召旀	무릎을 낮추며
二尸掌音毛乎支內良	두 손바닥 모아
千手觀音叱前良中	천수관음(千手觀音) 앞에
祈以支白屋尸置內乎多	기구(祈求)의 말씀 두노라.
千隱手叱千隱目肹	천(千)개의 손엣 천(千)개의 눈을
一等下叱放一等肹除惡支	하나를 놓아 하나를 덜어
二于萬隱吾羅	두 눈 감은 나니
一等沙隱賜以古只內乎叱等邪阿邪也	하나를 숨겨 주소서 하고 매달리누나.
吾良遣知支賜尸等焉	아아, 나라고 알아 주실진댄
放冬矣用屋尸慈悲也根古	어디에 쓸 자비(慈悲)라고 큰고
	(김완진 해독)

이 노래의 1~4행은 무릎을 꿇고 두 손을 합장하여 천수관음 앞에 기원의 말씀을 올리는 기도의 도입부분이다. 겸손의 행위를 보여주면서 자신의 기원이 얼마나 경건한 것인지 강조하고 있다. 5~8행은 천수대비께 간청하는 신앙의 고백으로 눈을 뜨게 해 달라는 간절한 말로 간절한 기도의 내용이다. 이 부분은 화자의 비극적인 처

지가 강조되면서 더욱 절실하게 소망을 드러내고 있다. 9~10행은 천수관음의 큰 자비를 화자 자신에게 베풀어 달라고 간청하고, 청원의 반복적 부언과 동시에 신에 대한 찬양이 드러난다. 이 노래는 명령이나 강제의 요소에 의존하는 주술가(呪術歌)와는 달리 종교적 신앙을 바탕으로 신격(神格)을 환기하고 나아가 초월적인 신격에 의하여 자신이 구제(救濟)되기를 기원하고 있다. 이러한 점에서 종교적 서정시의 경지에 이르렀다고 할 수 있다. 〈도천수대비가〉는 당시 신라인들에게 많은 깨달음을 주었을 것으로 여겨진다. 현실 속에서 힘겹게 살아가는 신라인들이 어떤 여인의 간곡한 청원과 소망이 현실 속에서 이루어지는 일련의 사건을 목격하면서 그것은 사실을 넘어서 하나의 상징이 되었을 것이다. 그리하여 신라인들은 자신이 속해 있는 현실에서 그들에게 부여된 일들을 생각하고 깨닫는 계기가 되었다. 다른 신라인이 그랬던 것처럼 향가의 힘과 마력을 믿은 작가는 역경 속에서 향가를 지어 부르면 희한하게도 구원을 받을 수 있다는 보편화되다시피 한 당대의 시가관(詩歌觀)을 작자는 신뢰하고 있었다는 뜻이다.[8]

〈도천수대비가〉는 신라시대부터 현재에 이르기까지 지속적으로 향유되어지는 노래이다. 오랜 세월 민중과 함께 성장한 공동작으로 민족의 보편적 심성과 나아가 근원적인 인간의 문제를 담고 있는 것이다.[9] 또한 많은 신라 향가 작품 중에서 표면적으로는 불교적 성격이 나타나 있지만 그 내부에는 작품의 성격이 명확하게 규명되지 않은 채로 현대적인 변용이 이루어지고 있다. 무엇보다 희명의 어린 아들이 눈이 먼 이유나 동기가 확실하게 제시되지 않은 것을

---

8) 박노준, 『향가여요의 정서와 변용』, 태학사, 2001, 25~26쪽.
9) 채새미, 『한국 현대 희곡의 샤머니즘 수용 연구』, 푸른사상, 2002, 39쪽.

상징적으로 추측하자면 아마도 기득권 밖으로의 축출이나 희명(希明) 가문(家門)의 사(私)적인 패망(敗亡)까지도 추리할 수 있다. 이는 천수 대비 앞에 축원을 해서 잃었던 육신의 눈을 되돌려 받은 기적의 이 야기로만 볼 것이 아니라 관음의 인도를 받고 미로(迷路)를 벗어나 길을 찾는 구도(求道)의 시가(詩歌)라고 할 수 있다.[10] 그러나 많은 신라향가 작품 중에서 〈도천수대비가〉가 현대적인 변용(變容)의 사 례가 활발하게 이루어지지 않다는 것은 고려할 필요가 있다. 또한 〈도천수대비가〉를 단순히 과거의 작품으로만 설명할 것이 아니라 그 속에서 신라 당대인의 시대상과 의식수준을 현실과 연계해서 생 각해 보아야 한다. 향가는 구체적인 삶의 현장 속에서 불렸기 때문 에 특정한 생활영역이나 규칙적으로 반복되는 삶의 사건들과 욕구 들, 그리고 문화의 관습과 같은 사회적인 정황이 중요한 위치를 차 지한다.[11] 이를 통해 현재 우리가 살고 있는 현실은 과거와 분리하 여 인지할 수 없다는 것을 깨닫게 해 준다.

3. 〈도천수대비가〉의 현대적 변용

고전서사는 시대를 극복하여 그것을 전달하는 매체의 발달과 함 께 성장하면서 지속된다. 고전서사는 구비전승의 과정을 지나 문자 로 전달되었으나 지금에는 다양한 매체의 발달로 인하여 기하급수 적으로 대중에게 전달되고 있다. 고전문학의 가치는 보편적으로 적 용되어 시공을 초월하여 수용자 자신들의 가치관을 분명히 전달한

---

10) 김성기, 「〈도천수대비가〉 연구」, 『고시가연구』 10권, 한국고시가문학회, 2002, 85쪽.
11) 신배섭, 「향가문학에 나타난 '갈등'과 '화해'양상 연구: 『삼국유사』 소재 14수를 중심으
로」, 수원대학교 박사논문, 2008, 166쪽.

다. 따라서 다른 장르로의 변용을 한 작품에는 분명히 개인의 세계관이 반영되었으며 무엇보다 현대적인 의미의 변용은 철저히 현실의 의미와 사상을 반영하는 한편 개별(個別)의 가치를 더욱 인정한다. 문학 작품이 시대와 작가, 작품을 엮어주는 반영물이라면 이들을 따로 볼 수 없으며 철저한 이해가 기반이 되지 않는다면 작품을 규명하기에 위험이 따른다. 이런 측면에서 〈도천수대비가〉는 여전히 완성된 텍스트라고 판단하기에는 다소 무리가 있고 지금까지도 여전히 다양한 방법으로 모색되면서 활용되고 있는 의미 있는 텍스트이다.

앞으로 논의할 현대소설·현대시·가무악극을 통하여 시대를 초월하여 〈도천수대비가〉에 구현된 대중들의 소망과 현실인식을 살필 수 있다. 아울러 작품 속에 형상화된 대중의 구체적인 모습을 찾고 대중이 처한 개인과 공동체의 양상을 살피면서 그것을 구현해 나가는 방식을 점검하고자 한다. 이를 통해 작품에서 시사하는 바와 우리가 극복해야 할 삶의 방안들에 대해 모색하고자 한다.

1) 현대소설: 정채봉의 창작동화 『오세암』

정채봉의 『오세암』은 강원도와 경북 일대에 구비 전승되어 온 것으로 알려진 불교설화 「오세(五歲) 동자(童子)의 오도(悟道)」를 바탕으로 한 창작동화[12]이다. 「오세 동자의 오도」는 설정 스님과 스님의 조카뻘인 동자의 만남, 오세 동자의 고립, 관음보살의 현신(現身)

---

12) '동화'의 개념 정의는 이견이 있으나 대체로 사전적 의미를 토대로 아동문학의 하위 개념에 포함 시키고 있다. 이재철, 석용원, 박화목 등의 의견이 이와 비슷하고 이원수는 「아동문학 입문」(이원수, 『아동문학 전집』 28, 웅진출판사, 1986)에서 동화와 소년 소설을 구분하여 동화가 상징적이고 비현실적인 이야기라면 구체적이고 현실적인 이야기는 소설의 범주로 분류하였다.

이라는 간단한 구조를 지닌 이야기이다. 정채봉의『오세암』은 서술이 절제된 묘사, 대화로 형상화된 극적 구성과 군더더기 없는 깔끔한 문체로 독특한 미적 구조와 표현에 의해 작품에서 다루고자 하는 사람의 의미와 동심의 구현을 잘 형상화하였다.[13]『오세암』의 줄거리는 다음과 같다.

눈발이 가득한 날 스님은 거지 남매를 포구에서 만난다. 구걸을 하는 것으로 보이는 대여섯 살쯤 되어 보이는 사내아이는 장님 소녀의 손목을 잡고 소나무와 나란히 서 있었다. 사내아이는 떠돌이라는 뜻의 '길손'이고 누나는 눈을 감았다고 해서 '감이'라고 한다. 스님은 불쌍한 남매를 절로 데리고 간다. 절에서 생활을 하던 길손이는 누나에게 바깥세상을 더 잘 설명해 주고 싶은 욕심을 갖게 되었다. 그러한 이유로 길손은 마음의 눈을 뜨기 위해 스님과 관음암(觀音庵)으로 공부를 하러 떠난다. 봄이 오면 내려온다는 스님의 말에 감이도 동생과 헤어진다.

고요했던 관음암은 길손이로 인하여 분주해진다. 길손이는 누나의 마음이 자신과 함께 있다고 믿고 항상 누나와 대화를 시도했다. 암자의 구석구석을 살피던 길손이는 문둥병에 걸린 옛날 스님이 죽은 곳이라는 골방에는 들어가지 말라던 스님의 당부에도 불구하고 골방에 입성한다. 그 골방의 벽에 걸려 있는 그림은 머리에 관을 쓰고 연꽃에 떠받혀 서 있는 아름다운 여인이 그려져 있는 것이었다. 길손이는 그림 앞에서 매일 이런저런 이야기를 하면서 지루한 시간을 보낸다. 어떤 의미인지는 모르지만 그림속의 보살이 너무 좋아서 엄마라고 부르며 노래를 불러주거나 재미난 이야기를 해 주면서 먹을 것을 가져다주기도 한다.

---

13) 김현숙,『두 코드를 가진 문학 읽기』, 청동거울, 2003, 59~80쪽.

한편 한겨울 암자에 식량이 떨어지자 스님은 길손이를 혼자 남겨 두고 산 아래 저자거리로 양식을 구하러 떠난다. 떠나기 전 스님은 길손이에게 무섭거나 어려운 일이 생기면 관세음보살을 찾으라고 한다. 스님이 장을 보러 간 마을에 폭설이 내리고, 스님은 급히 관음암으로 가던 도중 눈 위에 쓰러져 정신을 잃는다. 가난한 농부의 도움으로 정신은 차렸지만 폭설로 인해 관음암으로 가는 길이 막혔다. 스님은 길손이를 관음암에 혼자 두고 떠난 지 한 달 스무날 만에 관음암에 감이와 도착했다. 돌보아 주는 사람 하나 없이 추위와 배고픔에 죽은 줄 알았던 길손이가 관세음보살을 외치는 목소리가 들린다. 법당문이 열리면서 맨발의 길손이가 나와서 엄마가 젖도 주고 함께 놀아 주었다고 이야기를 한다. 이때 관음봉에서 하얀 옷을 입은 여인이 나타나 길손이를 품에 안으면서 이 아이는 하늘의 모습이며, 부처님이 되었다고 이야기를 한다. 관세음보살은 파랑새가 되어 날아가고 감이는 눈을 떠 이 세상을 직접 보게 된다. 설악산에는 꽃비가 내리며, 솜다리 금낭화 금강초롱 철쭉꽃이 온통 산을 덮은 가운데 길손이는 엄마의 품안에 편안히 누운 듯 눈을 감는다. 스님들은 다섯 살짜리 아이가 부처님이 된 곳이라서 해서 이후부터는 관음암을 '오세암'이라 불렀다. 『오세암』의 결말은 죽음과 구원의 혼합적인 감정이 뒤섞여 있다. 길손이의 해탈(解脫)을 보여 주는 한편 기본적인 정서는 감이의 슬퍼하는 모습으로 끝을 맺고 있다.14)

이 작품은 향가 〈도천수대비가〉를 모티프로 하는 작품은 아니다. 〈도천수대비가〉는 불교적 정신에 기반을 두고 있고 종교적 구원을 바탕으로 하는 서술구조를 지닌 이유 때문인지 명확하게 설명할 수

---

14) 박성철, 「정채봉 동화 『오세암』과 애니메이션 「오세암」 비교연구」, 부산교육대학교 석사논문, 2008, 46쪽.

는 없지만 현대소설로 변용된 사례가 많지 않다. 〈도천수대비가〉는 현실 속에서의 갈등을 초자연적 존재를 끌어들여 그들의 힘에 의탁해서 질병을 치유하고 복을 맞이하여 현실 속에서의 갈등을 치유하고, 더 나아가 희구의 대상을 성취하고 있는 노래로 볼 수 있다면[15] 정채봉의 〈오세암〉 역시 인간의 힘에 의해서 어떤 사실이 실현되기보다는 초자연적이며 신성한 힘에 의해서 복락이 결정되는 것으로 믿고 실현되는 과정을 그리고 있다. 그 힘을 주는 정체를 관세음보살로 규정하면서 초자연적인 존재의 힘을 빌려 현세적인 삶의 복락을 추구하고 아울러 갈등과 모순을 해결하려는 작자 차원의 심리적 과정이 드러나는 점이 〈도천수대비가〉와 공통점이라고 볼 수 있다.

관음보살(觀音菩薩)은 인간 세상의 환난을 구제하는 것을 그 본분으로 삼는 존재이고 중생의 마음과 고통을 구제해 줄 뿐만 아니라 중생이 비록 어떠한 고통 속에 직면해 있을지라도 한결같은 마음으로 관세음보살을 부르면 그 즉시 찾아와서 고통을 받고 있는 사람의 어려움을 구원해 주는 보살이다. 향가 〈도천수대비가〉에서 희명에게 관음보살이 아들의 운명을 좌우할 수 있는 위력(威力)의 존재라면 정채봉의 『오세암』에서 관음보살은 길손의 운명을 좌우하는 위력의 존재이면서 구원의 대상이다. 그러나 『오세암』에서는 위력의 존재가 친근한 관계를 맺고 있는 것으로 부각되지만 난잡(亂雜)한 교리(敎理)의 나열이나 종교적인 분위기를 느끼기는 어렵다. 또한 정채봉의 『오세암』에서 서술의 대상이 되는 길손이의 심적인 고통과 그러한 고통 속에서 벗어나고자 하는 간절한 소망이 절실하게 표출되고 있다. 정채봉의 작품 역시 구원이라는 주제를 구현하고 있는 것은 사실이지만, 그 속에는 분명히 현실 속에서 대중에게 결

---

15) 신배섭, 앞의 논문, 167쪽.

핍(缺乏)된 요소를 판단하게 하는 강력한 힘을 지니고 있다. 이를 바탕으로 어려운 현실을 살아가는 대중들에게 삶의 의지를 부여하는 한편 이러한 현실을 극복하고 구원을 해 줄 수 있는 절대자에 대한 출현을 기대하는 심리가 기저에 있다고 볼 수 있다. 〈도천수대비가〉에서 창작자가 관음보살에 대한 절대적인 믿음으로 자신의 소망을 이룬 것처럼 마찬가지로 정채봉의 『오세암』 역시 참된 믿음과 구원의 소망을 이루고자 하는 작가의식이 절실하게 나타난다.

2) 현대시

향가 〈도천수대비가〉를 모티프로 삼고 있는 현대시[16]의 대부분이 원 텍스트의 전범(典範)적인 해석에서 벗어나서 다양한 모습의 해석을 보여 주기 위하여 문학적 함의(含意)를 적극적으로 활용하려는 시도를 보여 주고 있다.

① 강은교, <희명>

희명아, 오늘 저녁엔 우리 함께 기도하자/ 너는 다섯 살 아들을 위해/ 아들의 감은 눈을 위해/ 나는 보지 않기 위해/ 산 넘어 멀어져 간 이의 등을 더 이상 바라보지 않기 위해/ 워어이 워어이/ 나뭇잎마다 기도문을 써붙이고/ 희명아 저 노을 앞에서 우리 함께 기도하자/ 종잇장 같아지는 흰 별들이 떴다/ 우리의 기도문을 실어갈 바람도 부는구나/세월의 눈썹을 서

---

16) 김서규, 〈도천수대비가 후사〉, 『태평가』, 빛남, 2001; 김은정, 〈별〉, 『현대시 2000』, 문학세계사, 2000; 류제하, 〈천수관음이 되어〉, 권갑하, 『말로 다 할 수 있다면 꽃이 왜 붉으랴』, 일도란, 2002; 박희진, 〈도천수관음가〉, 『산화가』, 불일출판사, 1988; 신달자, 〈천수천안보살〉, 『오래말하는 사이』, 민음사, 2004; 이향아, 〈도천수관음가〉, 『껍데기 한칸』, 오상사, 1986; 황양미, 〈도천수대비가〉, 『늑대와 춤을』, 빛남, 1994.

겨서걱 흩날리는 그 마당이 나뭇잎 소리/희명아, 오늘 밤엔 우리 함께 기
도하자/ 나뭇잎마다 기도문을 써붙이자/워어이 워어이/ 서걱서걱 흩날리
는 그 마당의 나뭇잎 소리/

— 강은교, 〈희명〉, 『네가 떠난 후에 너를 얻었다』, 서정시학, 2011

강은교의 시 〈희명〉은 원 텍스트에서의 시적화자로 추정하는 희
명을 시 전반의 청자로 내세워 독자로 하여금 친근감을 느끼게 하
면서 서술하고 있다. 원 텍스트에서 신앙을 통해 자녀의 안녕을 기
원하는 것은 신라시대뿐 아니라 오늘날에도 보이는 보편적인 모성
(母性)의 모습이다. 다만, 대상 신이 다르고 그에 따른 신앙의 관습
이 달라 기원의 태도나 지향에서 차이가 날 수는 있을 것이다.[17] 이
시는 『삼국유사』 속에 등장하는 희명에 대한 특별한 배경지식이 없
더라도 쉽게 시를 이해할 수 있는 장치가 곳곳에 마련되어 있다. 강
은교의 시에서도 희명은 원 텍스트와 마찬가지로 눈이 먼 아이를
둔 안타까운 모성을 지닌 여인으로 보편적인 모성을 가진 여인으로
설명된다. 시적 화자는 그런 희명에게 연민과 안타까움을 동시에
느끼면서 함께 기도하기를 권한다. 그런 화자 또한 자신만의 슬픈
사연을 가지고 있는 것으로 추리되는데, "산 넘어 멀어져 간 이"의
구절을 통해 이별의 아픔을 지닌 사람으로 짐작할 수 있다. 그리하
여 아픔을 지닌 두 사람이 서로를 위로하는 형상이 구현된다.

원 텍스트에서는 화자가 눈 먼 아들을 위해 기도(祈禱)를 한다면
강은교의 시에 나타난 화자는 원 텍스트를 충실하게 재현하기보다
는 주제를 확장하여 떠난 이를 위해 기도하는 것으로 확장하였다.
현대적 전승은 친숙한 이야기의 반복이 아닌 당대 사회의 의미를

---

17) 신재홍, 「신라사회의 모성과 향가」, 『한국고전여성문학연구』 14권, 한국고전여성문학
회, 2007, 75쪽.

발견하기 위한 끊임없는 새로운 읽기의 과정이다.[18] 이 시의 형태
는 고통을 받는 사람에게 바치는 절절한 노래이자 위로라고 볼 수
있다. 무엇보다 '희명'이라는 이름을 시 전반에 배치하여 신라시대
의 인물로 표현하는 것이 아니라 오늘날 현실 속 일상적인 삶을 살
아가는 평범한 인물로 형상화하여 현대인이 지닌 고달픈 삶의 여정
과 비애를 충실하게 대변하고 상징한다. 또한 시공간을 초월한 저
너머의 전설적이면서 원형적인 인물을 일상으로 끌어 들여 동시대
를 살아가는 오늘의 대중들에게 소망이 발현(發現)될 수 있다는 막
연한 위로와 치유를 주고 있다.

② 박희진, <도천수관음가>

아들아, 내 아들아, 다섯 살 난 내 아들아,/이 홀어미가 너만 믿고 살았더니
어느날 갑자기 눈이 멀어 버리다니// 가자, 가자. 오늘은 분황사 좌전에로/
북벽에 천수관음님께/빌어서 안될 일은 아무 것도 없다는데./
그 이름만 일컬어도 타 죽지 않고/불 속에 빠진 이는, 그 이름만 일컬어도/
얕은 곳에 이른단다, 물 속에 빠진 이는.//
아들아, 내 아들아, 다섯 살 난 애 아들아,/너와 나는 일심으로 노래를 지어/
대자대비하신 관음님께 빌어보자.//
무릎을 꿇고/ 두 손을 모두어서/천수관음님께/지성으로 비나이다/
즈믄 즈믄/ 하나만 덜어/둘 다 없는 이몸이오니//
하나만 고쳐 주시옵소서/아으 내게 주시오면/그 큰 자비를 어찌 다 헤
아리리//

— 박희진, 「도천수관음가」, 『산화가』, 불일출판사, 1988

18) 안토니 이스트호프, 임상훈 역, 『문학에서 문화연구로』, 현대미학사, 1996, 81쪽.

문학에서 전통이 유익하게 되고 치명적인 것이 되지 않기 위해서는 다른 작품을 위한 출발점이 될 수 있어야 한다. 따라서 이 다른 작품은 그 형태와 내용면에서 약간 유사하더라도 상당한 새로움을 내포(內包)하고 있어야 한다.[19] 박희진의 〈도천수관음가〉는 향가 〈도천수대비가〉를 주제적으로 확장하기보다는 충실히 이행하고자 노력한 작품으로 설명할 수 있다. 원 텍스트의 내용을 그대로 전면에 배치하여 어색함 대신 유대감을 부여하는 한편 원 텍스트와 연결고리를 형성하고 있다. 또한 박희진의 시에서는 천년의 시공(時空)을 초월한 모성의 가치와 헌신이 작품 속에 고스란히 형상화되고 있다. 그러나 원 텍스트와 달리 직접적으로 아들을 청자로 규정하고, 어머니는 화자로 설정하여 시상을 전개하고 있으며 신앙에 대한 굳은 믿음을 보여 준다.

박희진의 시 〈도천수관음가〉에서도 희명이라고 추측할 수 있는 화자가 자신의 아들의 눈을 뜨게 하기 위한 절절한 기도와 청원의 방식을 그대로 채택하여 자비를 강구(講究)하고 있다. 여기에 천수관음의 영험(靈驗)을 덧붙여서 천수관음의 자비와 기적을 한층 부각시키면서 변함없는 신심(信心)을 갖기를 강조한다. 그렇지만 이 시에서는 종교적 성격을 기반(基盤)으로 하면서 무엇보다 모성애를 강조하여 설명하고 있다. 또한 현재의 대중들에게 모성의 가치와 자비를 구하는 방법과 그 의의를 구현하고 있다.

③ 이승하, 〈도천수관음가〉

간절하면 이루어지는 것도 있으리/그저 막막하여 눈앞이 캄캄할 때/

---

19) 에드워드 쉴즈, 김병서·신현순 역, 『전통』, 민음사, 1992, 67쪽.

더듬어 만질 무엇하나 보이지 않을 때/간절히원하면하늘이알아듣고땅이귀담아들어/

이루어지는것도 있으리//한기리(漢岐里)의 여인 희명(希明)은/다섯 날 난 제 아이 눈이 멀자/

분황사 좌전(左殿)에 있는 천수관음(千手觀音) 벽화 앞에 데려갔다 한다/천수천안(千手千眼)을 가진 천수관음 앞에서 노래 따라 부르게 해/눈을 뜨게 했다는 데//

누이야/네가 종일 멍청히 바라 보는 벽은 온통 흰색/그 사이 검은 쇠창살/쇠창살 사이로 보이는 토막난 하늘/먹장구름 보이는 날 너는 우울해하고/보름달 뜨는 날 너는 울부짖지/번개 치는 날은 베개 껴안고 흐느껴 울고//

이병원이 도대체 몇 번째 병원이냐/네 목구멍으로 넘어간/알약의 수는 도대체 몇 만 개냐/

설화의 시대에 사람은/동굴 속에서 태어나 들판에서 죽었는데/누이야 너는 병원에서 태어나/병원에서 살다가/흰 시트 위에서 죽겠지//

두눈이 없는 제게 눈을 주신다면/그 자비로움이 얼마나 크겠습니까/이 캄캄절벽 기막힌 밤에/태풍이 지나가는지 천둥이 친다만/이 오래비가 취하여 가슴 치며/고래고래 고함치며 부르는 노래/따라 부를 수 있겠니//
　　　　　　　　　　　　― 이승하, 〈도천수관음가〉, 『계간 시작』 제35호, 2010

향가 〈도천수대비가〉는 신과 인간의 사이에서 모성(母性)이 인간의 결함을 채워 달라고 간구하고 있다. 모성은 '자비(慈悲)'의 불성과 통한다는 믿음에서 염원하고, 소망 성취 후에 행할 보답까지 제시하였다. 원 텍스트에서는 종교적 지향과 실천을 통해 자비의 가치를 가지게 되었다.[20] 이승하의 〈도천수관음가〉는 원 텍스트의 제목

---

20) 신재홍, 앞의 논문, 76~77쪽.

을 그대로 사용하여 시의 맥락과 원전의 사연 간에 존재할 지도 모르는 연관성을 드러내어 유기성을 나타내고 있다. 그리하여 시에 대한 이해와 가치의 증진(增進)을 높이고 있다. 이승하의 시에서는 원 텍스트와 달리 시적 청자를 누이로 설정하여 전개하고 이는 독자와의 거리를 좁히게 한다. 원 텍스트에서는 화자가 아들의 득안을 간구하는 구도였다면 이 시에서는 오빠가 병든 여동생의 완쾌를 비는 기도로 나타나고 있다. 또한 배경에서도 차이점이 있다. 원 텍스트는 종교적인 공간에서의 간구(懇求)였다면 이 시에서는 병원(病院)이라는 다소 삭막하고 현대적인 공간에서의 대치이다. 또한 시 전체에 쓰인 어둡고 부정적인 시어들은 여동생의 처지를 극단적으로 보여 주어 비극성을 고조하고 있다. 원 텍스트에서는 무조건적인 믿음과 실천을 강조하고 있다면 이 시에서는 병든 누이의 상황을 사실적으로 보여 주어 소망의 성취보다는 현실적인 좌절의 모습을 보여 준다.

이승하의 〈도천수관음가〉에서는 시적 상황이나 인물을 현대인의 시선에 맞추어서 설명하려는 노력을 찾을 수 있다. 이와 같은 노력은 시에서 보여 주는 현실에 대한 깊은 탐구이면서 다양한 해석을 통하여 시대적 사유와 함의파악에 적극적으로 동참(同參)하려는 사실로 볼 수 있다.[21]

〈도천수대비가〉를 현대시로 변용(變容)한 작가들은 고통의 현실 속에서 자신들을 구원해 줄 초월적인 존재에 대하여 갈망하고 있다. 또한 이런 감정을 직설적으로 표출하고 있다. 원전을 차용하거나 변용하여 원전의 익숙함을 보이는 것만이 능사는 아니다. 원전을 뛰어 넘는 발전적 방향에서의 다시 쓰기가 되어야 하는 것이

---

21) 하경숙, 『한국 고전시가의 후대 전승과 변용 연구』, 보고사, 2012, 233쪽.

다.22) 그들은 원 텍스트 〈도천수대비가〉를 피상(皮相)적이고 괴기(怪奇)한 스토리로 받아들이는 것이 아니라 그 속에 내재된 깊은 의미와 상징을 통해 삶의 지혜를 제시하는 하나의 지표로 삼고 있다. 또한 어떠한 소망을 이루기 위해서는 단순히 성취되기만을 안일(安逸)하게 기다리는 것이 아니라 적극적인 간청과 절대적인 믿음이 전제가 되어야 한다는 것을 대중들에게 일깨우고 있다.

3) 가무악극: 〈천년유향: 향가〉

가무악극 〈천년유향(千年遺香): 향가(鄕歌)〉는 문화상품화를 위한 프로젝트로 기획되었다. 대구 공연예술의 브랜드화를 기반으로 하는 이 작품은 2008년 12월에 대구 동구문화체육회관에서 공연되었다. 천 년 전 신라인들은 호연지기(浩然之氣)를 위해 사냥을 하고 춤으로 제(祭)를 올리고 희로애락(喜怒哀樂)을 향가에 담아 불렀다. 향가에 담겨 있는 신라인들의 꿈과 사랑 그리고 희망이 현대인의 그것과 다르지 않다. 가무악극 〈천년유향: 향가〉에는 유구한 역사를 관통하여 흐르는 신라인의 우주관과 세계관 그리고 삶에 대한 관조(觀照)를 향가 노랫가락으로 표현하였다. 또한 향가에 담겨 있는 신라시대 사람들의 섬세한 감정과 문화적 통찰을 전통연행과 현대적 공연양식의 퓨전(Fusion)이라는 방식으로 현실의 대중들에게 공연되었다.

우리 전통예술인 가(哥)·무(舞)·악(樂)이 가지고 있는 흥겨움과 독창성을 기반으로 전통문화유산의 보고(寶庫)라고 불리는 『삼국유사』 속의 향가를 통해 표현하였다. 전통예술의 아름다움을 바탕으로 현

---

22) 나정순, 『고전시가의 전통과 현재성』, 보고사, 2008, 221쪽.

대적으로 각색된 춤사위와 각종 퍼포먼스·퓨전연주 등의 다양한 방식과 예술성을 접목하여 프로젝트제작 방식으로 공연하여 민족의 최대유산인 향가를 현대적 공연상품으로 제작하는 것에 성공하였다. 공연장(公演場)은 야외 대형공연장의 공연을 기본 방향으로 기획하였으며, 이는 자연과 소통할 수 있는 특별한 공연을 마련하고자 한 것이었다. 아울러 많은 대중들은 열린 공간에서 전통과 현대 그리고 자연이 어우러진 공연을 관람하며 감동을 느낄 수 있었다. 또한 극장용 공연도 함께 기획하여 멀티유즈(Multi Use)가 가능한 공연상품을 진행하였다. 가(哥)·무(舞)·악(樂)·극(劇)·영상(映像)장르의 복합구성으로 만들어진 가무악극 공연은 관객에게 다양한 볼거리의 즐거움을 만끽하게 하였다.

또한 청소년들에게 민족문화의 유산을 현대적인 볼거리로 인식하고 체험할 수 있는 교육용 공연물로 재구성하여 교과서에서만 보던 박제(剝製)된 향가가 아니라 살아 숨을 쉬는 향가를 경험하는 기회를 제공하였다. 신라향가를 바탕으로 한 다양한 설화는 공연을 통해 문학적, 음악적, 연극적, 역사적, 사회적 학습과 체험을 얻을 수 있는 동시에 기회가 되었다.

〈천년유향: 향가〉는 총 5장으로 구성되었다. 대중들에게 널리 알려진 작품들로 배치되었다. 1장 〈단군신화〉로 시작하여 〈혜성가〉, 〈헌화가〉, 〈공덕가〉·〈도천수대비가〉, 5장 〈도솔가〉로 마치는 구성으로 이루어진 화려한 볼거리를 제공하였다. 〈도천수대비가〉는 〈공덕가〉와 더불어 4장에서 공연되었다. '지성이면 감천'이라는 부제를 바탕으로 신나는 노동요(勞動謠)인 〈공덕가〉와 구구절절한 기도노래인 〈도천수대비가〉를 이야기 구성방식으로 엮어서 노래극으로 표현하여 대중들로 하여금 많은 공감을 얻게 하였다.[23] 향가는 공연예술적인 면모를 갖추기 위해서는 전승자(傳承者)가 작품의 본래 지니고 있는 동시대인의 보편적인 심성과 근원적인 인간의 문제를 추출(抽出)해야 한다. 단순히 전해 내려오는 이야기를 충실히 재현하여 보여 주는 것만으로는 성공할 수 없으며 독창적인 공연예술(公演藝術)의 면모를 발굴하고 작품관을 확립해야 한다. 향가 〈도천수대비가〉는 공연예술에서 단독으로 공연되는 사례를 찾아보기가 어렵다. 현재에 와서 다양화된 공연예술의 소재 속에서 여전히 불교의 관음사상과 종교적인 문제에서 자유롭기란 쉽지 않은 일이다. 무엇보다 공연예술의 우위를 차지하기 위해서는 현재의 대중이 직면한 삶의 문제와 관심의 영역을 연계하여 그들의 구미에 맞도록 스토리를 발굴(發掘)하고 서사를 확장하는 시도가 시급하다. 현대 사회의 해답은 과거를 반성하고 미래를 예측하는 가운데 얻어지기 때문에 스토리를 생산하고 소비하는 과정을 통해서 사회문화적 과제에 대한 방안을 찾을 수 있을 것이다. 또한 이 기회를 통해 그동안 자주 콘텐츠의 소재로 활용하지 않았던 관음사상에 대하여 집중적으로 조명해 보는 한편 다양한 콘텐츠로의 활용 가능성을 고려해 볼 필요가 있다.

4. 〈도천수대비가〉의 현대적 변용의 의미

독자들은 창작인이 만들어 놓은 작품과 끊임없는 대화를 계속함으로써 새로운 작품의 의미를 독자적으로 산출할 수 있게 되는 것이다.24) 미래에 대한 확신과 전망이 없는 상황에서 신라인들은 〈도

---

23) http://www.culture.go.kr:8800/performNexhibit/public/Public_View.jsp?ar_list_num=245&ar_seq=4576
24) 정효구, 「작가와 독자 그리고 텍스트」, 박찬기 외, 『수용미학』, 고려원, 1992, 176쪽.

천수대비가〉를 통해서 소망하는 것이 실현되는 것을 체험하였다. 이 노래는 종교적 신앙심을 기반으로 자신이 구원되기를 강구하고 있다는 점에서 종교적 서정시의 경지에 이르렀다고 말할 수 있다. 특히 특별한 문장의 수식이나 기교 없이 절제된 감정으로 자신이 구하는 바를 간절히 호소하여 상대방에게 직접 다가서고 있다는 점에서 높이 평가할 수 있다. 이러한 표현은 상대에 대한 무한한 신뢰감(信賴感)이 보장되지 않는다면 불가능한 일이다. 〈도천수대비가〉를 현대적으로 변용한 사례에서 알 수 있듯이 가장 현실적이지 못한 그 '신이성' 신화적 요소야 말로 현실적인 관계를 푸는 열쇠가 된다. 역설적이나, '신이성(神異性)'의 요소는 가장 현실적인 동기를 가진다고 보겠다.25) 〈도천수대비가〉를 현대적으로 변용한 작품들은 신적 존재의 절대성을 바탕으로 고통을 받는 현대인들이 자신의 간절한 소망을 드러내는 기회가 되었고, 그것의 가치를 깨닫는 계기가 되었다.

지금 대중은 금융위기, 미래에 대한 불신, 정치권에 대한 강한 불만, 공교육(公敎育)의 붕괴, 이분법(二分法)적 사고의 확대로 인한 사회적 갈등의 양산, 빈부(貧富)의 격차 심화, 해소되지 않는 청년 실업(失業), 심리적 불안과 우울로 인한 자살자(自殺者) 속출 등 실로 엄청난 투쟁 속에서 삶을 이어 간다. 이런 현실 속에서 대중들은 거대한 상처를 치유(治癒)하고자 노력하고 있는데 그 중 하나가 문학을 통한 치유의 열망이다. 향가 〈도천수대비가〉는 대중들에게 하나의 지침이 될 수 있다. 투쟁의 현실을 살고 있는 대중들은 역설적(逆說的)이지만 작품 속에 존재하는 신이성에 근거하여 절대자가 존재한다는 믿음을 갖기에 충분했고, 미래의 길을 잃고 방황하는 대중들

---

25) 황패강, 『일연작품집』, 형설출판사, 1982, 180쪽.

에게 희망의 계기가 되었다. 또한 대중은 간절한 청원(請願)과 기원(祈願)으로 절대자의 자비(慈悲)를 구하며 자신을 위탁하고 치유하는 과정을 자연스럽게 보여 주고 있다. 그것은 그들의 삶을 열정적이고 풍요롭게 만드는 요소로 작용할 것이다.

현대 대중들은 개인주의에 익숙해져 타인을 배려하고 존중하는 일에는 무뎌져 있다. 그러면서 무엇보다 삶에 대한 회의(懷疑)와 고독 속에서 스스로 불신과 결핍에 빠져있다. 이와 같은 상황 속에서 현대인들은 스스로 끊임없는 고통 속에서 자신을 가두고 있다. 이 무서운 고독감을 극복하는 근본적인 방법은 자기 본래성(本來性)을 자각하고 타인의 정서에 공감하면서 사람과 사람 사이의 동질성을 회복(回復)하여 서로 사랑하는 것뿐이다.26) 그 사랑을 회복할 때 바탕에는 모성에 대한 강한 열망이 존재하고 있다. 어머니는 오롯이 자신을 희생하여 자식의 행복을 추구하는 존재이므로 대중들은 고통의 시간 속에서 가장 완전한 위로와 치유를 얻고자 할 때 어머니를 떠올린다. 현대인이 겪는 대립과 대결의 구도에서 화해와 평화를 추구하는 경향이 지배적인 새로운 세기의 비전으로 부드러운 모성적 정서가 손색이 없음을 인지시켜 준다.27) 이처럼 모성에 대한 위대함은 〈도천수대비가〉를 현대적으로 변용한 작품에서 분명하게 드러난다. 현대인은 청정한 마음을 버린 지 오래로 저마다 욕망이란 전차를 타고 질주하려고만 하다 보니 서로 부딪치기도 하고 추락하기도 하며 별별 고장을 다 내어 인생이란 길을 막기도 한다.28) 그러나 〈도천수대비가〉에는 단순히 인간의 욕망만이 점철(點綴)되

---

26) 이상호, 「성설을 통한 현대인의 삶의 분석」, 『유교사상연구』 제35집, 한국유교학회, 2009, 283쪽.
27) 구명숙, 「김후란 시에 나타난 '가족'의 의미와 현실인식:『따뜻한 가족』을 중심으로」, 『한국사상과 문화』 제51권, 한국사상문화학회, 2010, 104쪽.
28) 윤재근, 『노자』 2, 나들목 출판사, 2004, 189쪽.

어 나타나는 것이 아니다. 신라시대부터 현대에 이르기까지 대중들에게는 자신의 삶을 지지해 주고 위로를 해 주는 절대적인 존재가 있는데 〈도천수대비가〉를 현대적으로 변용한 작가들은 대중들의 모성에 대한 열망을 주지하고 있다. 또한 그들에 대한 위로를 작품 속에서 형상화하는 동시에 변하지 않는 절대불변의 존재인 어머니의 사랑이 얼마나 위대하고 아름다운 것인지를 깨닫게 한다.

〈도천수대비가〉는 명확히 설명하기 어려운 성격의 아름다운 노래이다. 절실한 기도의 노래이면서 대중의 소망을 표출하고 모성의 간절함이 나타나는 가장 현실적인 노래이기도 하다. 〈도천수대비가〉는 불교적(佛敎的) 색채를 띠는 향가라는 사실에도 불구하고 문화콘텐츠로의 다양한 활용의 가능성을 가지고 있어 현대 서사의 가장 매력적이고 다양한 장르들과 결합하여 메시지를 전달하려는 시도를 하고 있다. 이는 〈도천수대비가〉가 지닌 '서사'를 바탕으로 새로운 장르에 대한 끊임없는 모색과 활용이라는 방법을 통해 작품의 지속성을 유지하는 한편 확장하고 있는 것이다. 현대의 대중들은 여전히 인간에 대한 이해를 중심으로 인간의 가치기반의 향상을 위해서 노력하고 있다. 이에 차별과 체제 혹은 권력에 저항하는 전통적인 자세를 취하기보다는 현실 속에서 자신의 정서적 안정과 의미를 찾는 것을 원한다. 대중은 이런 코드를 통해 정서적 안정감과 삶에 대한 강한 열정을 얻을 수 있는 계기가 된다.[29]

---

29) 하경숙, 「〈서동요〉의 후대적 수용 양상과 변용 연구」, 『온지논총』 제33권, 온지학회, 2012, 57쪽.

5. 〈도천수대비가〉의 특질과 가치

〈도천수대비가〉가 지닌 작품의 구조와 주제가 당대의 작가들이
나 독자들에게 가치가 있었던 것으로만 이야기할 수 없다. 시간의
흐름에도 불구하고 그때마다 다양하게 해석되는 동적 구조[30]에 속
해 있음을 말해 준다. 이는 고전의 서사를 현대적으로 재창조하는
과정에서 창작자의 상상력과 아울러 현실인식이 정밀하게 나타나
는 의미이다.

본고에서 향가 〈도천수대비가〉의 의미를 파악하고 현대적으로
수용된 가치와 변용된 작품의 양상을 살펴서 그 속에 담긴 작품의
함의를 설명하려고 시도하였다. 〈도천수대비가〉는 향가로의 가치
를 전달할 뿐만 아니라 다양한 장르로의 소통 가능성을 열어두고
전달되고 있다. 〈도천수대비가〉는 오랫동안 대중들에게 눈먼 아들
의 눈을 뜨게 하려는 어머니의 간절한 기원으로만 소통되었다면 최
근에는 문화적인 콘텐츠로서 환영(歡迎)을 받고 있다. 지금까지 우
리는 〈도천수대비가〉를 단지 불교 사상으로만 이해하려는 시각에
편중되었지만 소망의식과 모성애라는 소재로 확장하여 다른 여러
장르들과 연계하여서 활용할 수 있었다. 정채봉의 『오세암』 역시
구원이라는 주제를 구현하고 있는 것은 사실이지만 그 속에는 분명
히 현실 속 대중에게 결핍된 요소를 판단하게 하는 강력한 힘을 지
니고 있다. 이를 바탕으로 복잡한 현실을 살아가는 대중들에게 삶
의 의미를 부여하는 한편 이러한 현실을 극복할 수 있는 방안으로

---

30) 동적구조란 작품 자체는 변화하지 않지만 그것이 지니고 있는 주제는 시대와 독자에
　　따라 다르게 받아들여지면서도 작품의 본질은 훼손되지 않는 경우의 작품구조를 말한
　　다. 작품의 동적 구조는 부분들이 유기적으로 결합되어 전체와 밀접한 관련을 맺을 때
　　생성된다(김일영, 『문학 제재 변용 양상 연구』, 경산대학교 출판부, 1998, 25쪽).

절대자의 출현(出現)을 간곡하게 기대하는 심리가 기저(基底)에 있다고 판단할 수 있다.

〈도천수대비가〉를 현대시로 변용한 작가들은 고통의 현실 속에서 자신들을 구원해 줄 초월적인 존재에 대하여 갈망하고 있다. 그들은 원 텍스트를 기반으로 〈도천수대비가〉를 피상적이고 괴기한 스토리로 받아들이는 것이 아니라 삶의 지혜를 제시하는 지표로 삼고 있다. 또한 소망을 이루기 위해서는 적극적인 간청(懇請)과 절대적인 믿음이 선행(先行)이 되어야 한다는 것을 보여 주고 있다. 그러나 향가 〈도천수대비가〉는 공연예술에서 단독으로 사용되는 사례가 찾아보기 어렵다. 여전히 작품의 성격을 불교의 관음사상과 종교적인 틀로부터 자유롭지 못하기 때문이다. 이는 현재의 대중들의 삶의 문제와 관심을 연계(連繫)하여 대중의 구미(口味)에 맞도록 스토리를 확대하고 서사를 발굴(發掘)하는 것이 시급하다고 판단된다.

이제 향가 〈도천수대비가〉는 변화하는 시대의 상황에 맞게 적극적인 활용을 위한 실험정신이 필요하다. 어떤 문화나 사상이 오랫동안 유지할 때 환경과 흐름을 거스르지 않고 그 변화에 맞추어야 한다. 또한 그 속에 내재된 사상적 근간(根幹)은 그 사회를 살아가는 구성들의 가치규범과 행동양식에서 벗어날 수 없고 사회를 이루는 핵심이 될 수 있다. 이러한 상황에서 볼 때 〈도천수대비가〉의 현대적인 변용은 단순히 과거의 것을 삭제하고 새로운 장르로의 변혁을 꾀하는 것이 최선의 방법이라고 할 수 없다. 그 속에 내재된 바람직하고 가치 있는 사상적 근간을 현실적인 상황과 목적에 맞도록 변화·성장(成長)시켜야 한다. 또한 이를 바탕으로 작품 고유의 가치를 파악하고 작가의식을 규명하려는 시도가 필요하다.

〈도천수대비가〉는 다른 향가에 비해 단독적(單獨的)으로 활용할 수 있는 콘텐츠로서의 가치가 여전히 높게 평가되지 않는 편이다.

향가 〈도천수대비가〉의 현대적인 변용을 시도하는 작품들은 이런 한계를 염두를 두어야 한다. 아울러 시대적인 상황을 고려하여 작가가 작품에 갖는 가치관과 개인적인 수용 방향을 모색(摸索)하는 작업도 게을리해서는 안 된다.

　이런 작업들 속에서 향가는 지속적으로 재창조되고 있는 것이다. 향가는 끊임없이 독자가 작품의 의미 생산에 참여하는 주요한 텍스트이며, 앞으로도 생성의 가능성을 열어둔 텍스트인 것이다. 우리가 향가를 읽고 추구하는 방향이 그것의 원형과 가치를 탐구하는 일이라는 사실에 자부심을 가져야 한다.

5장

5장

『삼국사기』 소재 〈온달설화〉를
모티프로 한 악부시(樂府詩) 양상

1. 〈온달설화〉의 내용과 의미

　문학은 삶의 모습을 가장 총체적으로 나열하고 있다. 무엇보다
서사적 줄거리를 지닌 경우 삶의 형태를 구체적으로 재현할 수 있
다. 〈온달설화〉는 고려시대의 김부식(金富軾)이 쓴 『삼국사기(三國史記)』
「열전(列傳)」에 수록되어 있는 인물설화이다. 열전은 전승적 기능이
있어 후대에 교훈과 감화를 준다. 구전되기도 하고 다양한 변모를
거쳐 문헌에 실린 문헌 설화가 되기도 하고, 다른 서사문학의 모태
가 되기도 하며, 많은 시인들의 영사시 소재가 되기도 한다. 〈온달
설화〉의 주인공 온달은 고구려 평강왕(平岡王) 때의 실존인물로 기
록되어 있고, 이 설화는 6세기 고구려의 시대상황을 이해하는 데에
도움이 된다. 이는 신라의 공주와 결혼한 백제 '서동(薯童)'의 이야기
와 더불어 애정을 모티프로 한 결연담(結緣談)으로 오랫동안 전해지
고 있다. 〈온달설화〉는 바보 온달이 평강공주와 혼인하여 고구려의

훌륭한 장군으로 성장해 나라를 구한다는 내용이다. 이 설화에 나타난 문학적 소재는 여러 측면에서 대중들에게 관심의 대상이 되고 있다. 그동안 연구자들은 〈온달설화〉에 대해서 많은 논의와 더불어 설화, 역사, 건축, 심리학까지 연계하여 다양한 연구의 성과를 얻을 수 있었다.[1] 〈온달설화〉는 『삼국사기』 소재 설화 중에서 가장 친근하고 그 대중성을 인정받아 이미 여러 차례의 검증을 받은 작품이다. 그러나 이 설화는 고구려의 신분이 다른 남녀의 애정문제와 미천하고 아둔한 자의 영웅담으로만 치부하면서 조명하는 것이 대부분이었다. 그렇지만 이 설화 속에는 분명히 애정문제가 존재할 뿐만 아니라 그것을 넘어선 특수한 의미가 존재하고 있었다는 것을 추측할 수 있게 한다.

또한 조선후기에 이르러서 〈온달설화〉는 임창택, 이복휴, 이학규 등과 같은 유학자들이 악부시로 재현하게 된다. 그 과정에서 〈온달설화〉가 지니고 있는 문학적 가치뿐만 아니라 유학자들이 작품을 바라보는 관점에서 확연한 차이가 드러나고 있다. 이들 〈온달설화〉를 모티프로 하는 악부시에서는 문예적 보편성이나 독자성을 판단할 때 무엇보다 세밀한 문학적 접근이 필요하기 때문이다. 또한 창작자들은 악부시를 통해 당대의 시대 상황을 면밀하게 재현하려고 시도하였고 조선후기 시사적인 변화를 총체적으로 보여 주기 위하

---

1) 최수웅, 「〈온달설화〉의 현대적 변용에 따른 작가 글쓰기 양상 고찰」, 『한국언어문학』 62집, 한국언어문학회, 2007; 최지선, 「〈온달설화〉의 전승과 수용」, 성신여자대학교 석사논문, 2005; 최현정, 「〈온달설화〉의 현대적 변용 양상」, 아주대학교 석사논문, 2007; 고춘심, 「〈온달설화〉에 나타난 자아실현 양상고찰」, 김영숙, 「악부의 온달열전 수용양상」, 이창식 편, 『온달문학의 설화성과 역사성』, 박이정, 2000; 윤경수, 「〈온달전〉의 후세문학에의 수용양상」, 『한국한문학연구』 제15집, 한국한문학회, 1992; 윤분희, 「여성중심시각에서 본 〈온달 설화〉」, 『지역학논집』 제4호, 숙명여대지역학연구소, 2001; 최운식, 「〈온달설화〉의 전승양상」, 『한국서사의 전통과 설화문학』, 민속원, 2002; 최지선, 「〈온달설화〉의 전승과 수용」, 성신여자대학교 석사논문, 2005; 최현정, 「〈온달설화〉의 현대적 변용양상」, 아주대학교 석사논문, 2007.

여 끊임없이 노력하였다.

본고에서는 〈온달설화〉를 모티프로 하고 있는 악부시의 성립과정을 알아보고 각각의 작품이 지니고 있는 문예적 특질들을 통해 유학자가 바라보고 있는 〈온달설화〉에 대한 안목을 세밀히 살피고 그 안에 내재된 사(私)적인 변화와 문학적 가치를 살펴보고자 한다.

2. 〈온달설화〉를 모티프로 한 악부시의 성립과정

악부란 원래 중국에서 시작되었는데 B.C. 111년 한(漢)무제(武帝)가 음악을 관장하기 위해서 설립한 관청(官廳)이다. 중국의 악부는 한(漢) 왕조가 필요로 하는 예악(禮樂)에 관한 일을 관장하고 각 지방의 민심을 알아보기 위해 민가(民歌)를 채집하는 등의 역할을 한다는 명분으로 설치되었는데, 실제로는 당시 조정의 의례와 행사에 필요한 시가와 음악을 공급하고, 왕실의 유흥과 가무에 필요한 일을 주로 도맡아 하였다. 이로 인해 사치스럽고 불건전한 풍조를 조장한다는 비판을 받았고 그리하여 이를 폐지하였다. 그러나 악부는 이미 광범위하게 퍼져서 대중들에게 널리 유통되어 활용되었다. 악부는 관청의 개념이 아니라 일종의 시체명(詩體名) '악부시'라는 이름으로 통용되었다. 악부시란 일종의 곡조가 따르는 가사로 넓은 의미에서 살펴보면 주대의 『시경(詩經)』도 악부시라고 할 수 있고, 후대의 사(辭)나 곡(曲)도 악부시이다.2) 악부시의 개념은 이처럼 규정된 양식의 사용이 아니라 모호한 양식이다. 악부시는 악부관청에서 관리한 작품이나 모방작이라는 정확하지 않은 기준을 가지고 있

---

2) 류종국, 「〈공무도하가〉논—낙부의 원전 탐구를 통한 접근」, 『국어문학』 제37집, 국어국문학회, 2002, 205쪽.

어 중국악부시의 범위에 대해서는 여전히 논란이 되고 있다.

다만 한국의 악부시는 중국의 악부시에 그 바탕을 두고 있어서 대체로 중국의 시체를 수용하여 사용하고 있는데 그 명확한 기준을 찾을 수가 없다. 다만 우리 악부는 협률(協律)되어 가창된 것은 아니다. 그러나 음악과 전혀 무관한 것이 아닌 우리의 속가(俗歌)를 한역하였고, 영사악부시 중 잡언(雜言)체 속에서 음악적 리듬을 살리려는 자구 운용을 했다는 점과 민요풍의 오언절구나 잡가요도 음악성을 드러내려는 작시를 시도했다. 또한 관습적으로 사나 악장을 악부라고 하는데, 이것이 음악과 밀접한 관련이 있으므로 당연한 것이겠으나 문학사를 정리하는 차원에서 이들을 시와 대립되는 또 다른 양식으로 설정하는 것이 합리적이다. 악부는 협률(協律)가창(歌唱)된 것이 아니기 때문에 악부시로 인식할 필요가 있으며 이를 고시나 근체시와 같은 개념 아래서 갈래를 설정할 것이 아니라 이것들과는 달리 음악성의 여부를 고려해서 악부시와 비악부시로 개념화할 필요가 있다. 이러한 개념으로 본다면 악부시로 수용될 수 있는 것들로는 의고(擬古樂府), 소악부(小樂府), 영사악부(詠史樂府), 기속악부(紀俗樂府) 등의 갈래가 있다.3)

한국 악부시는 한시의 음율(音律) 자체를 이해하기가 근본적으로 어려웠기 때문에 가창·협악의 방식으로 구연되었을 가능성이 희박하다. 기본적으로 독자적인 한시문(漢詩文)의 한 양식인 것으로 설명할 수 있으며, 사실상 일반시의 시풍으로의 경향을 강하게 지닌 특수성을 갖게 되었던 것이다.4) 또한 악부시를 통해 한국 한시는 사회와 민족 내부의 다양한 문제들까지 자신의 영역에 포함시킬 수

---

3) 김균태, 「한국 악부시 연구」, 『한국어교육 학회지』 65·66호, 한국어교육학회, 1989, 168쪽.
4) 황위주, 「조선전기 악부시 연구」, 고려대학교 박사논문, 1989, 47~59쪽.

있었다. 악부시를 통해 한국한시는 시인의 개인적 정서는 물론이고
사회적 정서까지 읽을 수 있었다.[5]

온달설화[6]의 내용을 요약하면 다음과 같다.

고구려 평강왕 때 행색이 누추하고 눈먼 노모를 봉양하기 위해 거리를
헤매는 바보 온달이 있었다. 평강왕은 공주가 어려서 울기를 잘하자, 울음
을 그치게 하기 위해 희롱의 말을 자주 했다. 왕은 공주가 울적마다 온달
에게 시집을 보내겠다는 엄포를 놓았다. 공주가 16세가 되니 부왕은 공주
를 상부 고씨에게 시집보내려 하였다. 공주가 그 말을 듣지 않자 왕의 노
여움을 사 궁궐에서 쫓겨난다.

공주는 온달모와 온달을 찾아가 온달의 아내를 되기를 아뢰었으나 온달

---

5) 박혜숙, 「형성기의 한국악부시 연구」, 서울대학교 박사논문, 1989, 173~175쪽.
6) 溫達 高句麗平岡王時人也. 容貌龍鐘可笑 中心則曉然. 家甚貧 常乞食以養盲母. 破衫弊履
往來 於市井間, 時人目之爲愚溫達. 平岡王少女兒好啼 王戲曰: "汝常啼聒我耳, 長必不
得爲士大夫妻, 當歸之愚溫達." 王每言之 及女年二八 欲下嫁於上部高氏. 公主對曰: "大
王常語 汝必爲溫達之婦, 今何故改前言乎? 匹夫猶不欲改言 況至尊乎! 故曰 '王者無戲
言' 今大王之命謬矣. 妾不敢祗承."
王怒曰: "汝不從我敎 則固不得爲吾女也. 安用同居? 宜從汝所適矣!"
於是 公主以寶釧數十枚繫肘後, 出宮獨行. 路遇一人 問溫達之家 乃行至其家. 見盲老母,
近前拜問其 子所在. 老母對曰: "吾子貧且陋 非貴人之所可近. 今聞子之臭 芬馥異常 接
子之手 柔滑如綿, 必天下之貴人也. 因誰之俛 以至於此乎? 惟我息 不忍饑, 取楡皮於山
林 久而未還."
公主出行 至山下, 見溫達負楡皮而來. 公主與之言懷, 溫達悖然曰: "此非幼女子所宜行
必非人也狐鬼也 勿迫我也!" 遂行不顧. 公主獨歸 宿柴門下. 明朝更入 與母子備言之 溫
達依違未決. 其母曰: "吾息至陋 不足爲貴人匹. 吾家至窶 固不宜貴人居." 公主對曰:
"古人言 '一斗粟猶可春, 一尺布猶可縫 則苟爲同心, 何必富貴然後 可共乎?'
乃賣金釧 買得田宅 奴婢 牛馬 器物, 資用完具. 初買馬, 公主語溫達曰: "愼勿買市人馬,
須擇國馬 病瘦而見放者 而後換之." 溫達如其言, 公主養飼甚勤, 馬日肥且壯.
高句麗常以春三月三日 會獵樂浪之丘, 以所獲猪鹿, 祭天及山川神. 至其日 王出獵, 群臣
及五部兵士皆從. 於是 溫達 以所養之馬隨行, 其馳騁常在前 所獲亦多 他無若者. 王召來
問姓名, 驚且異之. 時 後周武帝出師伐遼東. 王領軍逆戰於肆山之野. 溫達爲先鋒 疾鬪斬
數十餘級. 諸軍乘勝奮擊大克. 及論功 無不以溫 達爲第一. 王嘉歎之曰: "是吾女壻也. 備
禮迎之 賜爵爲大兄." 由此寵榮尤渥 威權日盛.
及嬰陽王卽位 溫達奏曰: "惟新羅 割我漢北之地 爲郡縣, 百姓痛恨 未嘗忘父母之國. 願
大王不以愚不肖 授之以兵. 一往必還吾地." 遂行 與羅軍戰於阿旦城之下, 爲流矢所中 踣
而死. 欲葬 柩不肯動. 公主來撫棺曰: "死生決矣 於乎歸矣!" 遂擧而窆. 大王聞之悲慟.

모는 이를 거절하고 세 번의 장애 끝에 온달의 아내가 된다. 공주는 패물을 팔아 살림살이를 장만한다. 공주는 온달에게 버려진 국마(國馬)를 사오게 했다. 그녀는 그 말을 잘 먹이고 훈련을 시켰다. 온달은 공주가 기른 말을 타고 왕이 연 사냥대회에 참가해 왕의 칭찬을 받는다. 마침 의병이 침입 하자 온달은 공을 세워 사위로서 인정받고 대형이란 벼슬에 올랐다. 온달은 신라에게 빼앗긴 영토를 되찾고자 전쟁에 나가 싸우다 전사한다. 온달의 관이 움직이지 않자 공주가 어루만지니 드디어 관이 움직이고 장례를 치룰 수가 있었다. 대왕이 이 소식을 듣고 매우 슬퍼하였다.

온달설화의 핵심은 온달의 영웅적인 행적을 중심으로 이루어진다고 할 수 있다. 온달설화는 크게 두 부분으로 나눌 수 있다. 공주의 출궁(出宮)과 관련된 전반부의 이야기, 온달이 장수가 되어 나라의 공을 세우는 후반부의 이야기가 그것이다. 온달설화는 온달의 일대기를 중심으로 서술이 되지만 평강공주의 역할과 비중은 매우 중요한 요소로 작용한다.7) 또한 이야기의 중심이 되는 공주의 내적인 욕망을 추구하는 것이 사회적인 욕망으로의 추구로 변환되면서 온달의 아내가 된 공주는 온달의 숨겨진 능력을 찾아내고 나라의 인재로 성장할 수 있는 기회를 제공해 적극적인 자신의 이상을 실현시킨다. 공주에 의해 온달은 새로운 세계를 인식하게 되고 이것은 기존의 질서를 대립하고 전복(顚覆)시키는 것이 아니라 기존의 세계를 더욱 굳건히 하는 작업이라고 할 수 있다. 궁궐에서 쫓겨난 공주가 다시 사회로 복귀(復歸)하기 위해서는 새로운 자질이 요구되는데 이 새로운 자질은 사회가 기꺼이 원하는 것이어야 한다. 이들은 사회의 지배 이념인 유교적 가치를 훌륭히 수행하여 사회로의

---

7) 조현정, 「온달설화의 현대적 변용양상」, 아주대학교 석사논문, 2007, 10쪽.

복귀를 도모한다. 온달이 입신양명(立身揚名)하여 이상적인 유교적 남성이 되고 공주가 온달을 헌신적으로 도와 이상적인 유교적 여성이 되는 것이 그것이다.[8] 〈온달설화〉는 사회적 욕구 속에서 공주와 온달의 자아실현 과정을 선보이고 있다.

〈온달설화〉와 마찬가지로 열전(列傳)을 수용하여 전승한 작품 가운데는 조선 후기에 크게 발달된 영사악부 형태의 시가 대단히 많다. 영사악부는 주로 역사의 다양한 내용을 수용하여 전승하는 방식을 취한다.

이런 사안을 바탕으로 〈온달설화〉를 모티프로 한 악부시가 창작된 시기는 창작자들이 조선후기에 여러 차례의 사화(史話)와 당쟁(黨爭)을 겪으면서 성리학(性理學)적인 현실의 한계를 느끼고 실증적이면서 실용적인 것에 의미를 부여하여 현실 비판적 자세를 가지던 때였다. 또한 이들은 새로운 사회질서와 문화의식을 배양하는 일에 가치를 두면서 민족의식을 고취하고자 노력하였다. 이처럼 조선후기에는 여러 다양한 변화가 일어난 시기이다. 무엇보다 민족의식을 배양하고자 노력했으며 그 방안의 하나로 우리나라의 역사(歷史), 풍속(風俗), 시가(詩歌) 등을 적극적으로 수용하여 주체적인 역사의식을 갖고자 노력하였다. 그것을 통해 이들은 민중의 현실을 보여 주는 한편 가장 현실적인 문제에 집중하였다. 이러한 현실 속에서 실학자들은 살아남기 위해서 차별화된 특수한 전략이 필요했는데 그 전략 중 하나가 악부라는 장르이다.

악부는 무엇보다 유연한 문체이다. 개인적인 상황이나 타인의 감정을 세밀하게 설명할 수 있다. 악부는 소재나 주제 자체가 사회적인 문제들이 많지만, 그것을 수용하고 해석하는 주체인 시인 자신

---

8) 김정혜, 「최인훈 패러디 희곡연구」, 숙명여자대학교 석사논문, 1997, 35쪽.

들의 직설적인 목소리가 많이 나타난다.9) 시인들은 악부를 통해서 사회전반이나 현실적인 사안을 설명하고 자신들의 대안(代案)을 찾고자 노력하였다. 단순히 과거의 흥미로운 설화로만 치부되던 〈온달설화〉가 조선후기 영사악부로 다시 재현되었다는 사실을 우리는 집중해야 한다. 영사악부 작가들은 일반 시인보다 우리의 역사에 대한 역사의식, 주체의식, 민족의식이 강했기 때문에 이들이 여성 관련 전을 수용하여 전승했다는 것은 중요하다.10)

그 속에 현실을 피력할 충분한 대안이 있다고 판단하는 것이다. 또한 고대(古代)에 검토된 시대의 제도나 현실(現實), 관습(慣習), 세계관(世界觀)을 조명하면서 그것이 조선후기까지 분명히 연결되고 있다는 믿음이 있었기 때문이다. 이런 관찰을 통해서 우리는 시대가 요구하던 사안이나 믿음을 분명하게 이야기할 수 있었다. 여러 차례의 왕권 교체와 부침을 맞이하던 붕당정치, 외세의 침략과 피폐해진 민심 등의 위기의 상황은 위정자들로 하여금 새로운 해결책을 모색하게 하였다. 그것에 대한 해답의 열쇠로 〈온달설화〉를 통해 유학자들은 자신들의 처지를 설명하고자 노력하였고, 시대 상황을 재현하려는 적극적인 시도를 보였다.

---

9) 김미나, 「악부의 발화양상 연구」, 『반교어문연구』 19호, 반교어문학회, 2005, 48쪽.
10) 감영숙, 「영사악부의 설씨녀, 도미처 전의 수용 양상」, 『한국의 철학』 34권, 경북대학교 퇴계연구소, 2004, 75쪽.

3. 〈온달설화〉를 모티프로 한 악부시의 특질

1) 숭악 임창택(林昌澤)의 〈온달부(溫達婦)〉

貌龍鍾食行乞	우굴쭈굴한 용모로 음식 구걸하며 다니네
沸水之男名溫達	비수의 사내 이름은 온달
王宮女兒啼復啼	왕궁의 여아 울고 또 우는구나
兒啼王常戱	딸이 울면 왕께서는 항상 농을 하시네
兒長必作溫達妻	아이가 자라면 반드시 온달의 아내 되리라
兒年十六卜駙馬	아이가 열여섯살에 부마를 뽑네
卜駙馬兒不可	부마를 뽑는 것은 불가하다 하네
匹夫食言猶不祥	필부의 식언도 오히려 나쁘고 언짢은데
王常有言兒不忘	왕께서 항상 하신 말씀 아이는 잊지 않네
山中楡皮可共采	산중에 느릅나무 껍질도 함께 캘 수 있겠네
貧賤亦何妨	빈천 또한 어찌 방해가 되겠는가
古人貧病不相負	옛사람들은 가난하고 병들어도 서로 저버리지 않았네
前有溫達後有白雲婦	앞에는 온달이 있고 뒤에는 백운부가 있네

임창택(林昌澤,1682~1723)은 조선후기 개성의 문인으로, 「해동악부(海東樂府)」를 지었다. 본관은 나주(羅州)이며 자는 대윤(大潤), 호는 숭악(崧岳)이다. 문집으로 『숭악집』 네 권이 전하지만 우리 문학사에서 그리 주목을 받은 인물은 아니다. 숭악이 살던 시기는 붕당정치가 극심하던 때로 그의 생애는 거의 제도 밖의 삶에 가까워 굴레에 속박당하거나 세속에 뜻을 두지 않았다. 그리고 조상 때부터 가난한 생활을 했는데 당대(當代)에는 이것이 더 심해져 어려움을 많이 겪었다. 또한 숭악은 세상에 대한 울분을 도리어 세속을 초월하

려는 의지로 승화시켰다. 그는 1711년(숙종37) 진사시(進仕試)에 합격한 후 곧바로 은퇴하여 송도(松都)의 백운동(白雲洞)에 청학정(靑鶴停)을 짓고 시작에 전념하였다. 이때에 「해동악부」를 지은 것으로 추측된다.11) 승악은 성호(星湖)이익(李瀷)과 같은 시대를 살았지만 실학자로 보기에는 다소 무리가 있다. 승악은 민족사의 활동공간에서 일어났던 모든 역사 사실뿐만 아니라 신화·전설 같은 신이(神異)한 일에서도 특별히 남겨 전할 것이 있다면 이것이 곧 삶의 진실을 보여 줄 수 있다는 작가의식을 보여 주고 있다. 즉 사실적이고 실증적이기보다는 상징적·설화적인 역사조차도 받아들이는 인식을 보여 주고 있다.12)

승악의 〈온달부〉에서는 서술자가 충실하게 원전을 설명하기보다는 공주를 중심으로 작품을 서술했다. 도입부에서는 온달의 외모와 처지를 상세하게 묘사하였다. 온달은 못생긴 외모와 불우한 환경을 지닌 인물로 원전과 크게 다르지 않게 보여 진다. 그러나 도입부 외에는 온달에 대한 설명은 나타나 있지 않다. 무엇보다 공주를 축으로 하여 공주가 지닌 생각이나 언행(言行)을 중심으로 설명하고 있다. 작품 속에서 공주는 식견과 지혜를 가지고 고난을 극복해 나가는 여성으로 설명된다. 온달의 아내 평강공주의 사랑과 지혜로움을 찬양하려는 의도가 잘 나타나 있다.13) 또한 그러한 헌신은 '옛사람은 가난과 질병에 서로 저버리지 않았다'로 종결된다.14) 또한 원 텍스트와 달리 온달의 영웅적 행적이나 죽음이라는 비극적인 결말은 나타나지 않는다. 이것을 통해 임창택은 두 사람의 결합(結合)이나

---

11) 이정옥, 「숭악 임창택의 「해동악부」에 관한 연구」, 성균관대학교 석사논문, 1998, 74쪽.
12) 이정옥, 위의 논문, 78쪽.
13) 김영숙 외, 「악부의 온달열전 수용양상」, 『온달문학의 설화성과 역사성』, 박이정, 2000, 65쪽.
14) 함귀남, 앞의 논문, 48쪽.

공주의 사고나 가치관에 비중을 두고 있다는 사실을 찾을 수 있다.

이 시에서는 평강공주를 중점으로 서술하면서 평강공주의 주체적인 모습을 강조하기보다 온달의 내조자로서 강하고 곧은 열(烈)을 실천하는 존재로 그 모습을 찬양하고 있다. 온달과 평강공주의 결합은 도덕적 신의에 의한 것인데 달리 말해 열의 실행이었음을 애써 강조하고 있다. 임창택이 〈온달부〉를 창작한 의도는 조선 후기 사회상과 관련지어 해석할 수 있는데, 조선 후기는 오륜(五倫)이 해이해지고 물질 위주의 사고관념이 팽배하였던 시기로 온달부부의 결합에 관한 이야기를 통해 열(烈)은 여성이 지켜야 할 윤리(倫理)라는 사실을 강조하기 위해 이 작품을 창작했다. 한편 이 작품에서 온달 부인을 중심인물로 다룬 것은 온달보다는 온달부인의 인간적인 사랑과 남성 이상의 능력을 인정하려는 작가의 주관적인 수용 태도를 반영하는 것으로 보기도 한다.15) 한편 이 시를 임창택이 살았던 정치적 상황과 결부 지어 생각하면 남인(南人)과 서인(西人)으로 대변되는 당시 상황에서 늘 부침을 반복하면서 당쟁에 휘말리고 자신들의 권력만을 쫓는 위정자가 득세하는 조정의 현실을 사실상 재현(再現)하는 것으로 볼 수 있다. 이 시에서는 무기력하고 불우한 환경을 지닌 온달을 군주에 비유하여 형상화하였다. 이 작품 속 군주(君主)는 조정의 신하들의 화합을 이끌어 내기에 처음부터 다소 부족한 인물이라는 의미로 서술되었고, 군주를 보필하는 신의 있고 식견(識見)을 지닌 공주는 조정에서 꼭 필요한 신하의 모습이라고 설명할 수 있다. 신하라는 위치는 자신의 자리를 지키기 위해서 끊임없이 불신(不信)과 반목(反目)만을 일삼을 것이 아니라 왕을 위해 신의를 기반으로 자신들의 능력과 책임을 다해야 한다는 사실을 회유

---

15) 이기담, 『온달바보가 된 고구려 귀족』, 푸른역사, 2004, 179쪽.

적으로 지적하고 있다. 임창택은 제도권 밖에서 살면서 오히려 객
관적으로 당대의 정치적 상황을 읽어 가고 시대에 진정 필요한 가
치들을 설명하고자 하였다. 오직 자신들의 이익만 챙기면서 편을
가르기에 나선 조정의 위정자들에게 하루 빨리 낡은 사고를 버리고
왕권강화를 위한 초석(礎石)을 마련하도록 서술하면서 아울러 적극
적인 실천이 필요하다고 강조하는 것으로 짐작이 된다. 그리고 왕
권강화를 위해서 무엇보다 올바른 식견을 지니고 능력을 갖춘 인재
가 뒷받침 되어야 함을 강조하고 있다.

2) 낙하생 이학규(李學逵)의 <우온달(愚溫達)>

瘦莫笑天馬駒	말랐다고 천마구를 비웃지 말고
愚莫嘲行乞夫	어리석다고 지나가는 걸부를 조롱하지 마시오
馬瘦復肥夌八極	말은 말랐지만 다시 살쪄 팔방을 헤치고
人愚得志能殉國	사람은 어리석어도 뜻을 얻어 능히 순국할 수 있네
當秊溫達未致身	올해 온달이 아직 벼슬을 하기 전
曾是龍鍾可笑人	일찍이 못생겼다고 비웃음을 당했는데
遼陽十月討勍敵	요양땅 시월에 적을 칠 때
陷陣斬馘伊誰力	적진을 함몰시켜서 적의 머리를 벤 것은 누구의 힘이런가
身爲王婿不自驕	왕의 사위 되어서도 오만하지 않고
官是大兄無所惜	벼슬이 대형인데 아깝게 여기는 바가 없네
雞立關前送別辰	계립관 앞에서 송별하던 때에
丹旌猶戀沁園春	붉은 기는 오히려 심원춘을 연모하네
嗚呼溫達生亦不愚死猶神	아! 온달은 살아서도 또한 어리석지 않았고
	죽어서도 오히려 신이 되었네

이학규 (李學逵, 1770~1835)는 서울에서 출생하였다. 본관은 평창(平昌). 자는 성수(醒叟, 惺叟), 호는 낙하생(洛下生) 또는 낙하(洛下)로 18세기 후반과 19세기 전반에 걸쳐 살았던 조선후기 실학파 문인이다. 그는 조선후기 진보적(進步的) 지성의 대표적 가문이었던 성호 이익의 후예로 비록 소규모의 저술이었지만 박학주의(博學主義) 성격을 띠게 된 것은 모두 그의 출신가계와 연관이 있다고 할 수 있다. 다산과 함께 성호학파의 마지막 세대에 속한 실학파 문인 이학규는 정치적 탄압에 의해 장기간의 유배로 가정과 후손의 몰락을 지켜보았고 정약용(丁若鏞)과의 교류는 오히려 그의 실학적 정신세계를 굳건히 하는 역할을 이루었다.16) 이학규는 조관(朝官)의 신분이 아닌 무관의 지식인으로서 반동적 정치집단에 의해 주목의 대상이 되어 부당하게 박해를 당한 것이다.17) 이학규의 〈우온달〉은 온달을 중심으로 이야기를 서술하고 있다. 그러나 원 텍스트를 충실하게 이행한 작품이라고 보기는 어렵다. 또한 온달이 왕의 사위가 되기 이전에 선행된 평강공주의 노력이나 헌신에 대하여서는 나타나 있지 않다. 낙하생은 역사의 해석과 사과(史科)의 취급에 있어서 객관적이며 과학적으로 접근하고, 황당무계하거나 비합리적인 것은 적극 배격하고 있는 바 이 때문에 고대국가의 개국설화 및 민간전설을 대부분 수용하고 있으면서도 신이성의 내용은 원시로의 작품화에서 거의 제외당하고 있으며, 오히려 비판적으로 다루어지고 있음을 알 수 있다.18)

이학규가 작품을 창작할 당시인 19세기 중엽은 나라의 사정이 매우 어지러웠다. 실학자로 분류될 만한 이학규는 하층민의 삶에 깊

---

16) 백원철, 『낙하생 이학규 문학연구』, 보고사, 2005, 16~17쪽.
17) 임형택, 『우리 고전을 찾아서: 한국의 사상과 문화의 뿌리』, 한길사, 2007, 560쪽.
18) 백원철, 앞의 책, 245쪽.

은 애정을 가지고 있었다. 그가 김해에서 유배생활을 했을 때 향리들과 특히 돈독한 관계를 유지하고 있었다는 사실이 이를 뒷받침한다. 이학규는 하층민 출신인 온달이 국가에 충성을 바친 것을 높이 사 〈우온달〉을 창작했다고 짐작할 수 있다. 이학규는 「온달전」의 기본 골격은 그대로 받아들이면서도 평강공주의 역할을 크게 약화시키고 상대적으로 온달의 바보스러움, 가난한 환경, 효행, 정직, 용맹, 충성심을 찬양함으로써 후세의 몰락한 선비들이 교훈으로 삼게 한 것 같다.[19] 낙하생은 민중의 생활상을 사실적으로 형상화하면서 당시의 역사 현실 속에 존재하는 여러 사안들에 대하여 무심히 넘기지 않고 시의 소재로 사용하였다. 또한 이학규는 유배생활의 고립과 고통스런 삶 속에서 확고한 자기극복의 대안을 찾지 못하자, 그것이 더욱 선명하고 강렬한 자의식으로 변화되어 드러나게 되었다. 이로 인하여 이학규에게 이런 상황은 시의식을 자극하는 주요한 요소가 되었으며, 아울러 그와 관련된 개성적인 시세계도 함께 보이고 있는 것이다.[20]

낙하생은 고통을 당하는 백성들에게 연민을 키우면서 상대적으로 백성들에게 고통을 가하는 지배계층에 대해 강한 비판의식을 가지게 되었고 이것이 자신만의 작품세계를 실현하게 하는 원동력이 되었다. 그는 현실의 모순적 체제와 지배계층의 탐욕에 대해 날카로운 비판과 공격을 가하면서 현실주의 작가정신을 실현하고 있다. 그는 지방의 풍습과 백성의 현실을 상세히 기술함으로써 현실정치와 풍속교화에 기여하는 시를 쓰고자 하였고, 그래서 선택한 것이 악부시 장르였던 셈이다. 문학과 민중적 삶의 연관성(聯關性)을 재인

---

19) 이기담, 앞의 책, 176쪽.
20) 이국진, 「이학규 시세계의 한 국면」, 한국어문학국제학술포럼, 2007, 367쪽.

식함으로써 본격적인 악부시의 창작이 가능했던 것이다.21) 또한 조선후기 봉건체제 속 하층민에 대한 우호(友好)의식은 〈우온달〉 전반에 나타나 있다. 이 시에서 온달은 민중을 대변할 수 있는 상징으로 힘없고 무기력한 존재이기는 하지만 그가 언젠가 시대를 영달할 수 있는 존재가 될 것이라고 믿었다. 또한 지배층의 상징이라고 볼 수 있는 공주의 의미는 축소시키고 있다. 원 텍스트와 달리 이 시에서는 온달을 영웅으로 실현시킨 공주의 공로나 희생을 삭제한 것으로 보아 집권층에 대한 반감이 작용했음을 짐작할 수 있는 부분이다. 낙하생은 일찍이 정조에 의해 발탁되어 스물여섯의 젊은 나이에 규장각(奎章閣) 도서 편찬사업에 참여하여 큰 촉망을 받았으나 반대당으로부터 심한 견제를 받았다. 정조의 죽음과 순조의 즉위로 인하여 조정은 엄청난 변화를 겪게 되고 세도정치를 꿈꾸는 자들에게 정치적 희생이 되어야 했던 남인계열인 신서파는 신유옥사(辛酉獄事)를 계기로 숙청되었다. 노론 계열은 이단(異端)을 제거한다는 명분 아래 천주교도들을 압박했지만 실은 남인세력과 진보적 사상조류를 억제하고 숙청하려는 이유였다. 이학규 역시 신유옥사에서 벗어날 수 없었다. 그는 황사영 백서사건으로 한 차례 고초를 겪게 되지만 실은 정치적 누명을 쓴 것이었다.

이러한 정황과 맞물려 추리한다면 정계에서 축출된 낙하생의 불만은 〈우온달〉을 통하여 우회적으로 보여 준 것이다. 그 역시 정치적 상황에서 자유로울 수 없었다. 또한 자신을 축출한 집단에 대한 공격과 더불어 자신이 실은 조정(朝政)을 이끌어 갈 수 있는 가장 뛰어난 인재(人才)라는 사실을 표명하면서 언젠가 조정으로 복귀하기를 갈구하는 의지가 강하게 나타났다.

---

21) 박혜숙, 「이학규의 악부시와 김해」, 『한국시가연구』 제6집, 한국시가학회, 2000, 168쪽.

3) 한남(漢南) 이복휴의 <온달행(溫達行)>

龍鍾彼誰自	용종한 저 사람은 누구인가
自言無配侶	스스로 말하길 짝이 없다하네
探親不用媒	친척을 찾으나 중매할 곳이 없네
步步何村女	어느 마을에 여자가 걸어오는가
女生無所愛	여자는 태어나 사랑받은 바 없고
女長無所戲	여자는 자라나 희언한 바 없네
但識王者言無二	다만 왕은 두 번 말하지 않는다는 것을 아네
生年十六不出門	태어나 열여섯 살까지 문밖을 나가지 않았는데
豈敢蹇足荒山裡	어찌 감히 걸어서 황폐한 산에 발을 들이려 하는가
囊中有金篋有衣	주머니 속에는 금이 상자 속에 옷이 있으니
只願同生與同死	다만 함께 살고 함께 죽기를 원했네
三月三日獵馬驕	삼월삼일 수렵에 말을 타고 달리니
天翠撘稀純美	임금도 수레 돌려 매우 아름답다 칭찬하네
竹嶺鷄峴空留誓	죽령과 계현을 비게 하리라 맹세하고
魂兮不歸歸娘子	혼은 돌아가지 못하다가 낭자와 돌아갔네

한남(漢南) 이복휴(李福休, 1729~1800)는 영·정조 시대를 살았던 인물이다. 그는 34세에 문과에 급제하여 약 30여 년간 출처(出處)를 반복하였으나 당상직에는 오르지 못하였다. 그는 정치적으로 영달하지 못하였지만, 시와 산문 등 상당한 분량의 저술이 세상에 알려지면서 주목을 받게 되었다.22) 이복휴에 대한 연구23)는 지속적으로

---

22) 석진주, 「이복휴 시에 나타난 삶과 의식」, 『Journal of Korean Culture』 17, 한국어문학 국제학술포럼, 2011, 128~129쪽.

23) 김영숙, 『한국영사악부연구』, 경산대학교 출판부, 1998; 김영숙, 「이복휴의 해동악부

행해지고 있으나 여전히『해동악부』를 중심으로 이루어지고 있는 것도 사실이다. 이복휴는『해동악부』외에도 860여 제(題)의 시와「고악부소령(古樂府小令)」이라는 제목 아래 65제(題)의 가사작품을 남겼다. 그의 산문은 의(議)·설(說)·논(論)·변(辨)·해(解) 등의 논설적인 글과 전(傳), 그리고 경설(經屑)을 비롯한 사설(史屑)·동설(東屑)·패설(稗屑) 등의 역사잡록(歷史雜錄)이 주류를 이루고 있는 것에 비하여, 시에서는 개인적인 처지와 감회를 솔직하게 기술하고 있는 작품이 대부분이다. 그러므로 이복휴의 행장이나 문집의 서문·발문 등이 남아 있지 않은 상황에서 시작품은 그의 생애와 의식을 살필 수 있는 유용한 자료가 된다.

이복휴가 관직을 오가던 18세기 후반 약 삼십여 년 동안은 사회·경제적으로 조선의 격변기였다. 이런 사적으로 민감한 시기에 미약하지만 자신의 관점으로 현실적이고 구체적인 방안을 제시하려고 하면서 공리공론(空理空論)을 일삼는 사대부들에게 일침(一針)을 가하고 있다. 이복휴는 우리나라 역사 속에서 인물을 선택하여 역사적 전통성을 확립하는데 가장 큰 의미를 두었고, 국가경영에 일조할 수 있는 인간형을 찾고자 노력 하였다. 조선후기에 일어나는 많은 사회·정치·경제의 변화 속에서 대부분의 사람들이 가치관의 차이나 역사적 사실에 대한 본질적인 이해부족으로 '인물'이나 '사건'을 정확하게 짚어내지 못하고 있었기 때문이다.[24] 당대의 핵심적

(形式考)」,동방한문학권 14, 1998; 김영숙,「이복휴의 역사의식과 해동악부의 포폄양상」, 대동한문학권 15, 2001; 김종진,「이복휴의 해동악부에 나타난 新羅史와 관련된 몇가지 견해들」, 신라문화권 30, 2007; 남은경,「한시속에 나타난 고구려여성: 조선후기「해동악부」에 나타난 고구려여성형상과 그 의미를 중심으로」,『한국 고전 여성 문학연구』 권18, 2009; 김형섭,「漢南 이복휴의 역사의식과 역사산문」, 성균관대학교 박사논문, 2006; 김형섭,「이복휴역사산문에 形象化된 인물」,『한국어문학연구』권47, 2006; 김형섭,「한남이복휴의 華夷論」,『한문학보』권14, 2006.

24) 하경숙,『한국 고전시가의 후대 전승과 변용 연구』, 보고사, 2012, 102쪽.

문제의 해결 방안을 역사속의 인물이면서 동시에 친근한 대상인 온달(溫達)을 통해서 설명하고 있다.

이복휴의 〈온달행〉에서 평강공주는 온달을 헌신적으로 사랑하고 내조하는 온순한 여자로 형상화하고 있다. 작품의 제목으로 본다면 표면상으로는 온달을 내세우는 듯 보이지만 실제는 온달과 평강공주를 함께 다루고 있다. 도입부와 마지막에는 온달에 대한 서술이고 나머지는 모두 공주에 대한 내용이다. 전체적으로 평강공주의 입장에서 구상된 작품임을 알 수 있다. 특히 평강공주의 정숙한 성격, 한 번 정한 뜻을 지키려 하는 굳센 의지를 여성적인 언어로 표현했다.[25] 무엇보다 이복휴의 악부시에서 주의 깊게 읽어야 할 부분은 인물의 일대기가 아닌 중요한 사실의 부분을 수용하여 쓴 부분이므로 실제 작품에서는 포양(襃揚) 위주 또는 폄(貶)의 기준에서 역사관과 역사의식이 뚜렷하지 못하면 쉽게 접근 할 수 없는 일이다.[26] 또한 서술하는 대상의 처지나 상황을 고려하여 집중적으로 설명하고 있다. 한남은 남인의 삶을 살아가면서 정계에서 축출되고 현실에서는 부침을 거듭하는 과정에서 영달(榮達)을 이루지는 못했지만 사적으로 혼란한 시기에 사는 백성에게 지표를 주면서 정치와 풍속에 있어 그들을 교화(敎化)하고자 했다. 또한 무엇보다 신의(信義)를 강조하면서 인물에 대한 평가보다는 당대(當代) 필요한 사안을 점검하는 기회로 볼 수 있다. 〈온달행〉에서 온달은 정계에서 축출된 남인(南人)세력으로 상징되는데 공주는 축출된 남인을 구원해 줄 수 있는 그야말로 신의를 지닌 인물로 군주라고 추측할 수 있다. 이 시에서 표면적으로 온달을 중심으로 온달의 가치를 설명하는 듯 보

---

25) 이기담, 앞의 책, 181쪽.
26) 김영숙, 「이복휴의 역사의식과 해동악부의 포폄양상」, 『대동한문학회지』 15집, 대동한문학회, 2001, 182쪽.

이지만 내면에는 남인과 군주의 화합이 시급하다는 것을 이야기한다. 무엇보다 군주라는 존재는 희언(戱言)을 하는 가벼운 존재가 아니라 자신의 위엄과 위치를 지키면서 비록 험난한 길일지라도 민(民)을 위해서라면 기꺼이 수용해야 하는 것을 우회적으로 설명하고 있다. 또한 자신은 끝까지 군주와 함께 하겠다는 작가적 신념을 악부라는 유연한 형식을 빌려서 그 뜻을 드러내고 있다. 이것은 정계에서 축출되어 소외되고 불우한 생(生)을 보냈던 남인계열의 한 사람인 이복휴가 보여 준 삶에 나타난 소망의 한 형태로 볼 수 있다.

4. 〈온달설화〉를 모티프로 한 악부시의 문학적 의미

우리 문학사에서 악부시만큼 지속적으로 전승(傳承)되는 장르는 매우 드물다. 우리 악부시는 다양한 층위들을 가지는데 민간가요로부터 전이되기도 하고 민요풍이나 우리의 정서에서 느껴지는 민중의 풍속이나 사회의 모습을 면밀히 재현하고 있다.

〈온달설화〉를 모티프로 하고 있는 악부시의 전승이나 유통을 살펴보면 대체로 남인의 후손들이나 그들을 흠모하고 따랐던 남인집단과 연계되어 있었던 것으로 사료된다. 조선후기의 중앙 정치 무대는 지난 세기 동안 누적된 붕당 간의 대립이 극에 달해 있었다. 과열된 붕당 간의 경쟁은 정치적 생명뿐만 아니라 자신의 목숨까지 담보로 하게 되는 그야말로 그 어떤 수단과 방법을 가리지 않는 상황이었다. 남인과 서인의 대결구도는 경신환국(庚申換局)으로 남인이 몰락한 이후, 서인 내부에서 남인에 대한 처벌 문제로 뜻이 나뉘어져 다시 노론과 소론으로 분열되었다. 또 한 번의 기사환국(己巳換局)으로 남인세력은 서인에 의해 조정에서 철저히 제거 되었다. 그 뒤로 영·정조 시대에는 왕권을 강화하고 정국을 안정시키기 위해서 붕당의 갈등을 완화, 해소를 힘썼다. 이를 위해 정조는 탕평책을 사용하게 되고 붕당정치는 잠시 종식되는 듯 보였으나 정조가 승하하자 남인은 정계에서 완전히 축출되었다. 이들은 조선 말기까지 정계에서 소외되어 이들은 고향에서 오직 학문과 교육에 전념하였는데 이로 인하여 많은 학자를 배출한다. 이들은 현실에 대한 적극적인 비판의식을 바탕으로 조선후기 사회질서확립과 문화의식을 배양하는데 큰 공로를 세웠다. 본고에서 논의한 〈온달설화〉를 악부화한 작가 숭악(崧岳)·낙하생(洛下生)·한남(漢南)도 예외는 아니다. 이들은 혈연(血緣)·학연(學緣)·정치적(政治的)으로 남인 세력과 관계가 깊다고 설명할 수 있다. 이들이 조선 후기 사회에서 고구려사(高句麗史)인 〈온달설화〉를 악부시로 다시 가창(歌唱)하여 유통(流通)한 것을 보면 그 안에는 특별한 의미가 존재하고 있다고 판단된다. 조선 후기 사회는 왕권의 약화와 정치·사회적으로 혼란하여 기존의 통념이나 사상의 재정비가 필요한 시기였다. 그러나 집권층은 국가의 기반을 안정적으로 확립하지 못한 채 자신들의 이익을 위해서 동분서주(東奔西走)하는 시기였다. 또한 권력의 소용돌이 속에서 자신의 체제를 유지하기 위하여 보이지 않게 세력의 견제와 암투를 벌이던 시기였다.

〈온달설화〉를 악부화한 작가들은 그들의 작품을 대하는 태도나 가치관 혹은 정치적 태도를 바탕으로 악부라는 문예양식을 통해서 기존의 관념이나 사회상에서 탈피하고자 하였다. 단순히 그들은 흥미로운 설화를 설명하는 것이 아니라 작가의 시각에서 재해석하고 의미를 부여하고 그것을 적극적으로 인지하려는 문예적 태도를 지니고 있었다. 이들이 작품을 악부화하는 과정에서 모두가 같은 관점으로 작품을 대하기보다는 조금씩 관점을 달리하고 있다. 그러나 〈온달설화〉를 악부화한 작가들은 정치적으로 불우한 삶을 살았고,

서인세력을 견제하던 남인집단과 맥을 함께 한다는 점은 주지해야 한다. 이미 남인들은 17세기 후반에 이르러 복례를 화두로 하여 논의된 여러 차례의 예송(禮訟)들, 경신환국(庚申換局)과 갑술환국(甲戌換局) 등과 같은 권력투쟁을 겪었다. 그리하여 그들이 세상을 향해 갖는 소외감과 좌절감은 문예적으로 가장 효율적인 방식이라는 악부를 선택했다. 악부는 하층민으로부터 상층민까지 모든 계급이 공용할 수 있는 유연한 방식의 문예 양식이면서 가장 현실적이고 파급효과도 크다.

〈온달설화〉를 악부화한 시기를 본다면 숭악 임창택이 가장 빠르다고 볼 수 있다. 그는 무기력하고 불우한 환경을 지닌 온달을 군주에 비유하여 재현하였다. 군주(君主)는 조정에 있는 신하들의 화합을 이끌어 내기에는 처음부터 다소 부족한 인물이라고 규정하고 군주를 보필하는 신의 있고 식견(識見)을 지닌 인물로 공주를 지목했다. 이는 공주는 조정에서 꼭 필요한 신하의 모습으로 대변되는데 무엇보다 공주의 위치를 중심으로 시를 서술하여 부각시키고 있다. 다만 낙하생 이학규는 공주의 공로를 배제함으로써 군주보다는 신하의 의미를 확대하여 설정하고 있고, 한남 이복휴는 온달과 공주를 함께 서술하면서 군주(君主)의 역할과 신하의 중요성을 강하게 설명하고 있다. 이들 세사람이 〈온달설화〉를 악부화한 양상들을 살펴보면 조금씩 차이를 보인다. 숭악은 공주를 중심으로 하여 서술하고 있고, 낙하생과 한남은 온달을 중심으로 서술하고 있다. 그리고 이들 악부시에서 화자는 모두 서술자로 설정되어 있으며 그들 나름의 시각으로 서술하고 있다. 무엇보다 주된 내용은 숭악은 사랑의 능력을 강조하고 있고, 한남은 사랑의 결속을 중심으로 동생동사(同生同死)를 강조하고 있으며 낙하생은 온달찬양의 측면으로 서술하고 있다. 숭악과 한남은 사(私)적인 측면을 강조한다면 낙하생은 공(公)적은 측면을 강조하고 있다.

그러나 결국은 정계에서 축출되고 영달을 얻지 못한 이들이 우회적인 방법으로 악부를 사용하여 가장 조선풍(朝鮮風)에 가까운 소재로 설명하고 있음을 알 수 있다. 그렇지만 이들의 내면에는 17세기 후반부터 19세기 중기에 이르기까지 극히 소수를 제외한 중앙정계에서 축출된 남인들의 소외감과 외로움을 표현하고 있다. 이들은 자신들의 정체성을 회복하려는 한편 그들이 지니고 있던 이념적 정통성을 환기하려는 의지를 보인다.

5. 〈온달설화〉를 모티프로 한 악부시의 가치

본고는 〈온달설화〉를 악부화한 숭악(崧岳) 임창택(林昌澤), 낙하생(落下生) 이학규(李學逵), 한남(漢南) 이복휴(李福休)의 악부시에 대한 문예적 검토이다. 주지하다시피 악부는 중국의 경우 당대 이후의 악부를 장르의 양식적 개념으로 설명하는 것이 아니라 일종의 시풍(詩風)으로 보았다. 우리나라의 경우에는 우리나라의 역사나 풍속을 묘사한 시와 민요풍의 노래, 시조 민요의 한역가인 소악부, 지방의 풍물 민속을 노래한 죽지사(竹枝詞), 의고악부(擬古樂府) 등을 총칭하는 말로 사용되었다. 그동안 결연담과 영웅담으로 분류했던 〈온달설화〉는 조선후기 유학자인 임창택, 이학규, 이복휴가 자신들의 시각으로 악부시로 재현하였다. 그 과정에서 악부시 속에 군주에 대한 기대와 백성에 대한 깊은 애정을 찾을 수 있었다. 다만 그들이 악부시로 재현하는 과정에서 주목할 만한 것은 이들이 성호 이익을 기반으로 하는 남인 계통의 문인들로 악부시를 통한 당대의 상황을 세밀하게 재현하려고 노력하고 있으며 조선후기 사적으로 민감한 상황을 매우 집약적으로 보여 주었다.

서인집단으로 인하여 정계에서 축출되고 초야(草野)에서 살아가는 남인들에게 현실은 이상적인 곳이 아니라 그들이 살아가야 할 곳이었다. 그것에 대한 탈출의 방안을 그들은 무엇보다 문학에서 찾고자 하였다. 여러 차례 예송논쟁(禮訟論爭)과 환국(換局) 속에서도 살아남았던 남인이 정조의 서거(逝去)로 인하여 축출과 몰락을 맞으면서 그들은 분열과 부침을 반복하였다. 이들은 표면적으로 드러내지는 않았지만 다시 조정으로 돌아가서 자신들의 정치 야망과 세계를 펼치고자 하는 기회도 간간히 엿보기도 하였다. 그런 고심 끝에 그들은 악부를 선택하였고 내면의 세계를 나타내었다. 대외적으로 혼란한 시기를 살아가는 민중에게 민심을 안정시키고 현실에 대한 돌파구를 찾고자 하였다. 또한 민족의 자긍심(自矜心)을 회복하고자 악부시를 선택한 것으로 볼 수 있다. 악부시는 우리 민족의 여러 복잡한 감정들을 섬세하게 묘사하고 형식에 구애를 받지 않는 유연한 장르이기 때문이다. 〈온달설화〉를 악부화한 작품들은 원 텍스트의 애정과 영웅담에만 집착하지 않고 시대에 필요한 사안들을 적극적으로 설명하기 위해 노력하였다. 왕권을 바로 세우고 민심을 수습하기 위하여 남인의 처지를 문학 속에서 이야기하였고 그것을 수용하는 가장 유리한 방법인 악부를 유통하고 전파 시켰다.

무엇보다 우리가 명심해야 할 것은 악부가 단순히 시풍으로만 그치는 것이 아니라 본래의 작품을 창작자들이 자신들의 관점으로 수용하고 이를 역사적인 시선으로 바라보면서 주체적인 방법을 모색하고 있다는 점이다. 임창택, 이학규, 이복휴의 악부시는 표면적으로는 백성의 모습을 이해하고 우리의 역사를 상세히 그려 내는 듯 보이지만 그 내부는 기존의 사대부들이 지닌 권위의식에서 탈피하여 민족이 처한 현실과 사회적 감정을 정확하게 읽어낸 것으로 그 나아갈 바를 분명히 보여 주는 것이다. 악부시는 그야말로 정계(政界)에서 축출된 불우한 삶을 살았던 비극적인 남인들의 가치관과 정치적 저항방식의 한 발로(發露)라는 것을 말해 주고 있다.

6장

『삼국사기』 소재 〈호동설화〉를
모티프로 한 악부시(樂府詩) 양상

1. 〈호동설화〉의 의미와 내용

  문학은 우리의 삶의 방식과 가치관에서 동떨어져 있지 않다. 무엇보다 서사적 줄거리가 있는 경우 실제적이고 구체적으로 우리의 현실을 이해할 수 있다. 〈호동설화〉는 고려시대의 김부식(金富軾)이 쓴 『삼국사기(三國史記)』 14권 「고구려본기(高句麗本紀)」 제(第)2 「대무신왕(大武神王)」편의 원전에 나오는 설화이다. 설화는 시공(時空)을 초월하여 독자들과 함께 지속되면서 구전되기도 하고 다양한 방식으로 후대까지 전달된다. 〈호동설화〉의 내용은 대무신왕 15년(A.D. 32년) 4월과 11월에 일어난 호동과 관련된 사건으로 왕자호동이 낙랑공주에게 자명고(自鳴鼓)를 찢게 하여 낙랑(樂浪)의 정벌에 성공한다는 것이다. 또한 후반부의 이야기는 호동이 원비(元妃)의 참소(讒訴)를 받고 왕의 명령에 따라 스스로 목숨을 끊는다는 다소 비극적인 내용이다. 이 설화는 무엇보다 고구려 왕실의 모습과 시대적 상황을 이해하는 것에 많은 도움이 되었다.

『삼국사기』 소재 〈호동설화〉는 우리가 자주 들어 알고 있는 신라 공주와의 결연담을 다룬 백제 '서동(薯童)'의 이야기와 더불어 자주 회자(回刺)되는데 무엇보다 사랑과 정치적인 상황을 기반으로 하고 있어서 흥미롭다. 〈호동설화〉에는 국경을 초월한 남녀의 애정 문제와 낙랑공주의 비극적인 죽음 등이 서술되어 문학적 소재로도 환영을 받고 있으며 그 활용도가 높아서 대중들에게 오랫동안 사랑을 받아왔다. 그동안 연구자들은 〈호동설화〉에 대해서 많은 의견을 내놓았다. 단순히 문학적 접근이 아니라 문화·역사·예술·철학분야와 연계하여 연구되고 있으며, 최근에는 다양한 콘텐츠로의 활용에 있어서 많은 연구가 진행되고 있다.[1] 〈호동설화〉는 『삼국사기』 소재 설화 중에서 가장 친근한 작품으로, 대중들에게는 이미 여러 차례의 호응을 받았다. 그러나 이 설화의 성격을 단순히 고구려시대의 국경(國境)이 다른 남녀의 비극적 애정담과 낙랑을 정벌한 호동의 영웅담으로만 치부하여 조명하는 것은 매우 유감스럽다. 이 설화 속에는 분명히 애정과 정치적인 문제뿐만 아니라 그것을 넘어선 특수한 무엇인가 함축되어 있을 확률이 매우 높다.

또한 조선후기에 이르러서는 〈호동설화〉를 모티프로 하여 명은(明隱) 김수민(金壽民), 한남(漢南) 이복휴(李福休)와 같은 유학자(儒學者)들이 악부시로 재창작 하였다. 그 과정에서 〈호동설화〉가 지니고

---

1) 이정연, 「현대문학에 수용된 '호동설화'의 변용과 의미: 〈왕자 호동〉과 〈둥둥 낙랑둥〉의 '서사구조'를 중심으로」, 성균관대학교 석사논문, 2004; 김선주, 「호동설화를 통해 본 고구려의 혼인」, 『민속학연구』 8권, 국립민속박물관, 2001; 심상교, 「호동설화소재 희곡의 인물분석」, 『한국극예술연구』 5권, 한국극예술학회, 1995; 장혜전, 「현대희곡의 소재 수용에 관한 연구: "호동설화"와 "세조의 왕위찬탈"을 소재로 한 희곡을 중심으로」, 이화여자대학교 박사논문 1988; 김창룡, 「호동설화에 나타난 낙랑국의 정체」, 『북방연구』 6권, 한성대학교 북방문제연구소, 1996; 한형구, 「'호동왕자와 낙랑공주' 설화의 문화적 변용과 그 재창조의 문제」, 『예술논문집』 46권, 대한민국예술원, 2007.

있는 문학적 가치와 위상이 드러날 뿐만 아니라 유학자들이 작품을 바라보는 관점에는 확연한 차이가 나타나는 것을 알 수 있다. 설화란 문자가 없던 고대로부터 야기된 진실이나 사실, 실제 사건, 역사적 사실, 인간의 염원 등을 후대에 전달하기 위해 생성된 것이기 때문이다.[2] 이처럼 〈호동설화〉를 모티프로 하고 있는 악부시의 문예적(文藝的) 보편성이나 독자성은 무엇보다 정밀한 문학적 접근이 필요하다. 또한 창작자들이 악부시를 통해서 당대의 시대 상황을 어떤 방식으로 재현하려고 시도하였고, 조선후기 시사적인 변화를 총체적으로 보여 주기 위한 모색의 방법은 어떠한 것인지 살펴보아야 한다.

본고에서는 〈호동설화〉를 모티프로 하고 있는 악부시의 성립과정을 알아보고 각각의 작품이 지니는 문예적 양상들을 살피면서 유학자가 바라보고 있는 〈호동설화〉에 대한 안목을 면밀히 파악하고 그 안에 내재된 사적인 변화와 문학적 의미를 되새기고자 한다.

2. 〈호동설화〉를 모티프로 한 악부시의 성립과정

주지하다시피 악부(樂府)란 원래 중국에서 시작된 B.C. 111년 한(漢)무제(武帝)가 음악을 관장하기 위해서 설립한 관청(官廳)이다.

그러나 악부는 대중성을 기반으로 널리 전파되었다. 악부는 관청의 개념으로만 볼 것이 아니라 일종의 시체명(詩體名) '악부시'라는 이름으로 통용되었다고 볼 수 있다. 악부시의 개념은 불명확하다. 악부시에 대한 범위나 기준 역시 정확히 정의 내리기 어려운 실정

---

2) 강명혜, 「지역 설화의 의미, 특성 및 스토리텔링화」, 『퇴계학 논총』 20권, 퇴계학회, 2012, 273쪽.

이다.

　다만 한국의 악부시는 중국의 악부에 그 기원을 삼고 있다고 추측하지만 그것에 대한 명확한 근거는 없다. 악부시를 통해 한국 한시(漢詩)는 사회와 민족 내부의 다양한 상황까지도 유통할 수 있었다.

　한국 악부시는 채집한 민가(民歌)를 형식·가락·미적 감각 등이 차별화된 다른 한시문(漢詩文)의 양식으로 변환해야 하는 기본적인 제약이 수반되기 때문에 전시대에 걸쳐 누구나 자유롭게 시도할 수 있는 작품 양식으로 보기 어렵다. 게다가 우리나라의 악부시는 당(唐)대이후의 악부시에 작품적 준거를 둔 경우가 많아서 일반고시나 근체시와의 공유 영역이 크게 확대되었으며, 외형상 거의 구분하기 어려운 경우도 적지 않다. 따라서 한국의 악부시는 기본적으로 독자적인 한시문(漢詩文)의 한 양식인 것만은 분명하지만, 사실상 일반시의 시풍(詩風)으로서의 경향을 강하게 지닌 특수성을 갖게 되었던 것이다.3)

　이처럼 악부시가 고시 근체시(近體詩)와 더불어 한국 한시의 한 시체(詩體)로 자리 잡음에 따라 이후의 한국 한시는 그만큼 소재와 주제의 영역을 넓혀갈 수 있었으며, 균형 있게 발전할 수 있는 기틀이 마련된 것이다.4)

　〈호동설화〉5)의 내용을 요약하면 다음과 같다.

---

3) 황위주, 『조선전기 악부시 연구』, 고려대학교 박사논문, 1989, 47~59쪽.
4) 곽귀남, 「점필재 악부시에 형상된 풍교의식 연구」, 창원대학교 석사논문, 2009, 32쪽.
5) 夏四月 王子好童 遊於沃沮. 樂浪王崔理出行 因見之 問曰: "觀君顔色 非常人. 豈非北國神王之子乎?" 遂同歸以女妻之. 後好童還國, 潛遣人告崔氏女曰: "若能入而國武庫 割破鼓角, 則我以禮迎, 不然則否." 先是 樂浪有鼓角, 若有敵兵則自鳴, 故令破之. 於是 崔女將利刀 潛入庫中, 割鼓面角口, 以報好童. 好童勸王襲樂浪. 崔理以鼓角不鳴 不備, 我兵掩至城下 然後知鼓角皆破. 遂殺女子, 出降. 或云: "欲滅樂浪 遂請婚 娶其女 爲子妻. 後使歸本國 壞其兵物."
　　冬十一月 王子好童自殺. 好童 王之次妃曷思王孫女所生也. 顔容美麗 王甚愛之, 故名好童. 元妃恐奪嫡爲大子, 乃讒於王曰: "好童不以禮待妾, 殆欲亂乎!" 王曰: "若以他兒憎疾乎?"

호동(好童)은 유리왕의 셋째 아들인 대무신왕의 차비(次妃)에게서 난 소생이다. 왕은 그를 심히 사랑하여 호동(好童)이라 이름하였다. 대무신왕 15년 4월에 왕자 호동이 옥저(沃沮)를 유람하였는데, 낙랑의 왕 최리(崔理)가 여기 나왔다가 호동을 보고 돌아가 사위를 삼았다. 그 뒤, 호동이 고구려에 돌아와 낙랑(樂浪)에 있는 아내 최씨녀(崔氏女)에게 사람을 보내어 전하기를 "그대의 나라 무고(武庫)에 들어가 고각(鼓角-북과 나팔)을 몰래 부수면 내가 그대를 아내로서 맞아들이려니와 그렇지 못하면 우리는 부부가될 수 없으리라." 하였다. 이에 최씨녀는 잘 드는 칼을 가지고 몰래 무고에 들어가 북의 피면과 취각의 주둥아리를 부순 후 호동에게 알렸다. 호동은 왕을 권하여 낙랑을 엄습하였다. 최리는 고각이 울지 아니하므로 방비하지 않고 있다가 갑자기 우리 군사가 성 아래에 닥친 후에야 고각이 다 부서진 것을 알았다. 그래서 드디어 그 딸을 죽이고 나와 항복하였다. 11월에 왕자 호동이 자살하였다. 원비는 적통을 빼앗아 호동으로 태자(太子)를 삼을까 염려하여 왕에게 참소(讒訴)하기를 "호동이 나를 예로써 대접치 않으니 아마 나에게 음란하려 함이 아닌가 합니다." 하였다. 대왕은 의심치 아니할 수 없어 장차 호동에게 죄를 주려 하니, 이내 칼에 엎드려 죽었다.

— 김부식, 『三國史記』卷14 「高句麗本紀」2 「大武神王」

〈호동설화〉는 호동의 영웅담(英雄譚)과 자결담(自決談)으로 이루어 졌다. 〈호동설화〉의 전반부는 호동이 낙랑을 정벌을 한 4월의 이야기이고, 11월에 원비(元妃)의 참소로 인하여 자결을 하는 것은 후반부의 이야기이다. 〈호동설화〉는 호동을 중심으로 그의 업적과 죽음을 바탕으로 서술되었다. 〈호동설화〉와 마찬가지로 인물을 바탕으로

妃知王不信, 恐禍將及. 乃涕泣而告曰: "請大王密候. 若無此事, 妾自伏罪." 於是 大王不能不疑, 將罪之. 或謂好童曰: "子何不自釋乎?" 答曰: "我若釋之, 是顯母之惡 貽王之憂, 可謂孝乎?" 乃伏劍而死(김부식, 『三國史記』卷14 「高句麗本紀」2 「대무신왕」).

전승된 작품 가운데는 조선 후기에 크게 생성된 영사악부(詠史樂府) 형태의 시가 방대한 양으로 전달되었다. 영사악부는 주로 역사를 다루는데 이를 다양한 관점으로 보고 그것을 소재로 하여 수용하였다.

이런 이유로 〈호동설화〉를 모티프로 한 악부시가 창작된 시기는 창작자들이 조선후기에 일어난 여러 차례의 사화(史話)와 당쟁(黨爭)으로 인해 유학자들은 성리학(性理學)적 현실에 염증을 느끼면서 보다 구체적이고 실용적인 문제들에 관심을 갖게 되었고 이는 현실비판의 자세로 이어졌다. 또한 새로운 사회질서와 문화가치를 고양(高揚)하는 일에 중점을 두고 민족의식을 함양하고자 시도하였다. 이처럼 조선후기는 다양한 사회적 변화가 일어난 시기이다. 무엇보다 민족의식을 배양하고자 노력했으며, 그 방책의 하나로 우리나라의 역사(歷史), 풍속(風俗), 시가(詩歌) 등을 주체적으로 활용하여 집약화하려는 시도를 했다. 그것을 통해서 민중의 세태를 보여 주는 한편 가장 실제적인 문제들에 집중하였다. 이러한 현실 속에서 유학자들은 무엇보다 현실 속에서 자신들의 생존(生存)이 시급했고 그러기 위해서는 특수한 방법이 절실히 필요했다. 그 방법의 하나로 악부라는 장르를 생각했다.

악부는 경직되고 고정화되지 않은 자유로운 문체이다. 시인들은 악부를 통해서 사회상황이나 그들이 처한 현실을 이야기하면서 자신들의 방법을 찾고자 시도하였다. 단순히 과거로부터 재미를 주는 설화로 인식되었던 〈호동설화〉가 실은 조선후기 악부시로 다시 가창되었다는 사실을 우리는 의미 깊게 생각해야 하는 것이다.

악부를 가창하면서 그들은 현실을 파악할 충분한 준비와 방식을 모색하고 자신의 처지를 직설적이지 않게 우회적인 상황으로 밝히는 것으로 판단된다. 그들은 악부를 사용하여 정치적 투쟁이나 자신의 이해관계를 적극적으로 표현하였다. 무엇보다 악부는 다양한 계층이 향유할 수 있는 열려있는 장르이기 때문이다. 또한 고대(古代)로부터 이어진 제도나 사회상과 세계관 등이 조선후기까지도 지속적으로 연결되어 있다는 사실을 확인할 수 있다. 이런 이유로 시대가 직면한 현실이나 필요한 여러 가지 사안들을 찾을 수 있었다. 조선후기 여러 차례 왕권의 교체와 정치적인 부침이 있었던 조정, 빈번한 외세의 침략과 곤궁해진 민심의 혼란 등은 정치가들로 하여금 큰 부담을 느꼈고 현실을 극복해야 하는 방안이 절실히 필요했다. 그것에 대한 하나의 대안으로 〈호동설화〉를 선택하여 유학자들은 자신들이 바라보는 시대 상황을 규탄하였고, 그러한 현실을 재현하여 시대를 진단하였고 그에 따른 실천적 대안을 모색하였다.

3. 〈호동설화〉를 모티프로 한 악부시의 특질

1) 명은 김수민의 〈고각요(鼓角謠)〉

樂浪國	낙랑국에
自鳴有鼓角	절로 우는 북이 있었네
常時敵兵至	항시 적병이 이르면
鼓角必鳴以爲約	북이 반드시 울어 알리었건만
王子好童來取樂浪女	호동왕자 낙랑공주 취하고는
潛謀割角口兵襲擊	몰래 북을 가르도록 병사에게 말하고 습격하였네.
角不自鳴平明覺	북이 울지 않아서 평상시인 줄 알았더니
陰雨不備無禁何	음우에 대비못해 어찌하지 못했네.
殺其女出降伏	공주를 죽이고 나와서 항복하니
襲破匪義兵	비의병 마저 격파했네

況負交隣相親樂	하물며 이웃과의 친함 저버리기를 즐거워 했는가
女姦不可說	여자의 간사함은 말할 것이 못되니
鼓角實亡國	고각이 실로 나라를 망쳐
凡百翫好物	대저 온갖 기호물들을
古來家國不宜畜	예로부터 나라에서 보관하지 않을진대
他日伏劍申生同	훗날 신생6)이 칼 위에 자결함과 같아
我篤好童重歎惜	내 호동을 돈독히 여겨 거듭 탄식하노라.

— 김수민, 『명은집』 卷之四

김수민(金壽民, 1734~1811)은 조선 후기의 학자로 전라북도 남원 출신이다. 본관은 부안(扶安), 자는 제옹(濟翁), 호는 명은(明隱)이다. 명나라 유민(遺民)이라 자처하며 한평생 과거를 포기하고 평생 성리학(性理學)·경학(經學)·의리학(義理學) 연구에만 몰두하였다. 오직 향리의 한 사림(士林)으로 학문 연구에만 전 생애를 바친 그는 별세 후 철종 6년(1855)에 승정원 좌승지 겸 경연참찬관에 추증되었다. 김수민의 집안은 대대로 서인계(西人, 주로 畿湖學派)의 노론에 속하였다. 그는 천성(天性)이 침착하고 소박하여 자연을 사랑하고 지조를 지키면서 일평생 의리학(義理學)과 대의명분(大義名分)에 투철한 강직한 선비였다. 도학(道學)을 고집하고 우암 송시열의 '직(直)'철학을 간직하며 실천하려고 하였다. 현실에서는 조선이 정통의 중화(中華) 그 자체임을 자부하며 민족 자존심으로서의 주체의식을 지니고 있었다.7)

그가 집대성한 「기동악부(箕東樂府)」는 조선 후기의 해동악부체

---

6) 『좌전(左傳)』에 의하면 신생(申生)은 진나라 헌공(獻公)의 첫째 아들이다. 헌공이 여희를 총애하여 해제를 태자로 세우려고 할 때 여희가 계략을 짜 태자 신생을 곡옥 땅으로 보냈다. 그리고 여희는 왕에게 태자인 신생이 자신의 아들 해제를 죽이려 한다고 참소하였다. 신생은 아버지가 여희를 사랑하는 것을 알고 스스로 자결을 하였다.

7) 신장섭 역, 『한국 「기동악부」 주해』, 국학자료원, 1999, 6~7쪽.

계열의 작품과 성격이 같되, 각 편은 악부시만 있고 사화(史話)가 나란히 기록되어 있지는 않다. 또한 작자의 춘추대의관(春秋大義觀)과 명(明)의 패망 이후에 조선이 그 후계자라는 것을 내세우는 소중화(小中華) 의식이 나타나있다. 「기동악부」는 전체 385수로 구성되어 있는데, 우리나라 역사에 대한 올바른 이해와 왜곡된 역사를 바로잡기 위함이라고 알 수 있다. 「기동악부」도 우리의 역사 속에서 소재를 찾고 실증적인 시각으로 작품을 서술하고 있고 그 주제도 역시 유교(儒敎)윤리(倫理)의 이념을 계승하고자 '충(忠), 절(節), 효(孝)'를 강조하고 있다. 한편 김수민은 민중들이 바라보는 시대를 조망하고, 조정을 장악한 세력과 그 반대파의 좌절까지도 모두 응집하여 서술하고 있다. 이를 통해 그는 편중된 시선으로 역사를 바라보는 것이 아니라 폭 넓은 시선으로 바라보려고 노력하였다.

　김수민은 〈고각요(鼓角謠)〉에서 1~10행까지는 『삼국사기』에 수록된 기본설화를 충실히 이행하고 있으며 그 이후는 자신의 시각으로 작품을 서술하고 있다. 호동을 진나라의 '신생(申生)'에 견주면서 왕이 참언(讒言)을 믿어 무죄한 애자(愛子)를 죽인 불인(不仁)함에 대해 비판을 가했으며 효(孝)를 위해 목숨을 바친 호동의 죽음에 대해서는 동정을 표하고 있다. 전반부에는 역사적 사실을 서술하고 후반부에는 자신의 주관적 정서를 구성하여 역사적 사실을 알리는 한편 문학성을 함께 부각하고 있다.[8] 또한 서술자가 호동을 중심으로 애정의 위험을 주로 강조하고 있다. 사랑의 파괴적 속성이 부녀와 같은 혈연관계를 뛰어넘고 나아가 국가이익을 뛰어넘는 강렬함과 적극성이 있음을 알게 된다.[9] 〈고각요〉에서는 김수민이 지향하는 의

---

8) 신장섭, 「김수민의 「기동악부」 연구」, 건국대학교 박사논문, 1993, 56쪽.
9) 함귀남, 「삼국시대 인물서사의 후대적 재현·변모 양상: 악부의 애정모티프를 중심으로」, 이화여자대학교 석사논문, 2008, 57쪽.

리가 분명히 드러난다. 의리는 인간이 현실 속에서 부딪친 관계나 상황의 범위에 따라 그 종류가 세 가지로 나뉜다. 개인과 개인 사이의 의리, 사회의 도덕질서로서의 도덕, 그리고 국가적인 위난(危難)과 파괴적인 세력에 저항하는 항의(抗議)의 의용(義勇) 등이 그것이다.10) 그러나 유교사상에 근거하여 본다면 무엇보다 나라간의 신의(信義)가 중요하며 그것은 역사를 올바른 방향으로 진행할 수 있게 한다. 김수민의 〈고각요〉에서 낙랑국에 처해진 국가적 위기는 그것을 저항할 강직한 의리가 필요함을 보여 주고 있다. 김수민은 병자호란을 맞이하여 명(明)나라와의 대의를 지켜서 척화(斥和)를 주장한 선비들을 추앙하고 있음이 시대현실로 볼 때 짐작이 가능하다. 병자호란(丙子胡亂)과 같은 국가의 위기는 국가의 존망(存亡)과 대의(大義)를 선택해야 하는 중요한 귀로에 서게 한다. 이처럼 현실과 이념사이에서 고민을 하듯이 마찬가지로 이 시에서 음녀(淫女)로 설명된 낙랑공주 역시 국가의 존패(存敗)와 애정이라는 문제 앞에서 현실과 이념을 고민해야 했고, 그것이 올바른 선택을 하지 못했음을 드러낸다. 그러나 명은(明隱)은 시적대상의 내면이나 심리를 세심하게 드러내고 있지는 않다. 또한 낙랑공주의 패륜적인 행위는 죽음으로 징계(懲戒)되지만 이는 단순히 공주의 나약하고 패륜(悖倫)적인 부분을 드러내고자 하는 것은 아니다. 결국 호동 역시 효를 위해 자결을 서슴지 않았다는 것은 조선후기 정계에 진출하지 않은 선비인 명은(明隱)이 시대의 모습을 가장 잘 파악하여 악부를 통해서 재현한 것이다. 아울러 악부시 〈고각요〉 속에 나타난 시적 상황은 작가 자신이 살고 있는 지방의 풍속이 피폐(疲弊)해지고 그것에 대한 실망감을 보여 주는 단적인 예라고 볼 수 있다. 또한 직설적인 화법으로

---

10) 신장섭, 앞의 논문, 91쪽.

정치적 사안을 설명하기보다는 설화를 소재로 하여서 상황을 우회적으로 묘사하고 있다. 그리하여 당쟁(黨爭)과 빈번한 외세의 침략이라는 혼란한 시대 속에서 명은은 무엇보다 유교의 이념을 계승하는 학자로서 유교의 이념이야 말로 현실을 극복할 수 있는 가장 훌륭한 방책이라는 주장을 하는 것이다. 기존의 소재를 선험적(先驗的)인 이념이나 난해(難解)한 전고(典故)를 배제하면서 평이하고 자연스러운 시상으로 표현해 낸 점에 주목하고 있으며, 그 기저에는 사회의 안정, 생활의 여유, 정치적 득세, 문화적 자신감이 자리 잡고 있음을 짐작할 수 있다.11)

2) 한남 이복휴의 <호동원>

樂浪城中鼓不鳴	낙랑성중 북은 울지 않고
樂浪城外烟塵生	낙락성 밖에는 연기와 먼지가 피어오르네
婦人見夫不見父	여인이 지아비는 보면서 아비는 보지 않아
賣國可能獨享樂	나라를 파니 어찌 능히 홀로 즐거움을 누리리
東都歸來鵲印橫	동도에서 돌아온 까치가 뒤엉키어 있네
樂落之載成禍	낙락의 재앙 화의 씨를 이루네
妖姬日抱公子啼	요녀를 한번 안음으로 공자 울고
牝鷄一聲王心迷	암탉의 한번 울음이 왕의 마음 어지럽히네
王心迷可奈何裙	왕의 마음 어지러움이 어찌 덮을 수 있으랴
蜂之說尤無稽君	벌의 이야기 더욱 그대를 머무르지 못하게 하고
王有眼不解	왕에게는 풀 수 없는 눈이 있고
乘舟一曲多悲酸	배에 올라 한 곡조 슬픔이 많구나

---

11) 안대회, 『18세기 한국 한시사 연구』, 소명출판사, 1999, 135~168쪽.

非姬食不飽	왕비 아니면 먹어도 배부르지 않고
非姬寢不安	왕비 아니면 자도 편안하지 않고
儂身一死不足惜	나의 몸이 한번 죽어도 안타깝지 아니한데
但恐此心無人識	다만 이 마음을 알 사람이 없음이 두려움이라
草綠新城帝子泣	초록 새로운 성에 왕자가 울고
東風野火無寒食	동풍 들불에 한식이 없네
九原羞對樂女	저승에서 낙랑녀를 대하니
爾功我伐俱受戮	이 공을 나와 함께 죽음으로 벌했구나

― 이복휴, 『해동악부』

한남(漢南) 이복휴(李福休, 1729~1800)는 영·정조 시대를 살았던 인물이다. 그는 정치적으로 주목받지는 못했지만 최근에 문학세계가 주목을 받았다.12) 이복휴에 대한 연구는 계속 진행되지만 『해동악부』에 대한 관심이 주를 이룬다. 이복휴는 단군의 출생과 건국을 노래한 〈환웅사(桓雄詞)〉로부터 조선조 경종 때, 어떤 신하가 손자를 위해 목숨을 바친 종과의 관계를 시화한 〈용산노(龍山奴)〉에 이르기까지 무려 260수의 작품을 창작하였다. 대부분의 영사악부들이 '사화(史話)-작품(作品)'으로 구성되어 있으나, 그의 악부는 사실을 축약한 사화와 작품, 그리고 사단을 병기(竝起)하는 전형적인 영사악부의 체재를 갖추고 있으며 인물위주가 아닌 역사적 사건을 주로 가영하고 있기 때문에 영사악부 중에서도 가장 집대성된 작품으로 볼 수 있다.13) 이복휴의 작품에서 폄자(貶刺) 된 것으로는 실정(失政), 음란

---

12) 석진주, 「이복휴 시에 나타난 삶과 의식」, 『Journal of Korean Culture』 17, 한국어문학 국제학술포럼, 2011, 128~129쪽.
13) 신장섭, 「영사악부를 통한 제왕의 찬영감계적 유형고찰」, 『인문과학연구』 30집, 강원대학교 인문과학연구소, 2011, 93쪽.

(淫亂), 무도(無道), 가렴주구(苛斂誅求), 학정(虐政), 숭불(崇佛), 권신(權臣) 등을 둘 수 있다.14)

이복휴가 출처(出處)를 반복하던 18세기 후반 약 삼십여 년 동안은 조선의 격동기라고 볼 수 있는데, 17세기 이후 상품화폐경제가 급속히 발달하면서 신분제는 동요하고 서민들은 지배체제에 항거하면서 새로운 의식이 대두(擡頭)되었던 사적(史的)으로 매우 예민한 시기에 해당한다. 이복휴는 체제를 전복하거나 저항하는 적극성을 띠기 보이기보다는 우리나라 역사 속에서 주목할 만한 인물을 찾아서 자신의 관점으로 해석하고 역사적 전통을 강조하였다. 또한 무엇보다 혼란한 시대를 해결할 수 있는 능력을 지닌 인재가 필요했다. 조선 후기에는 대부분의 사람들이 올바른 가치관이나 역사적 사실을 가지지 못하였기 때문에 당대의 주요 문제를 풀어가는 방법을 역사속의 인물이면서 낯설지 않은 소재인 〈호동설화〉를 기반으로 기술하고 있다.

이복휴의 〈호동원〉에서 낙랑공주는 호동을 헌신적으로 사랑하고 내조하는 온순한 여자로 형상화하고 있다. 작품의 제목으로 보아서 호동을 전반적으로 내세우는 듯 보이지만 실제로는 호동과 낙랑을 함께 다루고 있다. 무엇보다 낙랑공주가 아내로의 역할만을 생각할 뿐 아버지와 나라는 저버리는 덕(德)을 갖추지 못한 부덕(不德)한 여인의 모습으로 그리면서 원 텍스트를 성실히 이행하여 서술하고 있다. 또한 낙랑공주를 요녀(妖女)로 규정하면서 이 시를 통해서 군왕이 경계해야 할 덕목(德目)에 대해서 은연중에 밝히는 것으로 보인다. 또한 서술하는 대상의 처지나 상황을 고려하고 취사선택하여 재현하면서 서술하고 있다. 한남(漢南)은 남인(南人)으로의 삶을 살

---

14) 김영숙, 『한국영사악부』, 경산대학교 출판부, 1998, 247쪽.

아가면서 정치에서는 소외되고, 현실에서는 부침을 거듭하였지만 결국 영달을 이루지는 못했다. 사적으로 혼란한 시기에 살면서 백성에게 지표를 주고 정치와 풍속에 있어서 그들을 교화(教化)하고자 했으며 무엇보다 신의(信義)를 강조하고 있다. 이 시 속에서는 인물에 대한 평가보다 당대(當代)에 필요한 사안을 점검하는 기회가 되었다. 〈호동원(好童怨)〉에서 호동에 대한 평가는 매우 사실적이다. 호동은 비통(悲痛)에 쌓인 군주로 낙랑공주는 정계에서 축출되었지만 자신의 영달을 위해서 남인(南人)세력의 신념이나 사상을 저버리고 임금의 곁으로 돌아온 신하로 볼 수 있다. 공주(公主)는 군주(君主)를 위해 충성을 받칠 수 있는 신하이기는 하지만 오히려 임금에게는 큰 부담으로 다가온다. 표면상으로는 호동을 중심으로 호동의 비애를 설명하는 것처럼 보이지만 내면에는 남인(南人)을 버리고 자신에게 온 신하에 대한 안타까움을 보여 주는 것으로 자신의 위치를 지켜야 하는 왕의 복잡한 심경을 세밀하게 전달하고 있다. 이 시를 통해 한남은 자신의 처지를 밝히고 있다. 그는 정계에서 축출되어 소외되고 불우한 생(生)을 보냈던 남인계열의 한 사람으로 자신을 불러주지는 않는 왕이지만 그에 곁으로 언제든지 돌아갈 수 있으며 또한 충성을 바칠 수 있다는 사실을 유연하게 보여 주고 있다. 이에 조선후기 사적으로 혼란한 시기를 맞이하여 위선과 관념에 사로잡힌 군주에게 한남은 심적인 고통을 겪기보다는 새로운 인간형으로 준비되어 있는 자신을 선택해 주기를 바라는 심정을 드러내는 하나의 방책으로 악부시 〈호동원〉을 창작했다고 볼 수 있다.

『삼국사기』소재 〈호동설화〉를 악부화한 김수민과 이복휴 모두 작품에 형상화된 애정의 측면을 놓고 본다면 부정적인 시각을 지녔다고 할 수 있다. 김수민은 사랑의 파괴적 속성은 매우 위험하다는 것을 경고하고 있고 그것은 혈연(血緣)관계를 넘어서 국가이익을 좌우하는 강력하면서 위력이 있음을 역설적으로 드러내고 있다. 이복휴는 사랑을 위한 혈연관계의 배신은 마땅히 비난받아야 함을 드러냈는데, 이는 김수민의 작품에 비해 강도가 매우 높음을 알 수 있다.15) 이들이 작품 속에 형상화 된 인물들의 모습이나 시적심상은 그들이 처한 시대적·정치적 사안들을 따로 떼어 놓고 생각할 수 없는 부분이기도 하다.

4. 〈호동설화〉를 모티프로 한 악부시의 문학적 의미

우리 문학사에서 악부시만큼 오랫동안 사랑받은 장르는 찾아보기 어렵다. 우리 악부시는 다양한 계층을 기반으로 확장되는데 민간가요로부터 전파되어 민요풍으로 수용되어 우리의 정서에서 느껴지는 민중의 풍속이나 사회의 모습을 다채롭게 설명하고 있다.

〈호동설화〉를 모티프로 하고 있는 악부시의 전승이나 유통을 살펴보면 남인과 서인의 모습이 모두 연계되어 있었던 것으로 사료된다. 조선후기 중앙 정치의 모습은 오랫동안 계속 되어 온 당쟁의 대립이 심화되었다. 과열된 붕당 간의 대립은 단지 정치적 축출뿐만 아니라 자신의 목숨까지도 위협하는 상황이었다. 각 붕당은 그야말로 살아남기 위해 온갖 방법을 동원하였다. 남인과 서인은 경신환국(庚申換局)으로 남인이 축출되자, 서인 내부에서 남인에 대한 처벌 문제로 다시 노론과 소론으로 나뉘었다. 또 한 번의 기사환국(己巳換局)으로 남인은 완전히 제거되었다. 그 뒤로 영·정조 시대에는 왕권을 강화하고 정국을 안정시키기 위해서는 탕평책을 사용하여 조정은 안정을 찾은

---

15) 함귀남, 앞의 논문, 59쪽.

듯 보였으나 정조가 승하하고 남인은 정계에서 완전히 축출되어서 조선 말기까지 정계에서 사라지게 된다. 남인들은 현실에 대한 큰 반발을 가지게 되었고 이는 현실에 대한 비판의식으로 이어졌다. 반대로 조정을 장악한 서인들은 김장생(金長生)·김집·송시열(宋時烈) 등으로 이어진 학통으로 성리학의 이념을 현실에 구현하려는 것을 목적으로 한 예론(禮論)의 정리를 과제로 하였다. 학문과 정치의 주제로 삼은 명(明)나라에 대한 사대나 왕실의 상례(喪禮) 등이 공리공담(空理空談)이라는 한계를 가지고 있었으나, 조선 후기에는 그것들 자체가 사회 주도이념으로서의 의미를 갖고 있었다. 나아가 구성원들은 대동법(大同法)·호포제(戶布制)와 같은 구체적인 정책이나 농사 방법 등에 대해서도 자신들의 입장을 지니고 있었다. 이들 모두 정계에서 축출되지 않기 위해서 전전긍긍하고 있었다. 본고에서 논의한 〈호동설화〉를 악부화한 작가 명은·한남(漢南)을 혈연(血緣)·학연(學緣)·정치적(政治的)으로 본다면 남인과 서인으로 나눌 수 있다. 이들이 고구려사(高句麗史)인 〈호동설화〉를 악부시로 다시 가창(歌唱)하여 전파한 것을 보면 그 안에는 특수한 사연이 존재한다. 조선 후기 사회는 왕권의 약화와 정치 사회적으로 기존의 통념이나 사상의 재정비가 필요한 시기였다. 그러나 집권층은 국가의 기반을 안정적으로 확립하지 못하면서 자신들의 이익을 위해서 동분서주(東奔西走)하는 시기였다. 또한 끊임없는 권력투쟁 속에서 자신의 체제를 유지하기 위하여 서로 보이지 않는 견제와 경계를 해야 했다.

〈호동설화〉를 악부화한 작가들은 그들의 작품 속에서 기존의 사상이나 사회 모습을 그대로 보여 주면서 문제점을 극복하고자 노력하였다. 단순히 그들은 재미나 호기심으로 설화를 모티프로 기술한 것이 아니라 작가의 관점으로 작품을 보고 이를 재해석하고 적극적으로 활용하려는 문예적 태도를 지니고 있었다. 다만 작품을 악부화하는 과정에서 서로 확연한 입장이 드러난다. 그러나 〈호동설화〉를 악부화한 작가들은 대체로 정치적으로 성공한 인물들은 아니었다. 다만 서로를 견제하는 세력들이 같은 설화를 모티프로 하여 작품을 창작했다는 점은 흥미로운 일이다. 이미 남인들은 17세기 후반에 이르러 복례를 화두로 하여 논의된 여러 차례의 예송(禮訟)들, 경신환국(庚申換局)과 갑술환국(甲戌換局) 등과 같은 권력투쟁을 겪었다. 그들이 세상을 향해 갖는 소외감과 좌절감은 영사악부를 통해 자주 표출되었다. 악부의 특성상 하층민으로부터 상층민까지 모든 계급이 공용할 수 있는 장르이므로 가장 현실적이고 파급효과도 뛰어나다. 또한 서인들 역시 여러 차례의 권력투쟁을 겪으면서 부침을 반복하다가 정계에 살아남기는 했지만 그들 역시 여전히 불안과 체제를 유지해야 한다는 강박관념에 시달렸다. 그래서 가장 효율적인 방안인 악부를 선택했다. 이처럼 악부는 다양한 방법과 목적으로 사람들에게 가창되었다는 사실을 알 수 있다.

〈호동설화〉를 악부화한 명은 김수민과 한남 이복휴는 출생연도에 입각하여 살펴보면 시기적으로는 같다고 볼 수 있다. 기존의 영사악부류에서 다룬 인물들은 위대하고 영웅적인 업적만을 중심으로 기술하였다면 김수민의 〈고각요〉에서는 사론(史論)에 바탕을 두고 허구적인 기법을 사용하지 않고 원 텍스트를 그대로 이행하여 사실적인 기술과 인물의 본래적인 모습을 실제적으로 그려 내고 주제를 드러내고 있다. 불우한 삶을 살았던 호동을 통해서 비록 영웅심은 뛰어났지만 효를 위해서 목숨을 버리는 모습은 유교적 가치관을 지닌 신하의 모습을 재현했다고 볼 수 있다. 군주를 보필하는 신하는 사사로운 정에 끌리기보다는 식견(識見)을 지녀야 하고 용맹해야 한다. 공주는 군(君)을 저버리는 신하로 비유하면서 결국은 징벌을 받게 되는 인물로 그리고 있다. 이것은 조정에서 축출되어야 하는 신하의 모습을 단적으로 표현한 것이다. 또한 그들에게는 효(孝)라는 규범을 강조하면서 시대적으로 윤리가 약화된 한 단면을 보여주고 있다. 한남 이복휴는 호동과 공주를 함께 서술하면서 군주(君主)의 복잡한 심경과 신하의 모습을 강력하게 설명하고 있다. 한남은 시 속에서 공주를 아내의 역할은 충실하지만 아버지와 나라를 저버리는 요녀로 규정하고 있지만 실은 부정적인 시각으로 공주를 서술하는 것은 아니다. 결국은 자신이 짊어지고 가야 할 책임으로 규정하고 있다. 이들이 〈호동설화〉를 악부화한 양상들에 있어서 조금씩 차이가 있다. 명은은 호동를 중심으로 하여 서술하고 있고 한남은 호동과 공주를 모두 부각하여 서술하고 있다. 그러나 이들 악부시에서 화자는 모두 서술자로 설정되어 있으며 그들만의 시선으로 기술하고 있다. 무엇보다 주된 내용은 표면적으로는 애정의 문제라고 볼 수 있지만 그 내면에는 개인의 애정문제를 넘어서 국가의 존폐 양상까지 확대하였다.

　그러나 흥미로운 사실은 같은 시기를 살았던 두 사람이 정치적 상황으로 본다면 서인과 남인으로 분리할 수 있다는 점이다. 명은과 한남을 정치적 입장으로 추정한다면 서로 다른 당색(黨色)을 가지고 있지만 두 작가는 시각이 선명하게 대비되기보다 오히려 공통점이 나타난다. 이들은 지방에 은거(隱居)하면서 정계에서 큰 영달을 얻기보다는 가장 현실적인 사안에 집중을 하고 있다는 점이다. 또한 이들이 지향하는 바는 대체로 같다고 볼 수 있다. 모두 전형적인 유교사상에 그 바탕을 두고 있다. 〈호동설화〉를 악부화한 시에는 충(忠), 효(孝), 열(烈) 이 모든 것이 복합되어서 나타나 있다. 아울러 주체적인 시각으로 우리나라의 역사를 올바르게 해석하기 위해 노력해야 하고, 시대현실을 반성할 필요가 있다는 것을 표현한다. 이들은 우회적인 방법으로 가장 조선에 필요한 소재를 차용(借用)하여 설명하고 있음을 알 수 있다. 거기에는 우리나라의 역사를 존중하는 한편 올바른 이해를 바탕으로 하여 자긍심을 갖고자 노력하는 것이다.

또한 모든 혈연·학맥·지연·정치적 연결고리에서 벗어나서 가장 현실적인 사안으로 시대상황을 인식하고자 시도하였다. 그렇지만 그 내부에는 여러 가지 감정들이 존재하고 있다는 사실은 부인하기 어렵다. 그러나 이들 악부시에서는 부정적인 태도로 낙랑공주를 대하고 있고 무엇보다 명은에 비해 한남은 작품 속에서 낙랑공주를 매우 격앙(激昂)된 시선으로 기술하고 있다. 이런 점을 비추어 본다면 이는 정치적인 상황과 분리하여 생각할 수 없는 부분이기도 하다. 어찌 되었든 축출된 남인의 입장을 고수했던 이복휴는 한층 더 현실에 대하여 분노(忿怒)하는 처지일 수밖에 없기 때문이다.

『삼국사기』 소재 〈호동설화〉 속에는 여러 다양한 상황들이 응축되어 있다. 개인의 문제를 비롯하여 정치·사회 문제까지도 모두 집약되어서 전승되고 있다. 이 작품 속에는 17세기 후반부터 19세기 중기에 이르기까지 극히 소수를 제외하고 중앙정계에서 축출된 남인들의 소외감과 외로움이 구체적으로 나타나 있고, 비록 운이 좋게 정계를 장악했다고 하더라도 여러 번의 권력투쟁을 거쳐서 살아남은 자들의 불안함과 자신들의 정체성 회복을 위해 노력했던 그들의 모습이 잘 반영되고 있다. 또한 악부는 그들이 지니고 있던 세계관을 확립하려는 의지의 산물을 보이는 것이다. 악부는 직설적이기보다는 우회적이면서 고정화되어서 부담감을 주는 것이 아니라 효율적이고 접근하기 쉬운 형태의 문학이기 때문이다.

5. 〈호동설화〉를 모티프로 한 악부시의 가치

본고는 〈호동설화〉를 악부화한 명은 김수민, 한남(漢南) 이복휴(李福休)의 악부시에 대한 문예적 검토이다. 주지하다시피 악부는 중국의 경우 당대 이후의 악부를 장르의 양식적 개념으로 설명하는 것이 아니라 일종의 시풍(詩風)으로 보았다. 우리나라의 경우에 우리나라의 역사나 풍속을 읊은 시와 민요풍의 노래, 시조 민요를 한역한 소악부(小樂府), 지방의 풍물이나 민속을 주제로 한 죽지사(竹枝詞), 의고악부(擬古樂府) 등을 모두 일컫는 말로 사용된다. 이처럼 악부는 다양한 형태로 문학사에 존재한다. 그동안 애정이야기로 관심을 모았던 『삼국사기』 소재 〈호동설화〉는 조선후기에 이르러서 유학자인 김수민과 이복휴가 모티프를 얻어서 자신들의 시선으로 재해석하여 악부시로 창작하였다. 그 과정에서 주지하다시피 악부시 속에 그들이 처한 시대와 사회가 필요로 하는 군신의 모습이 분명히 나타나 있고, 백성에 대한 애정과 충고가 내재돼 있었다.

또한 〈호동설화〉를 악부화한 명은과 한남의 가계(家系)나 교류(交流)적 특성을 점검하다보니 흥미를 느끼게 하는 대목이 있다. 한남 이복휴는 성호(星湖) 이익(李瀷)을 기반으로 하는 남인 계통의 사상을 가진 사람이고, 명은 김수민은 우암(尤庵) 송시열(宋時烈)을 바탕으로 하는 서인 계통의 사람이라는 것이다. 이들은 같은 모티프를 가지고 서인과 남인이라는 각자가 처한 입장에서 악부시를 서술하고 있다. 또한 동일한 모티프를 가지고 철저하게 다른 시선으로 작품을 바라보고 있다는 것을 알 수 있다. 다만 집권층과 피집권층 모두 악부시를 통해 당대의 상황을 세밀하게 재현하려고 시도하고 조선후기 사적으로 민감한 상황을 집약적으로 보여 주기도 하였다.

서인집단으로 인하여 정계에서 축출되고 초야(草野)에서 살아가는 남인들에게 현실은 이상을 펼치는 곳이 아니라 그들이 삶을 살아내야 하는 곳이었다. 그것에 대한 탈출의 방안은 녹녹치 않았으며 다만 문학에서 찾고자 하였다. 여러 차례 예송논쟁(禮訟論爭)과 환국(換局) 속에서도 살아남았던 남인은 정조(正祖)의 서거(逝去)로 인하여 대부분 축출과 몰락을 맞으면서 결코 신념을 버리지 않았다. 겉으로 드러내지는 않았지만 언젠가 조정으로 복귀하여 자신들의 정치적 야망을 펼치겠다는 의지를 다진 채 기회를 엿보기도 하였다. 또한 여러 번의 부침을 반복하다가 결국은 정권을 장악했지만 호시탐탐 기회를 노리는 남인들의 야망 속에서 그것을 경계하면서 늘 불안에 떨어야 했던 서인들 역시 자신들의 탈출구를 문학에서 찾고자 노력하였다. 그 하나의 방안으로 유연한 형식인 악부를 선택하고 표현하였다. 서인들 역시 대내외적으로 혼란한 시기를 살아가는 이들에게 흩어진 민심과 풍속을 바로잡을 방안을 모색하면서 현실의 혼란을 타파할 돌파구를 찾아 노력했다. 유학자들은 이런 사회·정치적 상황 속에서 잃어 가는 민심의 수습과 민족의 자긍심(自矜心)을 회복하는 방안을 고심하면서 이에 합당한 악부시를 선택하였다.

악부시는 우리 민족의 여러 사적 문제와 감성들을 그대로 묘사하여 표현할 수 있고, 형식에 대한 구애를 받지 않는 유연한 장르이기 때문이다. 『삼국사기』 소재 〈호동설화〉를 악부화 한 명은의 〈고각요〉와 한남의 〈호동원〉은 원 텍스트에 나타난 러브스토리와 영웅의 성공에 초점을 맞추어서 해석하지 않고 비극적인 결말까지 상세히 담고 있다. 또한 시대상황에 맞추어 군신에게 필요한 결핍(缺乏)의 요소와 정치적 사안(事案)까지도 적극적으로 응축하여 설명하였다. 〈호동설화〉를 악부화한 명은의 〈고각요〉와 한남의 〈호동원〉 속에는 군주와 신하의 모습이 분명히 드러나는 한편 서인(西人)과 남인(南人)의 대치 상황이 문학 속에서 우회적으로 담겨서 고스란히 재현되었다. 또한 자신의 처지를 설득하기에 가장 유리하고 쉬운 방식인 악부를 채택하고 유통시켜서 자신들의 입장을 호소하기도 하였다.

그러나 무엇보다 우리가 명심해야 할 사항은 악부는 단순히 시풍(詩風)으로만 한정할 것이 아니라 그 속에 내재된 내용을 파악하여야 한다. 『삼국유사』 소재 〈호동설화〉의 악부시 창작자들은 그들만의 세계관으로 작품을 수용하여 이를 역사적인 관점으로 천착(穿鑿)하면서 주체적인 해석을 하고자 모색하였다. 창작자들이 동일한 모티프를 사용하는 것은 작품 속에서 그들의 삶이나 소통방식을 효율적으로 보여 주고 싶어 하는 것이다. 동일 모티프를 바탕으로 창작을 하는 작가들은 특수한 메시지를 내포(內包)하고 있다가 그것을 전달하려는 신념(信念)을 가지고 있기 때문이다. 명은(明隱) 김수민(金壽民), 한남(漢南) 이복휴(李福休) 역시 악부시를 통해 단순히 우리의 역사적 사실만을 알리고 재현하려는 목적이 있는 것이 아니다. 드러나지 않지만 기존의 사대부들이 나아갈 방향을 설정하고 있으며, 민중이 처한 시대의 현실과 시적인 사명감을 정확하게 읽어 내야 하는 과제가 주어진 것이다.

우리는 그 누구도 역사적 맥락이나 작품의 환경 그리고 사회의 특수성을 바탕으로 작품을 이해해야 하는 방식에서 자유로울 수 없고, 이러한 점을 비추어 과거의 작품을 시대상황에 맞게 변용하거나 수용하는 창작자들에게 있어 과거는 여전히 일정 이상의 영향을 끼치면서 또한 그것을 창조적으로 해석해야 하는 역할이 주어진다. 또한 〈호동설화〉를 악부화한 유학자들을 통해 그들이 처한 시대현실이 어떠한 것인지 분명히 인식하는 한편 정계(政界)에서 축출된 불우한 삶을 살았던 남인의 처지, 정계를 장악했지만 자신들 역시 언제라도 축출될 수 있다는 불안감을 떨쳐버리기 어려운 서인의 모습을 객관적인 시선으로 바라보아야 한다. 아울러 이들 모두가 지닌 삶의 방식이 녹아 있으면서, 한편으로는 자신들의 삶을 저항하는 방식의 한 발로(發露)인 악부시라는 장르를 선택했다는 것을 명심해야 한다.

7장

『삼국유사(三國遺事)』 소재 설화 〈도화녀와 비형랑〉의 공연예술적 변용 양상과 가치

1. 〈도화녀와 비형랑〉 설화의 의미와 내용

〈도화녀 비형랑〉조는 신라시대의 설화(說話)로 일연(一然)이 쓴 『삼국유사』의, 「기이(紀異)」편에 실려서 전하고 있다. 그 내용은 죽은 왕(王)과 여인(女人)의 결합으로 인하여 왕자를 낳고, 그 왕자는 귀신의 우두머리가 되어서 임금과 함께 조정에서 활동을 한다는 이야기이다. 이 설화는 진지대왕의 도화녀를 향한 애정이 사후에야 결실을 맺게 된다는 결연(結緣)담과 반인반귀(伴人伴鬼)인 비형랑의 출생과 아울러 그의 신이한 행적을 중심으로 하는 두 가지의 이야기로 되어 있다. 왕과 아름다운 여인의 사랑이라는 평이한 연애담은 죽은 혼령(魂靈)과 살아 있는 여인의 환상적이며 기묘한 결연담을 확장함으로써 사랑의 영속성을 강조하고 있다는 점에서 흥미 깊은 이야기이다.[1)]

〈도화녀 비형랑〉조는 『삼국유사』 소재 작품 중에서 가장 다양한 모티프를 지니고 있는 작품으로 손꼽힌다. 호색(好色)설화, 시애(屍愛)설화, 교혼(交婚)설화, 반혼(返魂)설화의 성격을 가지고 있어서 분석하기에는 매우 어렵다. 무엇보다 이 설화는 고도의 상징과 다채로운 코드가 얽혀 있어서 철저한 이해가 필요하다. 이 설화는 규정하기 난해한 성격으로 설화·역사·종교·지리·정치·민속·사회·문화적으로 연계가 되어 그 신비성이 두드러지고 접근하기에 용이하지 않다.

그동안 연구자들은 〈도화녀와 비형랑〉조에 대하여 많은 의문과 논의를 내어 놓았지만 여전히 어떤 합의점에 이르지 못한 것은 사실이다. 그러나 연구는 다양한 범위에서 지속적으로 이루어지고 있다. 최근까지도 연구자들은 〈도화녀와 비형랑〉조에 관하여 여러 측면에서 논의하고 있다.[2] 〈도화녀와 비형랑〉조는 그 난해(難解)한 사연에 비하여 『삼국유사』 소재의 설화 중에서 가장 친근한 작품으로 회자되면서, 대중들에게 지속적으로 전달되고 있다. 또한 최근에는 다양한 콘텐츠로의 활용을 통하여 대중들의 주목을 받고 있다.

본고에서는 〈도화녀와 비형랑〉의 의미 양상을 살피고, 공연예술(公演藝術)로서 활용(活用)과 변용(變容) 양상을 점검해 보고자 한다. 그리하여 『삼국유사』 소재 설화 〈도화녀와 비형랑〉조의 의미를 밝히는 동시에 원전의 가치를 평가하고자 한다.

---

1) 최정선, 『신라인들의 사랑(문학 이야기)』, 프로네시스, 2006, 133쪽.
2) 김홍철, 「〈도화녀 비형랑〉 설화 고」, 『교육과학연구』 11, 청주대학교 교육문제연구소, 1998; 이완형, 「〈도화녀 비형랑〉 설화의 구성원리와 대칭적 세계관의 향방」, 『한민족어문학』 45, 한민족어문학회, 2004; 이윤경, 「여우의 이중성과 불교적 변신의 의미: 『삼국유사』 설화를 중심으로」, 『돈암어문학』 12, 돈암어문학회, 1999; 정구복, 「영일냉수리신라비의 금석학적 고찰」, 『한국고대사연구』 3, 한국고대사학회, 1990; 정민, 「도깨비대장 비형랑」, 『문학의 문학』 가을호, 동화출판사, 2008; 정연학, 「주거민속으로서 한·중 대문의 비교」, 『비교민속학』 32, 비교민속학회, 2006; 장장식, 「〈도화녀 비형랑〉 설화의 성립과 의미」, 『황산 이홍종 박사 회갑기념 사학논총』, 황산 이홍종 박사 회갑기념 사학논총 간행위원회, 1997; 김성룡, 「비형 이야기에 나타난 귀신 이야기의 구성원리」, 『선청어문』 24, 서울대학교, 1996.

2. 〈도화녀와 비형랑〉 설화의 공연예술적 변용의 의미

설화는 그 자체로서는 사실이 아닌 가정을 통해서 사실 이상의 사실을 다루는 전후의 유기적인 관계를 가진 이야기이다.[3] 문자화되어 기록될 수 없었던 역사적 사실이나 의미 양상은 대체로 문학적 변이(變移)를 통해서 이야기 속에 삽입된다. 이러한 이야기는 오랜 세월에 걸쳐 사람들의 입에서 입으로 전해졌다. 이는 오히려 역사서의 기록보다 더 명확히 당대(當代) 사회를 파악할 수 있는 단서를 제시하기도 한다.[4] 『삼국유사』에 수록된 사료(史料)는 많은 부분이 상징과 비유로 되어 있고, 추상적인 사고 지평, 일상어 사용 및 시(詩)나 향가(鄕歌), 찬(讚)과 같은 운문(韻文) 등, 문학적 언술방식의 특징을 지니고 있다.[5] 이로 미루어 본다면 『삼국유사』 소재의 설화나 문학적 장치들은 모두 시대적 상황이나 문학적 의미를 염두에 두고 있다고 판단된다. 그런 측면에서 〈도화랑 비형랑〉 설화는 표면적(表面的)으로는 황당무계한 사건으로 이루어지거나 비논리적인 인물, 사건 등으로 구성되면서 이야기를 전개하고 있는 듯하지만 실은 어떤 중요한 교훈과 가치를 담고 대대로 전달되는 이야기담으로 설명할 수 있다.[6]

〈도화녀와 비형랑〉[7]의 내용을 요약하면 다음과 같다.

---

3) 조동일, 『구비문학의 세계』, 새문사, 1980, 116쪽.
4) 문아름, 「도화녀 비형랑 조의 서사구조와 의미연구」, 한양대학교 석사논문, 2012, 18쪽.
5) 강명혜, 「삼국유사의 언술방식」, 『온지논총』 28권, 온지학회, 2011, 118쪽.
6) 강명혜, 「단군설화 새롭게 읽기」, 『동방학』 13집, 한서대학교 부설 동양고전연구소, 2005, 10쪽.
7) 第二十五舍輪王, 諡眞智大王, 姓金氏, 妃起烏公之女 知刀夫人. 大建八年丙申卽位(古本云, 十一年己亥, 誤矣), 御國四年, 政亂荒婬, 國人廢之. 前此, 沙梁部之庶女, 姿容艶美, 時號桃花娘. 王聞而召致宮中, 欲幸之, 女曰女之所守, 不事二夫. 有夫而適他, 雖萬乘之威, 終不奪也. 王曰 殺之何? 女曰寧斬於市, 有顧靡他. 王戲曰無則可乎? 曰可, 王放而遣之. 是年, 王見廢而崩. 後三年, 其夫亦死. 浹旬忽夜中, 王如平昔, 來於女房曰汝昔有諾,

진지왕(眞智王)이 정치가 문란하고 음탕(淫蕩)하여 즉위 4년 만에 국인 들에 의해 유폐(幽閉)를 당하였는데, 이에 앞서 진지왕은 도화녀(桃花女) 를 불러 상관(相關)하기를 요구하였다. 그러나 도화녀는 남편이 있다는 이 유로 거절하자 왕은 그녀를 되돌려 보냈다. 그 후 진지왕(眞智王)은 폐위 되어 죽었고, 또한 도화녀의 남편 역시 죽었다. 그 후에 죽은 진지왕이 찾 아와 도화녀에게 동침(同寢)을 요구하였고 도화녀는 이를 받아 들이자 진 지왕이 이레 동안 머물다 갔다. 이로 인하여 도화녀는 임신을 하고, 비형 (鼻荊)을 낳았다. 그러자 진평왕(眞平王)은 비형을 데려다가 기르고 벼슬 을 주었다. 그러나 비형은 밤마다 밖으로 나가서 귀신들과 놀았다. 왕은 이 사실을 알고 비형에게 귀신을 시켜서 다리를 놓으라고 명하였고, 비형 은 귀신에게 명령하여 다리를 놓았다. 또한 왕은 비형에게 정사(政事)를 도울 수 있는 귀신을 물어 보았고 비형은 길달(吉達)을 추천하여 데리고 왔다. 왕은 각간(角干) 임종(林宗)에게 아들이 없었으므로 왕이 명하여 아 들을 삼게 하였다. 임종이 흥륜사(興輪寺) 남쪽에 문을 세우라고 명령하였 고 길달이 문을 세우고 매일 밤 문 위에서 잤다. 그리고 나서 길달이 여우 로 변해 도망을 갔는데, 비형이 귀신을 시켜서 길달을 잡아서 죽였다. 그러 자 귀신의 무리들은 비형을 두려워하였다. 이에 그 당시 사람들은 비형에 대한 글을 지어 붙여서 귀신을 쫓았다.

今無汝夫可乎? 女不輕諾, 告於父母, 父母曰君王之敎, 何以避之. 以其女入於房, 留御七 日. 常有五色雲覆屋, 香氣滿室, 七日後忽然無蹤. 女因而有娠, 月滿將産, 天地振動, 産得 一男, 名曰鼻荊. 眞平大王聞其殊異, 收養宮中. 年至十五, 授差執事, 每夜逃去遠遊, 王使 勇士五十人守之, 每飛過月城, 西去荒川岸上(在京城西), 率鬼衆遊. 勇士伏林中窺伺, 鬼 衆聞諸寺曉鐘各散, 郎亦歸矣. 軍士以事奏, 王召鼻荊曰汝領鬼遊, 信乎? 郎曰然, 王曰然 則, 汝使鬼衆, 成橋於神元寺北渠(一作神衆寺, 誤. 一云荒川東深渠). 荊奉勅, 使其徒鍊 石, 成大橋於一夜, 故名鬼橋. 王又問鬼衆之中, 有出現人間輔朝政者乎? 曰有吉達者, 可 輔國政. 王曰與來. 翌日荊與俱見, 賜爵執事, 果忠直無雙. 時, 角干林宗無子, 王勅爲嗣子. 林宗命吉達創樓門於興輪寺南, 每夜去宿其門上, 故名吉達門. 一日吉達變狐而遁去, 荊使 鬼捉而殺之. 故其衆聞鼻荊之名, 怖畏而走. 時人, 作詞曰聖帝魂生子, 鼻荊郎室亭. 飛馳 諸鬼衆, 此處莫留停. 鄕俗帖此詞以辟鬼.

설화의 내용은 크게 세부분으로 나눌 수 있는데, 진지왕과 도화녀의 결합(結合), 비형랑의 출생과 업적, 길달에 대한 비형랑의 징치(懲治)로 볼 수 있다. 죽은 왕이 혼령으로 나타나 생전(生前)에 구애(求愛)하던 여인과 동침하여 그 사이에서 비형이라는 아들을 낳고, 비형은 월성을 뛰어넘는 귀신들과 함께한다. 이들을 시켜 다리를 놓고, 나라의 어려움을 돕는 한편, 배신한 무리를 응징(膺懲)하기도 한다. 이 설화 속에는 인간과 귀신의 경계를 넘는 신비함이 담겨 있고, 이를 추앙하던 당시 민중들의 감성(感性)이 고스란히 나타나 있다. 이 설화는 단순히 귀신과 인간의 관계를 다룬 기괴(奇怪)담이 아니라 도깨비로부터 야성(野性)을 **빼앗**으려는 진평왕과 야성을 **빼앗**기지 않으려는 도깨비 무리와의 관계를 다루므로, 정치권과 야생문화의 대결을 형상화한다고 할 수 있다.8)

이 설화는 무엇보다 독특한 개성을 지닌 세 인물을 통해서 이야기가 전개되고 있다. 이들 세 인물의 사연이 유기적(有機的)으로 얽히면서 그들의 대결구도가 선명하게 나타나는 한편 확실한 세계관을 보여 주었다. 세 인물의 이야기를 유기적으로 연결하여 서로에 대한 전략을 구체화하여 인물을 배치하는 것이 바로 이 설화의 전개방식이다. 또한 설화의 결말로 미루어 짐작한다면 비형이 벽사신(僻邪神)의 자리에 오르기까지의 과정이라고 볼 수 있는데 그가 벽사의 상징으로 숭배받기까지 거쳐야 했던 통과의례(通過儀禮)이자 시련을 극복해 나가는 과정이었음을 알 수 있다.9) 비형의 신이성은 구체적으로 그가 불가사의한 귀신의 세계를 왕래하면서 인간 쪽에 유리하도록 행동하는 이상적인 존재로 부각된다.10) 비형의 신이(神

---

8) 신태주, 「〈도화녀 비형랑〉 설화의 구성원리와 대칭적 세계관」, 『한민족어문학』 제45호, 한민족어문학회, 2004, 12쪽.
9) 문아름, 앞의 논문, 28쪽.

異)와 길달의 괴이(怪異)함으로 이분화할 수 있다. 결국은 길달의 괴이함을 극복한 비형의 신이성 획득이라는 의미로 해석할 수 있다. 외적으로는 비형의 이야기로 구성되어 있지만 내부에는 진평왕의 욕망이 보여 지고 있다. 또한 인물들 사이에 권력과 지배라는 큰 틀을 가지고 서술하는 한편 확실한 경계를 구분하는 것으로 전개해 나가고 있다.

다양한 문학적 비유와 코드를 읽어야 하는 이 설화는 당대의 사회문화적 상황을 추리해 본다면 불교전파를 하는 과정에서 겪는 토착(土着)종교에 대한 이해와 배척(排斥)의 일종이라고 주장할 수 있다. 이 설화는 부정적인 음욕(淫慾)이 왕의 욕구로 제시되면서 점차 그것이 도덕적인 것으로 굴절된 다음, 비형랑의 탄생으로 왕의 관점에 종속된 비형랑의 일화가 끼워들어 그 성격을 완전히 긍정적이며 도덕적인 것으로 상승 전환된다.11) 그러므로 이 설화는 애정을 기반으로 하여 비형랑을 출생하게 한 것으로 보아 가치와 사고가 승화된 것으로 볼 수 있다.

3. 〈도화녀와 비형랑〉 설화의 공연예술적 변용의 가치

이전부터 전승되었던 이야기는 공연을 염두에 두게 될 때 무엇보다 내용이나 전달의 방식을 수정하고 수용자의 정황에 적합하게 전달해야 하는 것을 충고한다. 현대에 이르러서 구미호와 비형랑 설화를 소재로 삼는 작품들은 기존의 고정된 해석에서 탈피하여 합리

---

10) 김현룡, 『한국 고설화론』, 새문사, 1984, 221쪽.
11) 이상설, 「삼국유사 인물설화의 소설화 과정 연구」, 명지대학교 박사논문, 1995, 42쪽.

적인 해석을 시도하고 있다. 새로운 이야기는 과거의 이야기들 중에서 유사 모티프를 반복하거나 전복(顚覆)하는 작업을 통해서 이루어지고 있다. 『삼국유사』에 대한 문화콘텐츠의 관심은 그 어느 때보다 뜨겁다. 2012년 『삼국유사』의 다섯 가지 이야기를 테마로 국립중앙극단에서 공연되었는데, '조신지몽'을 다룬 〈꿈〉, '수로부인'을 다룬 〈꽃이다〉, '처용가'를 다룬 〈나의 처용은 밤이면 양들을 사러 마켓에 간다〉, '김부대왕'을 다룬 〈멸〉, '도화녀와 비형랑'을 다룬 〈비형랑과 길달〉이 있었다.12) 이 작품들은 모두 원전(原典)을 충실히 해석하기보다는 창작자들의 작품관이나 목적에 따라 주제나 작품을 신선하게 표현하였다. 문학작품의 변용은 우리의 경험을 끄집어내어 새롭게 각색하여 변이하는 과정을 통해 과거는 단지 과거의 것이 아니라 유동화하여 신선한 가치와 결합하여 사람들에게 감동을 주기도 하고 흥미를 불러일으킨다.

1) 뮤지컬 〈도화녀와 비형랑〉

2012년 8월 14일 일연공원에서 개최된 〈삼국유사 문화의 밤〉 행사에서는 『삼국유사』 소재의 〈도화녀와 비형랑〉이 뮤지컬화 되어 공연되었다. 부제는 〈천년의 사랑, 천년의 기다림〉이다. 인각사 주지 도권 스님이 극본을 쓰고, 시노래 가수로 유명한 진우가 작곡을 해 훌륭한 문화콘텐츠로 변이되었다. 도권 스님은 2011년에도 같은 공연장에서 〈헌화가〉를 모티프로 한 〈수로부인〉을 뮤지컬로 만들어 많은 호응(呼應)을 얻었다. 도권 스님의 『삼국유사』를 소재로 하여 대중들과 소통하고자 노력하였다. 연출은 극단 '예전'의 이미정

---

12) 표정옥, 「불교 감성교육의 텍스트로써 『삼국유사』의 비판적 상상력과 창의성 연구」, 『선문화연구』 13집, 한국불교선리연구원, 2012, 309쪽.

대표가 맡았고, 안무는 '아리무용단'의 김나영 대표가 담당했다. 도권 스님은 일연 스님이 우리에게 들려주는 꿈과 문화의 유구성(悠久性)을 부각시키고자 뮤지컬 형식을 빌려 현대적인 재해석을 한 『삼국유사』를 공연하여 대중에게 알리게 되었다. 도권 스님은 대본의 각색뿐만 아니라 뮤지컬에 사용된 아름다운 노래들을 직접 작사하여 관람객에게 감동을 주었다.

뮤지컬 〈도화녀와 비형랑〉은 3막으로 이루어졌다. 뮤지컬의 제목을 원전 그대로 사용하고 있는 것은 원전의 정서를 기반으로 하려는 의도로 보인다. '1막은 진지왕(眞智王)이 개혁정치(改革政治)를 꿈꾸다. 2막은 도화녀가 비형랑을 낳고, 비형랑은 궁중(宮中)에서 성장하다. 3막은 비형랑, 길달을 만나 사랑하다'로 구성되어 있다. 원전의 줄거리를 기반으로 하지만 뮤지컬에서는 원전보다 서사(敍事)를 확대하여 전개하고 있다. 무엇보다 이 뮤지컬에서는 길달이라는 인물의 비중이 크다. 뮤지컬에서 길달은 아름다운 여자로서 비형랑과 사랑을 하는데 길달이 구천 오백 년 묵은 여우라는 사실이 발각되어 비형랑이 비난을 받게 되자 스스로 목숨을 끊는다. 이 뮤지컬에 나오는 음악은 아름답고 배우들의 연기와 가창력도 뛰어났다. 또한 일연공원의 조경과 어우러져 야외공연에도 적합하다고 판단된다. 다만 스토리의 전개를 과감하게 확장하고 분위기에 맞는 음악을 재배치한다면 더욱 의미 있는 작품이 될 수 있을 것으로 판단된다.13)

무엇보다 이 공연에서는 외국인 관객들을 위해 영문 자막을 사용하였고, 영문(英文)으로 된 대본을 비치하여 큰 호응을 얻었다. 이 뮤지컬에서 비형(鼻荊)은 강한 의지를 지닌 인물로 귀신과 사람을 넘나드는 자신의 정체성에 대해서 고민을 하는 동시에 살아서 형님

---

13) ≪불교신문≫ 2851호(9월26일자 http://blog.naver.com/PostView.nhn?blogId=mvp13456 &logNo=80169211367).

과 춘추를 살려야 한다는 책임감과 아울러 진평왕(眞平王)에게 복수를 해야겠다는 뜻을 가지고 있다. 길달이 지닌 사랑의 감정은 음악을 통해서 효과를 증진하는데 경쾌한 트로트풍의 노래를 가미(加味)하여 대중들에게 재미를 선사하였다. 그러나 길달의 러브스토리는 대중들에게 감동과 동시에 안타까움을 자아냈다. 새로운 이야기는 과거의 이야기들 중에서 특정 모티프를 반복하거나 거부하면서 생성되며, 환상의 자질과 특성도 배제와 수용을 통해 다양하게 재결합된 요소들로 이루어진다.14)

　뮤지컬 〈도화녀와 비형랑〉은 원전을 충실히 이행하려는 한편 대중들이 공감할 수 있는 이야기를 보여 주고자 의도적으로 변용하였음을 알 수 있다. 물론 원전설화에 기반을 두고 있지만 그것을 훼손하지 않는 범위에서 스토리텔링에 중점을 두어서 대중들이 쉽게 이해할 수 있도록 각색하였다. 또한 『삼국유사』를 문학콘텐츠로의 활용가능성을 가지게 하는 한편 가치를 돋보이게 하는 계기가 마련되었다. 이 뮤지컬은 현대인들에게 애정에 대한 의미를 되짚어주는 한편 길달(吉達)이라는 인물에 대한 새로운 평가를 시도하였다. 그 동안 규정하기 어려웠던 길달이라는 인물을 이 뮤지컬에서는 그 모호함을 제거하였는데, 애정을 구가하는 여인으로 설정하여 길달은 스토리에 흥미를 더해 주었다. 무엇보다 길달은 원전에서 비형의 추천으로 인간세계로 나와 국정을 돕다가 추징당하는 인물이었는데 반해 뮤지컬에서는 매우 현실적인 이성과 사실적인 가치관을 지닌 인물로 이야기를 이끌어 간다. 뮤지컬 〈도화녀와 비형랑〉은 귀신의 모습을 지닌 신이성(神異性)을 강조하는 것이 아니라 현실과 별개(別個)의 상황을 축으로 구성하지 않고 애정(愛情)이라는 극적

---

14) 이명현, 「설화 스토리텔링을 통한 구미호 이야기의 재창조」, 『문학과 영상』 제13권 1호, 문학과 영상학회, 2012, 43쪽.

갈등을 축으로 보여 주어 대중들이 공감할 만한 이야기를 이끌어
내고 있다.

2) 연극 〈로맨티스트 죽이기〉

연극 〈로맨티시스트 죽이기〉는 2012년에 국립극단에서 공연된
삼국유사 프로젝트의 마지막 작품으로 『삼국유사』의 원전 설화를
참신하게 해석하여 다양한 연극적 시도와 더불어 경쾌하고 열광적
인 무대를 선보였다. 이 연극은 고급 클럽(club)을 연상시키는 무대
장치와 랩(rap)과 트로트(trot), 록(rock), 일렉트로닉(electronic) 등 세
대를 초월하는 다양한 음악의 결합으로 만들어졌다. 열다섯 명의
남자배우들로 구성된 이 연극은 춤과 무술, 아크로바틱(acrobatic)을
보여 주면서 역동적(力動的)인 움직임을 보여 준다. 이를 통해 시간
을 초월하여 신라시대가 현대의 연극무대에 재현된 것으로 관객들
은 감동하였다.

이 연극의 양정웅 연출은 비형에게 죽임을 당하는 길달의 로맨티시
즘(romanticism)과 이상주의(理想主義)를 강조하면서 동시에 〈도화녀와
비형랑〉 설화를 모티브로 삼아 신라 시대를 재구성하고 해석하여
현재 우리 현실의 모습을 돌아보게 한다. 원전에서의 비형은 여우로
변신해 도망을 한 도깨비 '길달'을 응징(膺懲)하는 '축귀(逐鬼)'의 상징이
지만 연극 〈로맨티시스트 죽이기〉에서는 길달의 비중이 커지고, 길달
이 중심이 되어 이야기가 재구성 되었다. 길달은 왕의 전폭적인 지지를
받았고 최고 권력자의 양아들로 어떠한 연유로 사람들에게 도깨비로
인식되었는지 또한 도망치다 결국 죽음에 이를 수밖에 없었던 상황을
역사적 서사를 바탕으로 설명하려는 노력을 보였다. 연극의 줄거리는
다음과 같다. 비형, 길달, 도화는 어린 시절부터 함께 자랐다. 도형은

커서 정재계 인사가 드나드는 고급 술집을 운영하고, 비형은 진평왕의 천거(薦舉)로 정무(政務)를 돌보게 됐다. 이들과 달리 길달은 여러 곳을 여행하며 자유로운 삶을 영위한다. 그러나 삼년 만에 여행에서 돌아온 길달과 비형은 도화의 술집에서 만나 회포(懷抱)를 푸는 도중에 술취한 화랑과 시비가 붙으려는 때에 그곳에 들른 진평이 임종과 마주치게 된다. 길달의 건축 능력을 높게 산 진평은 길달과 비형에게 흥륜사 문을 짓기를 명령한다. 길달은 도깨비라 불리는 자신의 무리와 함께 흥륜사(興輪寺)의 문(問) 건설을 시작하게 된다. 그러나 사실 흥륜사 문 건설에는 각종 비자금과 정치 세력의 암투가 연계되어 있다. 진평과 임종, 도화, 비형은 각자 자신의 이익을 위해 길달을 조종하려 하지만 길달은 모두가 함께하는 행복한 세상을 꿈꾸는 연유로 이들의 말을 좀처럼 수용하지 않는다. 결국 이들 네 사람은 길달을 제거할 계획을 세우기에 이른다.

이 연극에서 길달은 당대에서 불가능한 꿈을 꾸었던 로맨티시스트이다. 길달의 꿈과 그의 존재는 사람들에게 위협이 되었다는 발상에서 출발한 연극 〈로맨티시스트 죽이기〉는 길달을 둘러싼 다섯 인물의 관계와 당시 사회의 권력구조를 설명하는데 이는 현재의 한국 정치·사회의 모습과 무관하지 않다. 『삼국유사』 소재의 설화 〈도화녀와 비형랑〉은 그동안 진지왕과 도화녀의 아름다운 사랑이야기로 주목을 받았다면 연극 〈로맨티시스트 죽이기〉는 설화 속 인물을 현대인의 시각으로 해석하여 국가의 존폐가 걸린 정치·경제·사회이야기로 확대하여 여러 상황과 연계하여 구성했다. 나라가 점점 부흥하여 대대적인 건설 사업을 실행하던 천오백 년 당시 신라는 귀족 중심의 사회였으나 왕권(王權)의 강화로 인하여 귀족과 왕족의 대립이 심해졌다. 나라 밖 교류(交流)가 활발해지면서 물신주의(物神主義)가 팽배하고 가진 자가 더 많은 것을 갖게 되며 빈부(貧富)

의 격차가 급격하게 커졌다. 이런 사회에 '국민이 주인이 되는 나라', '더 가진 자가 더 많은 세금을 내는 나라', '전쟁보다 평화를 꿈꾸는 인간'을 표방(標榜)하는 길달의 출현은 신라사회에 있어서 혼란을 가중하게 하였다. 특히 길달이 수행한 국가의 중책사업인 '흥륜사 문' 짓기는 권력과 재물을 둘러싼 각종 이해관계와 비리로 가려져 있는 일이었기에 길달의 역할은 매우 중요하다. 신라사회는 이상적인 가치를 가진 길달을 받아들이기는 터무니없이 어려운 실정이었다. 이것은 비단 신라시대의 길달에게만 적용하기에는 어렵다. 현재에도 진행 중인 국가의 건설사업과 멈추지 않는 친인척 비리 및 권력실세, 정경유착(政經癒着)으로 인한 부정 등은 여전히 한국 사회의 고질적인 병폐(病廢)로 천오백 년 전 신라의 모습과 별반 다르지 않다. 이 연극은 지금 현실의 모습을 매우 충실하게 반영하여 과거의 모습을 차용(借用)하여 재현하고 있다. 현실과 과거를 이원화(二元化)하는 작업이 아니라 현실을 점검할 수 있는 수단이 되고 있다. 이렇듯 고전작품의 현대적 전승은 친숙한 이야기의 반복이 아닌 당대사회의 의미를 발견하기 위한 끊임없는 새로운 읽기의 과정이다.15)

『삼국유사』 소재 설화 〈도화녀와 비형랑〉이 뮤지컬 〈도화녀와 비형랑〉, 연극 〈로맨티시스트 죽이기〉로 변용되어 공연한 것은 원전이 지닌 주제적 측면을 그대로 실행하기보다는 그동안 문학사(文學史)에서 다루지 않았던 현실사회가 가진 문제에 더욱 관심을 보이는 것이다. 현실세계에 대한 관심이나 새로운 인간형(人間型)의 출현으로 인한 주제의 설정으로 공연은 변모하고 있다. 그러나 〈도화녀와 비형랑〉을 모티프로 삼아서 공연예술로 재현한 작업은 무엇보

---

15) 전영선, 「고전소설의 현대적 전승과 변용」, 한양대학교 박사논문, 2001, 25쪽.

다 작품에 새로운 스토리라인을 구축하여 대중으로 하여금 작품에 대한 공감(共感)과 이해(利害)를 얻게 하려는 적극적인 노력이다.16) 그러나 이들이 모두 원전에서 벗어난 작품의 구현이 아니라 원전을 충실히 이행하면서도 신선한 시각과 가치로 재구성하려는 것이다.

4. 〈도화녀와 비형랑〉 설화의 공연예술적 변용의 특질

최첨단 시대를 살고 있는 현대의 대중들은 합리적 사고와 실용적 기술의 발달로 인하여 자연계의 모든 현상을 객관적이고 실증적으로 파악하고자 시도하고 있다. 그래서 흔히 우리가 피안(彼岸)의 세계나 환상(幻像)의 것, 혹은 미신이라 불리는 것들을 우리의 사고에서 배제하였다. 문학의 소재는 표현의 매개(媒介)가 된다. 언어라는 추상적인 매체에서 보다 직접적이고 자극적인 영상매체로 전환된다. 무엇보다 공연예술을 통해 언어의 추상성을 배제하고 구체적인 이미지로 변화하기 시작한다.17) 무엇보다 공연예술은 영화와 라디오, TV에 밀려 급격히 위축된 모습을 보이고 있었기 때문에 대중성 (大衆性)의 문제는 모두가 풀어야 할 중요한 화두로 남아 있었다.18) 그러나 지나친 수익창출(收益創出)이라는 민감한 사안은 최대한 대중들의 호응을 얻어야 하는 것에 목적을 두다보니 원전에 충실하기보다는 흥미위주의 부분을 취사선택하여 심각한 왜곡(歪曲)의 오류를 보여 주기도 한다. 『삼국유사』 소재 설화 〈도화녀와 비형랑〉를

---

16) 하경숙, 「헌화가의 현대적 변용 양상과 가치」, 『온지논총』 32권, 온지학회, 2012, 191쪽.
17) 김혜정, 「고소설 『설공찬전』의 현대적 변용 양상 연구」, 서경대학교 석사논문, 2005, 61쪽.
18) 김옥란, 「여성연극의 상업성과 진정성: 여성 극작가 김숙현을 중심으로」, 한국미래문화연구소, 『문화변동과 인간 그리고 문화연구』, 깊은샘, 2001, 300쪽.

모티프로 한 뮤지컬과 연극의 창작자들은 새로운 스토리의 발굴을 시도한다. 설화는 구전(口傳)되기 때문에 설화 속 인물은 가장 보편적이고 전형적인 일상(日常)화된 인물이고, 구연(口演)의 상황에 따라, 혹은 청자(聽者)와의 연관성에 따라 언제나 유동적으로 변할 수 있는 인물로 등장한다. 그 내용 또한 인간의 보편적인 이야기를 다루어 구전되는 동안 그 시대에 맞는 주제로 변화되고 적용될 수 있는 인간사의 핵심적 이야기를 다룬다. 설화가 오늘날 공연예술로 적용될 수 있는 것은 설화가 갖는 이러한 유구한 구전에 의한 창작의 생명력에 그 이유가 있다.[19]

　〈도화녀와 비형랑〉이 공연예술로 변용되는 것에는 분명히 설화적 의미와 인물의 특성이 반영되어 있다. 또한 원전의 인물들이 지닌 가치체계나 세계관이 분명하지 않은 모호한 부분들은 대중들로 하여금 상상의 측면을 강조하게 한다. 아울러 원전이 지니고 있는 환상성을 공연예술로 변모(變貌)한 작품 속에는 이러한 요소들이 충실히 반영되고 있다. 삶에 있어서 환상이란 현실생활에서의 결핍이나 욕구·욕망을 대리적으로 실현해 주는 기제(基劑)로 작용한다. 원전 속에 나타나는 이승과 저승을 넘나드는 일종의 환상적 공간은 대중들의 현실적 불만들을 허구적 사안을 통해서 해소해 낸 욕망의 대리만족의 기제로 작용하고 있다고 볼 수 있다.[20] 공연예술로 변용된 설화 〈도화녀와 비형랑〉에서는 귀신과 인간의 결합이라는 괴기한 러브라인에 국한하는 것이 아니라 인물의 전형성을 탈피(脫皮)하여 이를 극복하는 것에 중점을 두고 있다. 그동안 주목받던 도화녀, 비형랑이라는 인물의 비중보다는 오히려 '길달'이라는 인물을

19) 오지원, 「처용설화의 현대적 변용연구」, 아주대학교 석사논문, 2007, 19쪽.
20) 김선영, 「금오신화에 나타난 환상성 고찰」, 전북대학교 석사논문, 2007, 52쪽.

통해 대중들에게 새로운 인간형에 대한 기대와 관심을 보여 주고 있다. 또한 현대 대중들이 지니고 있는 가치나 사고는 매우 현실적이면서 실제적인 것을 추구하고 있다는 것을 보여 주었다. 또한 원전에서 이루어지는 신이(神異)한 요소들은 공연예술을 통해서 변용되어지는 과정을 통해 그것은 현실에서 필요한 합리적이고 현실적인 모습으로 접근하였다. 〈도화녀와 비형랑〉가 공연예술로 수용되면서 중요하게 작용하는 두 가지 측면이 있다. 공연예술에서는 '비형랑'과 '도화녀'의 존재의미를 설명하는 한편 창작자들이 새로운 시각으로 접근하려는 것이다. 뿐만 아니라 원전의 인물형을 세밀히 분석하여 공연콘텐츠에 적합한 친근한 인물로 변형이다. 고전서사를 바탕으로 현대문화에 접목(椄木)시키는 작업은 대단히 어려운 일이지만, 작품이 원래 지니고 있는 주제와 이 시대와의 간극(間隙)을 메우면서 다시 살려 내야 하는 점이 관건(關鍵)이라고 할 수 있다.21)

또한 대중들은 외형적인 이야기보다는 일상적이고 보편적인 사안에 많은 관심을 표현한다.22) 그럼에도 불구하고 공연예술은 현대 대중들이 갖고 있는 정서적 공허(空虛)함을 습격하여 자본의 이윤을 창출하기 위해 무조건적인 자극과 금기 또는 환상적인 소재를 찾아나서기도 한다. 그럼에도 불구하고 고전문학을 현대의 공연예술의 모티프로 삼는 이유는 이미 수차례 대중들의 검증을 받은 것이므로 일정 이상의 흥행을 보장받을 수 있기 때문이다.

〈도화녀와 비형랑〉을 공연예술로 변용한 작품에는 그동안 잠재되어 있던 사회에 대한 인간의 욕망과 가치관이 고스란히 표출되었다. 그리하여 한층 더 현실의 문제를 인식하고 해결 방안에 몰입하

---

21) 김풍기, 「고전문학 작품의 정체성과 그 현대적 변용」, 『고전문학연구』 제30집, 한국고전문학회, 2006, 13쪽.
22) 하경숙, 『한국 고전시가의 후대 전승과 변용 연구』, 보고사, 2012, 239쪽.

는 계기를 만들어 주었다. 비록 신라시대로 한정하여 고대인들의 모습을 재현했다고 생각할 수 있으나 그것은 단순히 과거사로만 단정 지을 수 있는 문제가 아니다. 이 속에는 여전히 우리가 처한 외환위기(外換危機), 고용불안(雇用不安), 인간소외(人間疏外), 빈부격차(貧富格差), 실업자(失業者)를 양상이라는 사회의 문제가 지속되고 이러한 불안감이 반영이며 동시에 여전히 풀리지 않는 네버엔딩 스토리(never ending story)이기 때문이다. 표면적으로 신라(新羅)인의 사유 체계를 담고 있는 듯 보이지만, 실은 과거와 대비하여 현실의 모습을 성찰하고 신랄하게 비판하고 있는 것이다.

뮤지컬 〈도화녀와 비형랑〉은 원전을 충실히 이행하면서 애정문제에 비중(比重)을 두어서 작품을 다루는데 비하여 연극 〈로맨티스트는 죽었다〉에서는 애정문제를 넘어선 사회의 문제에 초점을 맞추어 새로운 시대에 대한 촉구와 열망(熱望)을 다루고 있다. 그렇지만 이 두 작품 속에는 분명히 현실에 대한 섬세한 관찰이 엿보인다. 불신(不信)과 위기(危機)라는 오늘의 현실을 창작자들은 과거의 모습에 열중하여 거부감 없이 보여 준다. 또한 저항(抵抗)과 일탈(逸脫)에 길들여진 대중들에게 원형적이고 본래적인 것에 대한 가치를 알게해 준다. 그리하여 여전히 모호한 문제와 함께 순수와 신비성을 간직한 작품인 『삼국유사』 소재 설화 〈도화녀와 비형랑〉을 바탕으로 공연된 작품은 대중들에게 정서적 안정과 희망을 주고 있다.

5. 〈도화녀와 비형랑〉 설화의 공연예술적 변용의 진단

『삼국유사』는 천 년 전의 역사, 불교, 샤머니즘, 판타지의 세계가 야사(野史)와 민담(民譚), 환상담, 단편 등으로 표현된 한국 최고의 고전으로서 우리나라뿐만 아니라 동아시아 전반에 걸쳐 상상력의 절 정을 보여 주는 훌륭한 문학작품이다. 이러한 소재를 기본으로 오늘날의 공연예술과 접목하여 창작의 역량(力量)을 발휘하여 공연예술의 가치를 강화하고 서사 전략을 재발견하는 계기가 되었다. 본고에서 살펴본 『삼국유사』 소재 〈도화녀와 비형랑〉조는 설화의 가치를 한층 돋보이게 하기 위해서 창작자들은 새롭게 해석하여 공연예술로 재창조하여 오늘날 대중에게 선보였다. 무엇보다 고전서사는 다양한 매체로 자리를 넓히면서 문화콘텐츠의 창작소재로 새롭게 주목받고 있다. 이제는 진부한 새로운 이야기를 창작하기보다는 생명력 있는 고전작품에서 소재를 찾아 재구성해 이것을 바탕으로 공연하여 대중들에게 많은 호응을 얻고 있다. 고전작품에는 오랜 세월동안 다양한 삶의 원형을 담고 있으며 또한 전승되면서 탄탄한 구성력도 갖추게 되었다.[23] 문화적 상황과 미디어의 환경이 특수해진 현실에서, 고전텍스트를 현대적으로 변용하는 작업은 손쉬운 일은 아니다. 더욱이 공연예술로 변용하는 것은 여러 가지 상황을 고려해야 하는 매우 고된 작업이다. 그러나 전통적 문학 유산을 바탕으로 풍부한 문학적 소재를 보장받을 수 있다면 고전 텍스트의 가치와 의미를 설명하는 일은 더 이상 불필요하다.[24]

다양한 연결고리를 가지고 있는 설화 〈도화녀와 비형랑〉은 시대를 넘어서 원전을 토대로 인물들의 서사를 확대하여 공연예술로 보이고 있다. 〈도화녀와 비형랑〉 설화는 신라인의 사랑노래이면서 현대 대중의 절절한 현실의 이야기이기도 하다. 지키려는 자와 빼앗으려는 자의 이야기이기도 하면서 몽환적인 분위기와 매우 현실적인

---

23) 윤종선, 「〈심청전〉의 현대적 수용 양상 연구」, 고려대학교 박사논문, 2011, 168쪽.
24) 하경숙, 앞의 논문, 195쪽.

모습이 가미되어 있다. 또한 대중의 생활이나 시대상황을 충분한 설명하지 않아도 보는 이들로 하여금 시대적 거리감과 단절보다는 감동을 느낄 수 있게 하였다. 뮤지컬 〈도화녀와 비형랑〉에서는 애정의 문제를 중심으로 길달이라는 인물을 새롭게 규정하여 대중들에게 감동을 주었고, 연극 〈로맨티스트는 죽었다〉에서는 사회현실적 당면 과제를 중심으로 길달이라는 인물의 이상과 가치관을 중심으로 공연되었다. 두 작품은 현실의 사안에 초점을 맞춰놓고 '길달'이라는 새로운 인간형의 출현과 재조명의 기회를 마련하였다.

　『삼국유사』소재 설화 〈도화녀와 비형랑〉이 공연예술로 변용된 작품은 원본의 가치와 의미를 충실히 지켜가면서 현실과 적극적으로 소통하려는 장르로의 변용이 이루어졌다. 또한 고전문학의 변용에 있어서 다양한 방법론의 모색과 구축이라는 작업은 문화적 가치와 현실의 맥락을 사실적으로 구현하기에 용이하다. 그러나 공연예술로 변용(變容)된 작품들의 특징은 무엇보다 공연이라는 장르와 결합하여 원전을 구체화하고 특수한 메시지의 전달이 필수적이다. 공연의 소재는 이미 대중성을 기반으로 하고 있지만 원작(原作)에 대한 다각도의 이해가 절실하다. 원전을 바탕으로 새로운 서사로의 확대는 원작을 재창조하는 과정에 있어서 필수적으로 요구되는 것이다. 이런 측면에서 본다면 뮤지컬 〈도화녀와 비형랑〉은 연극 〈로맨티스트는 죽었다〉는 현실적인 문제와 메시지 전달이라는 확장을 통하여 원전의 가치를 세련되게 만드는 한편 문학사에서 깊이 다루지 않았던 부분이나 모호한 부분을 설득력 있게 표현하여 현실의 대중들에게 공감과 자극을 주었다.

　『삼국유사』소재 설화 〈도화녀와 비형랑〉은 석화(石化)된 작품이 아니라 새롭게 창작되고 소통하여서 앞으로도 지속적인 변화가 이루어질 것을 확신할 수 있다. 고전의 새로운 장르로의 수용에 있어서 무엇보다 공연예술로의 변용은 대중들을 중심으로 하여야 하고 그들의 필요와 현실에 맞는 방법으로 만들어져야 한다.

8장

기봉 백광홍의 작품세계와 현실인식

1. 백광홍의 소개와 문예정신

기봉 백광홍(岐峯 白光弘, 1522~1556)은 조선중기 시인의 한 사람이다. 시(詩)와 부(賦)에 능하여 당대 여덟 문인 중 한 사람으로 손꼽혔으며, 특히 그 시대에 널리 불렸던 가사 〈관서별곡(關西別曲)〉의 작자이기도 하다. 기봉(岐峯)은 호남의 뛰어난 학자인 일재 이항(一齋 李恒)을 스스로 찾아가 스승으로 모시고 수학(受學)하고 하서 김인후(河西 金麟厚), 영천(靈川) 신잠(申潛), 고봉 기대승(高峰 奇大升), 석천 임억령(石川 林億齡), 송천 양응정(松川 梁應鼎), 고죽 최경창(孤竹 崔慶昌) 등과 같은 학자들과 교유를 맺어 도의지교(道義之交)를 돈독히 했다. 또한 조선조 삼당 시인으로 유명한 옥봉 백광훈은 그의 아우이기도 하다. 그는 국문학사에서도 기행가사의 효시라 불리는 〈관서별곡〉을 남긴 작가로서 일찍이 가사문학가로 주목되었다. 〈관서별곡〉은 명종 10년(1555년)에 평안도 평사로 있으면서 관서 지방의 경치를 보고 서울에서부터 임금의 은총을 얻어 벼슬하게 된 동기와 그 아름다운 경치를 적은 것인데, 지금까지 가사문학의 백미로 손꼽히는 정철의 〈관동별곡(關東別曲)〉보다 25년이나 앞선 것이다.[1)]

한편 그는 300여 편의 적지 않은 시문을 남긴 시인이기도 하여, 근래에 그의 문학세계를 규명하려는 노력이 병행되고 있다.[2)] 하지만 그의 작품에 대한 문학적 위상과 업적이 높이 평가되지 못하고 있는 실정이다. 게다가 그가 남긴 문학작품 중에서 〈관서별곡〉이 송강 정철의 〈관동별곡〉과 비교하여 집중적으로 다루어지고 있다.

개인적 성향이나 학문적 성향 못지않게 고려되어야 할 것이 문학적 풍토인데, 16세기 호남시단은 낭만적 풍류정신이 주를 이루었다.[3)] 그는 이러한 시기를 맞아서 당시의 많은 관료지식인 가운데 한 사람으로 평범하게 살아갈 수밖에 없었지만 그가 남겨놓은 적지 않은 문학작품을 통하여 스스로 부당한 현실을 고뇌하고 있었음을 살필 수 있다. 이는 신중하면서도 과묵한 자세로 세상을 조심스럽게 살아갔지만 이른 나이에 세상을 등질 수밖에 없었기 때문에 자신의 뜻을 다하지 못한 안타까움의 발로이기도 하다.[4)]

본고는 이런 문제의식에서 출발하여 먼저 기봉의 생애를 살핀 다음, 〈관서별곡〉을 중심으로 그의 사상적 배경과 후대의 가사문학에 미친 영향을 살펴보도록 하겠다. 그리고 마지막으로 그의 한시에

---

1) 〈關西別曲〉은 그 자체로 끝나는 것이 아니라 후에 정철, 조우인, 위세직, 이상계, 위백규, 이중전, 문계태 등의 가사 창작에 직·간접적으로 영향을 주었다.
2) 장희구, 「기봉 백광홍의 시문학 연구」, 조선대학교 박사논문, 1996; 정민, 「기봉 백광홍의 인간과 문학세계」, 한양대학교 한국학연구소, 2004; 김종서, 「기봉 백광홍과 호남시단」, 한양대학교 한국학연구소, 2004; 박종훈, 「기봉 백광홍의 시세계와 인사상」, 한양대학교 한국한연구소, 2004.
   김성기, 「백광홍의 〈관서별곡〉과 기행가사」, 한국고시가문학회, 2004; 박철상, 「백광홍 내사본 선시의 내사적 의미」, 한양대학교 한국한연구소, 2004.
3) 김동준, 「고봉 기대승의 시세계」, 『한국한시작가연구』 제6호, 2004, 91쪽.
4) 박성규, 「이인로의 시세계 소고」, 『한문교육연구』 제27호, 2006, 455쪽.

투영된 문학 양상을 점검하도록 하겠다.5)

2. 백광홍의 삶과 교유

1) 생애

백광홍(1522~1556)은 자는 대유(大裕)요, 향촌의 이름을 사용하여
기봉(岐峯)이라 작호하였다. 조선조 중기 때의 시인으로 호남 시단
을 주목받게 한 장본인이다. 기봉은 1522년 장흥 기산리에서 삼옥
당 세인과 광산 김씨 사이에서 태어났다. 그의 생애에 대한 대략적
인 내용은 1846년 홍직필(洪直弼)이 서한 〈묘갈명(墓碣銘)〉에서 알 수
있다.

　공의 가계는 수원백씨로 (高麗侍中) 景臣으로서 遠祖를 삼고, 寶文閣大
提學靜愼齊였으며 諱 莊에 이르러 朝鮮에 들어 왔으나 벼슬을 하지 아니
하고 海美에 귀양가서 살아 그로 인하여 자손이 그곳에서 살았기 때문에
海美人이라 칭하기도 하였다. 司饔院直長 贈參判이었던 諱가 繪에 이르러
서 비로소 長興에 이주하였다. 증조의 諱는 孟春이요, 祖의 諱는 文祺이니
모두가 進士였다. 考의 諱는 世仁이니 副司果였고 호는 三玉堂이었으며,
학문과 덕행이 이웃과 고을에서 존경한 바가 되었다. 光山 金氏 僉正 廣通
의 딸에게 장가들었으니, 公의 子女들은 長興 岐山理에서 成長하였다.6)

5) 기초자료로는 정민, 『국역 기봉집』(역락출판사, 2004)을 사용하였으며, 번역문은 이를
　따랐다.
6) 洪直弼, 『岐峯集』, 「墓碣銘」, "公系出水原, 以高麗侍中 景臣爲遠祖, 寶文閣大提學靜愼
　齊諱莊, 入 本朝不仕, 謫海美. 子孫仍居, 故亦稱海美人. 至司饔院直長 贈參判諱繪, 始移
　長興. 贈祖諱孟春, 祖諱文麒, 俱進士, 考諱世仁, 副司果. 號三玉堂. 學行爲鄕隣所宗. 娶

기봉은 어린 시절 봉명재(鳳鳴齋)라는 서당에서 수학을 했는데, 그곳은 조선 중기에 명성 높은 문인을 한꺼번에 여덟 명이나 배출했던 곳으로 유명하다. 사람의 체험이 의식의 저층에 무의식적으로 잠재되어 있다가 어떤 동기로 인하여 언어와 문자라는 용기를 빌어서 밖으로 드러난 것이 시가요, 문학인 것이다. 그러므로 이러한 체험은 그 사람의 성장노정에서 받아들여지는 '시·공'의 절대적 영향을 받는다. 그래서 같은 시간대에 같은 공간무대, 곧 같은 환경과 여건은 같은 공동체험으로 저장이 가능하고, 이는 특정시대의 같은 공간에서 공통된 체험으로 결집되고 발산된 경우가 생긴다.[7] 기봉은 어려서부터 시예(詩隸)에 능하였다. 그 아우인 풍잠(風岑) 백광안(白光顔)과 옥봉(玉峯) 백광훈(白光勳), 사촌아우인 동계(東溪) 백광성(白光城) 등과 더불어 기잠(岐岑)아래에서 독서하니, 세상에서 백씨 4문장으로 일컬었다.[8]

출세의 경로를 보면 이와 같다. 1549년 28세의 나이에 부명으로 과거에 응시하여 사마양시(司馬兩試)에 급제하였고, 3년 뒤인 1552년 대과에 급제하여 홍문관정자(弘文館正字)에 제수되었다. 호당(湖當)시절 왕명으로 영호남 문사들이 한자리에서 시예(詩隸)를 겨루었을 때, 〈동지부(冬至賦)〉 한 편으로 학문과 문예를 인정받아 장원에 뽑혀 시명을 드날렸다. 이때 임금께 하사 받은 『선시(選試)』 10책이 지금까지 문중에 전한다. 을묘년에 평안도평사(平安道評事)에 배수되어, 서도의 백성을 구하는 것을 자기 임무를 삼았다.[9] 기봉은 일신의 편안

　　光山 金氏僉正廣通女, 擧公子長興崎山里."
7) 김성기, 「백광홍의 관서별곡과 기행가사」, 한국고시가문학회, 『고시가연구』, 2004, 7쪽.
8) 白師謹, 『岐峯集』, 「岐峯集序」, "公自少能詩工隸, 與其弟風岑光顔玉峯光勳, 從弟東溪光城, 讀書于岐岑之下, 世稱白氏四文章".
9) 洪直弼, 『岐峯集』, 「墓碣銘」, "第二十八中司馬兩試. 第三年壬子, 大闈除弘文館正字. 上命湖嶺文臣較藝于泮官, 公以冬至賦居魁. 特賜選試十卷. 寵遇隆摯, 癸丑選八湖堂. 乙卯拜平安道評事, 以拯濟西民爲己任".

함을 위해서 학문을 닦았던 것이 아니었기에, 평안도 병마평사를 명받아서 그곳에서의 생활과 정서, 자연을 시문으로 노래했는데 그 중 가사 〈관서별곡〉은 그의 포부와 낭만을 여실히 느낄 수 있다. 그러나 기봉은 안타깝게도 병마평사(兵馬評事)에 부임한 지 1년 만에 병을 얻어서 사직하고 고향으로 돌아오던 중 부안의 처가에서 생을 마감했으니 그의 나이 35세였다. 그는 하늘이 부여한 천재적인 재능과 뜻을 발휘하지 못하고 떠난 것이다. 이때 그의 스승 일제는 부음을 듣고 "문제와 학덕이 드물게 뛰어났는데 이를 크게 펴지 못한 것이 아깝다며 매우 슬퍼하였다"고 『일제유집』에 기록되어 있다.10)

기봉은 평소에 신중하게 행동했고 학업에 힘써 실상을 준중하고 본질을 찾는 데 힘썼다. 그의 생활태도는 「좌우명」에서 확연히 드러난다.

부는 구할 수가 없고, 귀도 도모할 수가 없네. 구하지도 않고 꾀하지도 않으며 하늘 뜻에 따라 하리. 가난해도 근심할 것 없고, 천하여도 슬퍼할 것 없네. 담담히 빈 집에서 광풍제월(光風霽月)벗삼으리. 내가 누구를 믿을까? 저 높으신 상제일세.11)

상실무본(尙實務本)을 근저로 삼아 안빈낙도하여 광풍제월과도 같은 마음을 닦겠노라는 젊은 날의 다짐을 읽을 수 있다. 시구의 아름다움만을 추구하는 심장적구(尋章摘句)보다 경륜(經綸)을 닦아 안민제세(安民濟世) 하려는 다짐도 잊지 않았다.12)

---

10) 백수인, 『기봉 백광홍의 생애와 문학세계』, 시와 사람, 2004, 3쪽.
11) 洪直弼, 『岐峯集』, 「墓碣銘幷序」, "富不可求, 貴不可謀, 不求不謀, 順天所爲, 貧不足憂, 賤不足悲, 澹然虛室, 光風霽月, 吾誰恃乎, 有皇上帝".
12) 정민, 『국역 기봉집』, 역락출판사, 2004, 25쪽.

2) 교유인물

국문학에서 16세기는 조선조 전기의 시문학이 꽃을 피우던 시기라고 할 수 있다. 그리고 16세기의 시문학이 호남지방을 중심으로 크게 번성했다는 것은 재론의 여지가 없다. 그 까닭을 정확히 짚어내는 것은 용이한 일이 아니다. 그러나 그 중 하나는 기묘사화13)를 기점으로 하여 호남지방을 중심으로 신진 사림이 형성된 데에 있다. 그로 인해 이들 지식인들 사이에 학문과 문학 활동이 활발하게 전개되고 긴밀한 사우관계가 이루어짐으로써 시문학의 발달에 큰 영향을 끼쳤다.14)

기봉에게 학문과 문학에 영향을 준 이들로는 하서 김인후(河西 金麟厚), 영천 신잠(靈川 申潛), 고봉 기대승(高峰 奇大升), 석천 임억령(石川 林億齡), 송천 양응정(松川 梁應鼎), 고죽 최경창(孤竹 崔慶昌)을 들 수 있다. 이들은 대부분 당대 영향력 있는 관료의 지위에 있었으며 또한 대부분 호남이라는 공간과 관계를 맺고 있었다. 이들의 영향은 바로 기봉의 작품세계와 삶의 의식을 형성하는 데 커다란 영향을 미쳤을 것으로 추론된다.

기봉의 스승으로는 단연 일재 이항과 영천 신잠을 꼽는다. 널리 알려져 있는 바와 같이 일재와 영천은 당대의 석학들이다. 기봉은 이들에게서 학문적 감화를 받은 것은 물론, 이들의 인품과 생활태도까지 귀감으로 삼을 만큼 큰 영향을 받는다.

일재 이항은(一齋 李恒, 1499~1576) 조선중기 문신이며 학자이다. 학문 경향은 반궁성의(反躬誠意)를 입덕의 근본으로 삼았으며, 주경궁

---

13) 1519년(중종 14) 남곤(南袞)·홍경주(洪景舟) 등의 훈구파(勳舊派)에 의해 조광조(趙光祖) 등의 신진 사류(新進士類)가 축출된 사건.
14) 김은수, 「16세기 호남 한시의 특성」, 『고시가연구』 5권, 한국고시가문학회, 1998, 150쪽.

리(主敬窮理)를 수도(修道)의 방법으로 삼았다.

『기봉집』에 실린 「초진학시산시일재선생증사운시(初進學詩山時一齋先生贈四韻詩)」15)는 『일재집』에서 「贈白秀才光弘」로 수록되었다. 『기봉집』에서의 제목은 제자의 입장에서 처음 큰 스승과 대면했을 때 용기를 북돋아 주고 학문의 방향을 일깨워 주는 내용의 시로 받아들인 입장이고, 『일재집』에서의 제목은 '수재'를 제자로 삼았다는 데 대한 기쁨의 입장이 반영되어 있다고 하겠다. 일재는 기봉이 지닌 영특하고 빼어난 학문적 자질을 인정하고, 그를 큰 학자로 키우려 했음을 알 수 있다.16)

또한 기봉은 영천 신잠을 스승으로 모셨다. 영천 신잠(靈川 申潛, 1491~1554)은 1519년 현량과(賢良科)에 급제, 검열(檢閱)로 있었으나, 기묘사화(己卯士禍)로 파직하고 1521년 신사무옥(辛巳誣獄)으로 장흥(長興)에 17년 동안 유배되었다. 1543년(중종 38) 등용, 사옹원주부(司饔院主簿)·태인현감(泰仁縣監)·간성군수(杆城郡守) 등을 역임하고 1553년(명종 8) 상주목사(尙州牧使)를 지냈다. 선정을 베풀어 백성들이 부모처럼 받들었다. 시·서·화에 모두 능하여 삼절(三絶)이라 하였다.17)

차대유운(次大裕韻)18)의 시는 영천 자신의 학문이 부족하고 게으르다는 것을 한탄하는 내용을 담고 있다. '함담정'이라는 이별 공간에서의 심회를 보여 준 시면서도 아름답고 정감이 넘친다. 제자 기봉을 떠나보내고 마음의 안정을 취할 수 없는 영천의 심정을 엿볼

---

15) 『기봉집』 권5, 天挺英才應有意 勸君重立大規模 仲尼稱水淵源永 曾點吟春闊步趍 博學研思須自得 篤行隨處腦工夫 一朝洞會胸中豁 湊合圓融渾萬殊 〈初進學詩山時一齋先生贈四韻詩〉.

16) 백수인, 앞의 논문.

17) 김종서, 「기봉 백광홍과 호남시단」, 『농아시아 문화연구』 38집, 한상대학교 동아시아 문화연구소, 2004, 112~113쪽.

18) 『高靈申氏世稿續編』 卷1, 分竹江南今幾月 異鄕千里復悲秋 紛忽度日心無得 懶拙臨民學豈優 謾把離杯愁落景 更教長簞叫滄洲 送君何處相思苦 菡萏亭中水檻頭.

수 있다. 이처럼 영천은 제자인 기봉을 아끼고 존중하고 사랑했고, 기봉은 스승인 영천에게 인간적인 유대와 더불어 두터운 사제의 정을 배우고 따랐음을 알 수 있다. 기봉의 마음속에 스승의 가르침은 유자의 표본이라고 생각하여 깊이 자리 잡고 있었던 것을 짐작할 수 있다.

석천 임억령(石川 林億齡, 1496~1568)은 해남 해리에서 태어났다. 그는 눌재 박상의 문하에서 수학하여 1516년(중종 11년) 진사가 되고 1525년 식년문과에 급제했다. 1545년(명종 즉위) 금산금수 때 을사사화가 일어나서 소윤(小尹)인 동생 백령(百齡)이 대윤(大尹)의 선배들을 몰아내자 자책을 느껴 병을 핑계로 낙향하여 해남에 은거했다.[19] 이후 1552년 동부승지에 임용되어 병조참지를 지내고 강원도 관찰사를 지낸 인물이다. 기봉이 석천과 교유한 시는 3수가 있고, 석천이 기봉에게 준 시는 〈봉송석천안절관동(奉送石川按節關東)〉 1수가 있다.[20] 석천은 호남의 사종(詞宗)으로 일컬어지는 인물로서, 고금 각 체의 시를 일생 동안 꾸준히 지었기에, 그의 시 전체가 곧 그의 인생 기록이었다고 할 수 있다. 그는 당나라 이백의 시풍에 조예가 깊었다. 기봉은 이백의 풍모를 지닌 석천의 화려한 시풍과 낭만적 정조가 특히 마음을 사로잡았을 것이다. 석천의 문채와 풍류는 기봉의 호방하고 활달한 기질을 시로써 형상화하는 데 큰 영향을 주었다고 할 수 있다.[21]

기봉은 호남 유학의 조종(祖宗)으로 일컬어지는 하서 김인후(河西 金麟厚, 1510~1560)와도 교유했다. 하서는 시문에 능하여 10여 권의

---

19) 박영관, 「옥봉 백광홍 시에 나타난 교유관계 연구」, 『고시가연구』 16호, 한국고시가문학회, 2005, 150쪽.

20) 『석천선생시집』 卷4, 大國無中策 狂胡屢觸藩 斯人兩文武 豪氣盖乾坤 斬虜春江赤 揮旗海日昏 行吾老矣 干羽舞堯軒.

21) 박영주, 「송강의 교유시 연구」, 『고시가연구』 제18호, 한국고시가문학회, 2006, 165쪽.

시문집을 남겼으며, 도학의 정통을 이은 대표적 성리학자로 평가받고 있는 인물이다. 『기봉집』에 기봉이 쓴 〈사김하서(思金河西)〉라는 오언절구 한 편이 있다. 또한 하서가 기봉을 위해 쓴 시는 〈봉사백대유평사(奉謝白大裕評事)〉, 〈백정자대유견방(白正字大裕見訪)〉, 〈송백대유(送白大裕)〉, 〈화백대유(和白大裕)〉, 〈증백대유(贈白大裕)〉[22] 등의 제목으로 아홉 편이나 된다. 이 아홉 편은 『기봉집』과 『하서집』에 각기 실려 있는데, 제목은 약간 다르지만 내용은 전적으로 같은 작품들이다.

〈증백대유(贈白大裕)〉이 시가 『기봉집』에는 〈백 정자에게 줌(贈白正字)〉으로 표기되어 있는데, 하서는 기봉을 '한 떨기 남아 있는 꽃'으로 비유하고 있다. 혼란한 시대에 인재가 없음을 한탄하지만 다행히 기봉이 이 세상에 남아 있는 인재가 될 것이라는 큰 기대를 하고 있다는 것을 알 수 있다. 또한 기봉의 뛰어난 재주를 아끼고, 그에게 적합한 임무가 주어지기를 기대하고 있는 그의 두터운 신의가 느껴진다.

기봉이 활동하던 조선중기는 잦은 사화와 혼란한 정치 환경으로 정치계에 있던 많은 사림들이 향리로 은둔하고 활발한 문학 활동을 하던 시기이다. 특히 '호남시단'이라 불릴 만큼 문학 활동이 뛰어났던 호남지역에서는 많은 문인들이 여러 문학작품을 통해서 문학 활동을 활발하게 이루었다. 기봉 역시 호남의 여러 누정과 지역들을 돌아다니며 여러 스승을 찾아가 학문을 연마하고 당대의 명류들과 사귀며 교유했다. 그에게 학문의 길을 넓혀주고 함께 수학했던 많은 문인들과 짧은 정치에서 인연을 맺은 여러 지인들과 두터운 교

---

22) 春山百花落 幸有一支紅寂寞茅詹下 飜愁酒盞空 〈其二〉 春光留草屋 醉面欲爭紅 見子忘沈疾 其如雪鬢蓬 見子忘沈疾 其如雪鬢蓬 〈其三〉 採蘭幽念起 好去奉親盤蔘蔘嗟無及 經營萬事難.

유의 정을 맺었음을 짐작할 수 있다.[23]

3. 백광홍의 〈관서별곡〉과 현실인식

백광홍의 〈관서별곡〉은 명종 10년(1552)에 평안도 평사가 되어 서
도의 국경방비 지역에서 두루 유람한 후 그 여정의 아름다운 경치
와 고사·풍속, 그곳에서 느낀 자신의 다양한 정서를 운문체로 노래
한 기행 가사이다. 기봉은 압록강을 중심으로 아름다운 자연 풍경
에 대한 화려한 주관적 묘사와, 때로는 신하로서 혹은 위정자로 갖
게 되는 연군지정과 애민정신을 드러내기도 하였다. 〈관서별곡〉은
기봉의 다채로운 정서와 환상적 분위기가 조화된 작품이라고 말할
수 있다. 〈관서별곡〉의 형식은 8단락 172구 1156자로 이루어졌다.
〈기산별곡〉과 〈향산별곡〉을 합친 〈관서별곡〉은 서사(序詞)에서 관
서평사의 명을 받음과 본사(本詞)에서는 평사부임과정과 관서지방
경치를 노래하며 결사(末詞)에서는 임금과 어버이에 대한 상념으로
크게 구분하고 있다. 〈관서별곡〉을 내용상 8단락으로 나누어 각 단
락의 첫 구와 마지막 구의 내용을 살펴보면 다음과 같다.

  I. 서사: 召命登程
     1단락: 關西 名勝地예~故鄕을 思念하랴
  II. 본사: 箕城·百祥樓 遊覽
     2단락: 碧蹄에 말가라~버들죠차 프르럿다
     3단락: 感松亭 도라드러~客興이 어떠하뇨

---

23) 홍선주, 「하서 김인후의 교유시 연구」, 선문대학교 석사논문, 2007, 13쪽.

4단락: 樓臺도 만하고~八道애 爲頭로다

Ⅲ. 본사: 藥山·鴨綠江 遊覽

　　5단락: 梨園의 꼿피고~遠慮인달 이즐쇼냐

　　6단락: 甘棠召伯과~聖人之化로다

　　7단락: 韶華도 슈이 가고~枕夷夏之校로다

Ⅳ. 결사: 思親愛君

　　8단락: 帝鄕이 어듸매오~未久上達 天門하리라

　무엇보다 서사에서는 왕명을 받고 변방으로 오직 칼 하나만을 가진 무인공복으로서의 자세가 나타난다. 처음으로 나가는 외직에서 평사의 소임을 다하겠다는 강한 의지가 드러나는 곳이기도 하다. 부모에 대한 그리움에도 불구하고 자신의 소임을 다하려는 강한 의지를 엿볼 수 있다.

　사상성은 한 작품에 있어서 가장 중요한 요소가 되는 것이며 나아가 그 작품이 갖는 문학으로서의 예술적 성향이나 가치를 크게 좌우하게 되는 것이다.[24) 기봉은 무엇보다 현실을 드러내는 곳에 강한 애착을 보이고 있다. 기봉은 평생을 유자(儒者)의 삶을 살았고, 또 유자(儒者)로서 생애를 다한 사람이라는 점을 직시했을 때 우리는 기봉이 젊은 날에 보인 호기어린 모습 역시 포기할 수 없는 현실에 대한 강한 집념과 수용할 수 없는 현실의 모순이 가져온 괴리감이라는 것을 알 수 있다.

感松亭 도라드러　　　　大同江 브리보니

十里波光과 萬重烟柳는　　上下의 어뤼엿다

---

24) 박미, 「관서별곡과 관동별곡의 비교연구」, 조선대학교 석사논문, 2002, 24쪽.

春風이 헌ᄾᄒ야	畵船을 빗기 보니
綠衣紅裳 빗기 안자	纖纖玉手로 綠綺琴 니이며
皓齒丹脣으로	釆蓮曲 브ᄅ니
太乙眞人이 蓮葉舟 트고	玉河水로 ᄂ리ᄂ듯
셜ᄆ라 王事靡監ᄒᆫᆯ	風景에 어이ᄒ리
練光亭 도라드러	浮碧樓에 올나가니
綾羅島 芳草와	錦繡山 煙花는
봄비슬 쟈랑ᄒ다	千年 箕壤의
太平 文物은	어제론닷 ᄒ다ᄆᆫᄂ
風月樓에 숌씌여	七星門 도라드니
細馬馱 紅衣예	客興이 엇더ᄒ뇨

위 부분은 13행으로 이어지는 세 번째 단락으로 평양(平壤)에 있는 여러 가지 문물을 보고 새로움을 느끼거나 감회에 젖은 심정을 드러내고 있다.[25] 특히 기성으로 들어오는 한 과정으로 그곳에서 보는 문물들에 대한 호기심과 감상을 섬세하게 그려 내고 있다. 대부분의 유학자들이 연군지정(戀君之情)을 중심으로 피력하듯이 〈관서별곡〉 역시 임금에 대한 충성으로 시작하여 그것을 끝으로 맺는 충신연주지사의 전형이다. 또한 기봉은 왕명(王命)에 의해 변방으로 떠나면서 임금에 대한 원망이나 혈육에 대한 근심보다는 우국지정과 연군지정의 강인한 모습을 보인다. 사적인 감정을 배제하고 위정자로서 공무수행을 하는 의연한 태도를 보여 준다. 또한 그 내면에는 그들이 누리는 태평성대 역시 임금의 덕으로 돌리어 한결같은 충성심을 보여 주었다. 뿐만 아니라 평사의 임무를 성실하게 수행

---

25) 장희구, 「기봉 백광홍의 시문학 연구」, 조선대학교 박사논문, 1996.

하는 목민관으로서의 자세와 강한 의지가 피력되어 있다. 물론 가사문학은 대부분 한가한 시절에 강호한정이나 풍류를 읊기 때문에 다른 작품에서도 이러한 내용은 충분히 나타날 수 있다. 그러나 유자들에게 있어서 요(堯)·순(舜)의 시대로 형상화된 이상적 현실의 질서를 단순히 만족의 노래가 아니라 이상적인 현실의 질서와 전혀 그렇지 못한 실제 현실의 질서가 변별적으로 인식되고, 그들의 괴리감을 좁히고자 하는 현실에 대한 강한 애정이라고 볼 수 있다.26)

거기에 기봉의 민(民)에 대한 관심을 주의 깊게 살펴야 한다. 기봉은 〈관서별곡〉에서 당대 사회의 현실적인 모습을 크게 부각시켰다. 자신 역시 외직으로 나가서 민을 살피고 그들의 사정을 이해하고자 하는 노력을 보이기도 했다.

松京은 故國이라 滿月臺도 보기 슬타
黃岡은 戰場이라 荊棘이 지엇도다
山日이 半斜컨을 歸鞭을 다시 쌔와

기봉은 만월대로 대표되는 지난 고려왕조에 대한 단순한 회고를 보이는 것이 아니라 직설적으로 거부감을 나타낸다. '귀편(歸鞭)을 다시 쌔와'에서 알 수 있듯이 서둘러 그 자리를 떠나 버린 것인데 정말로 바빠서 그 곳을 지나친 것이 아니라 단지 보기 싫어서 떠난 것이다. 만약 왕의 명령을 하루 빨리 수행하고자 하는 의도였다면 개성을 떠나 평양을 노래할 때 '셜민라 왕사미감(王事靡監)흔들 풍경(風景)에 어이흐리' 하며 망설이지 않았을 것이다. 현재의 소임에서 만족을 느끼고 최선을 다하는 현실중심의 의지를 살필 수 있다. 지

---

26) 정민, 「석주시의 두 모습: 도가적 방일과 유가적 독행」, 『동아시아 문화연구』 8권, 한양대학교 한국한연구소, 1985, 131쪽.

나간 세월에 집착하기보다는 현실에서 안정을 찾고 자신의 선정을 펼치고자 하는 점을 엿볼 수 있다. 관서별곡은 기행류의 작품임에도 불구하고 작가의 대단한 자부심과 자기과시를 엿볼 수 있다는 점이 특이하다.[27] 즉, 선정을 베풀어 백성들로부터 칭송을 받았다는 명유나 속세의 모든 이해를 초월하고 고고하게 살아가는 신선과 자신을 동일시하는 방법이 드러난다. 〈관서별곡〉에 나타난 서술방식은 작가 내면에 자리한 자아의 감정을 숨기지 않고 드러냈다는 방식이 다른 문인들과 그 변별을 가질 수 있다. 때로는 자연인으로 절경(絶景)에 대한 집착을 보이기도 하지만 평사로서 선정에 대한 자신의 소망도 짙게 나타난다.

煌煌 玉節과 儼賽 龍旗는
長天을 빗기 지나 碧山을 썰쳐 간다

자신이 행렬할 때의 광경을 화려하게 표현한 것을 통해 그 위세를 짐작할 수 있다. 그의 내면에 자신이 선정을 베풀어 백성들로부터 칭송을 받았다는 것은 속세의 명예를 강하게 드러내고자 하는 장치라고 볼 수 있다. 뿐만 아니라 자신의 내면을 거침없이 보여줌으로써 자신에 대한 강한 자부심을 표출하고 있다.

甘棠 召伯[28]과 細柳 將軍이

---

27) 류근안, 「〈관서별곡〉과 〈관동별곡〉의 비교연구」, 『어문연구』 28권, 한국어문교육연구회, 2000, 216쪽.

28) 召伯은 주(周)나라 문왕(文王)의 아들인 소공(召公) 석(奭). 또는 소(召)나라의 목공(穆公) 호(虎)라고 보기도 한다. 선정(善政)을 베풀었던 인물로 유명하다. 《시경(詩經)》 소남(召南) 감당(甘棠)의 시에는 백성들이 소백의 덕을 깊이 사모하여 그가 집을 짓기도 하고 쉬기도 했던 팥배나무를 아꼈다는 내용이 나온다.

一時예 同行ᄒ야 江邊으로 巡下ᄒ니

　기봉은 촌락을 순행(巡幸)하면서 민정을 살피고 백성들에 대한 애민정신을 간명한 필치로 그려 내고 있다. 특히 평안도평사라는 외직에 부임하여 민의 삶을 가까이하고 지켜보면서 그들의 삶에 대한 강한 애착을 따뜻한 시선으로 그려 낸다. 또한 인간본연의 욕망을 가지고 선경(仙境)에 대한 감탄에 빠져 있다가도 백성들의 구체적인 삶을 목도하는 것을 계기로, 백성들의 고통을 직접 마주하려고 노력한다. 그 민(民)에 대한 애정은 더 나아가 군(君)에 대한 충실한 믿음으로 이어진다고 할 수 있다.29)

　무엇보다 〈관서별곡〉의 의의는 '기행'이라고 하는 영역의 확대이다. 최초의 기행가사로 손꼽히는데 대부분의 기행이 시가에는 적합하지 않다고 여겨짐에도 불구하고 아름답게 표현하였다. 백광홍은 기행과 가사를 적절히 조율하고 접합시켜서 기행가사를 확립하고 거기에 지대한 관심을 받았다. 후에 작품이 계속되어 그 명맥을 이어 가고 있다. 〈관서별곡〉은 기봉이 태어나서 성장한 장흥 지방의 가사문학에도 큰 영향을 끼쳤다. 장흥 지방은 특이하게 백광홍 이후 가장 많은 가사 작가를 배출했고, 현전하는 가사 작품도 가장 많은 지역으로 알려져 있다. 기봉은 위세직의 〈금당별곡〉, 이상계의 〈인일가〉·〈초당곡〉, 위백규의 〈자회가〉·〈권학가〉·〈합강정선유가〉, 노명선의 〈천풍가〉, 이중전의 〈장한가〉, 문계태의 〈덕강구곡가〉·〈덕천심원가〉에 영향을 주어 소위 '장흥가단'을 이루는 바탕이 되었다.30) 뿐만 아니라 〈관서별곡〉의 지대한 영향을 받은 정철의 〈관

---

29) 류근안, 앞의 논문, 166쪽.
30) 백수인, 앞의 논문, 21쪽.

동별곡〉은 두 작품의 창작 시기로 그 영향 관계를 살펴보면 25년이라는 차이가 있다. 간접적인 영향은 인정될 수 있으나 생몰연대와 생애로 보면 두 사람의 교유관계가 아주 친밀하였다거나 직접적인 교유가 있었다고는 볼 수 없다. 그러나 몇 가지 기록에 의해 간접적인 관계를 추측할 수 있다. 『기봉집』에 '공우여율곡영천석천고봉송강군현 결도의지교(公又與栗谷靈川石川高峰松江群賢 結道義之交)'[31]란 기록이 있다. 이것으로 유추해 본다면 기봉과 송강은 직접적인 관계를 맺었을 뿐만 아니라 막역한 사이라고 볼 수가 있다. 그러나 위의 문장을 그대로 믿을 수는 없는데 그 첫째 이유는 기봉이 문과에 급제하여 홍문관 정자로 임명된 시기가 1552년이고, 송강의 부친이 유배지에서 창평으로 돌아온 시기는 1551년으로, 불과 일년 사이에 교유 관계를 맺었다는 것은 불가능하기 때문이다. 둘째는 송강이 창평으로 왔을 때는 기봉은 이미 3년 전(1549년)에 사마양시에 합격하여 지방뿐만 아니라 서울에서도 문명(文名)을 날린 상태였지만 송강은 아버지의 유배지를 따라 다니느라 학문에 눈도 뜨지 않은 상황이었기 때문에 나이 차이를 고려하지 않는다고 하더라도 학문이나 시를 주고받을 만한 사이는 될 수 없었다. 셋째는 기봉이 평안도 평사를 끝으로 다음해 고향으로 오기 전에 요절(夭折)하였기 때문에 이들은 이후에도 만날 기회가 없었다.[32] 따라서 송강이 기봉에게서 직·간접으로 많은 교화를 받았다는 것은 불가능한 것으로 보인다. 다만 위의 문장에서 언급된 영천이나 석천 그리고 고봉 등은 기봉뿐만 아니라 송강과도 두터운 친분 관계를 맺고 교류하였기 때문에 기봉의 후손들이 『기봉집』을 편찬하는 과정에서 가문을 빛낼 목적

---

31) 洪直弼, 『岐峯集』, 「墓碣銘并序」.
32) 이상보, 「관서별곡연구」, 『국어국문학』 26권, 국어국문학회, 1963, 73~74쪽.

으로 당시 정치적·학문적으로 확고한 위치를 차지한 율곡이나 송강을 함께 기록한 결과로 짐작할 뿐이다. 이러한 사실은 기봉과 관련된 이들과의 기록이 단지 『기봉집』의 일부분에서만 보일 뿐 다른 사람의 문집이나 여타의 기록에서는 전혀 찾아볼 수 없다. 여기에 서로 화답한 시부(時賦)가 한 수도 보이지 않는다는 점이 이를 확인시켜 준다.33) 그러나 두 사람의 직접적인 관계는 인정할 수 없다고 하더라도 송강이 기봉의 동생인 옥봉 백광훈(1537~1582)과는 아주 절친한 친분 관계를 유지한 것으로 보아 간접적인 부분의 영향관계(影響關係)는 인정된다고 하겠다. 송강과 옥봉은 임응령문하에서 함께 수학하면서 일찍이 서로의 마음을 이해하면서 평생 동안 상당한 교분을 쌓았다.

4. 백광홍의 시의 양상

기봉의 시에서는 인간의 순수한 감정을 부각시켜 감성적인 면을 강조하고, 자연 배경과 같은 대상을 묘사하는 것에 충실하여 예술적인 면이 나타난다.

기봉의 시는 오언절구(五言絶句)가 10수, 오언율시(五言律詩)가 21수, 오언고시(五言古詩)가 4수, 칠언절구(七言絶句)가 61수, 칠언율시(七言律詩)가 17수, 칠언고시(七言古詩)가 11수, 시산잡영(詩山雜詠)이 55수, 부록(附錄)이 35수로 모두 223수가 『기봉집』에 실려있다.

이들 시를 주제별로 파악해 보면, 그리움과 이별의 정한(情恨)을 읊은 정한시(情恨詩), 회고를 통하여 인생의 무상함을 토로한 회고시

---

33) 류근안, 앞의 논문, 210쪽.

(懷古詩), 산수를 벗하며 자연에 심취하거나 계절의 정치를 읊은 경물시(景物詩), 다른 사람들의 시를 차운한 차운시(次韻詩), 그와 친분을 맺으며 왕래했던 교유시(交遊詩) 등이다.

또한 형식적인 면으로 보면 절구에 능했다는 것을 알 수 있는데 칠언절구가 가장 우세함을 알 수 있다. 의취(意趣)와 성율면에서 가장 많은 기교를 요하는 것이 절구이고 이러한 사실로 미루어 그의 재능을 짐작할 수 있다.[34] 그러나 무엇보다 그가 바라보는 현실에 대한 안목에 관심을 가질 필요가 있다.

1) 유가적 이념과 풍류

기봉은 현실을 거스를 수 없는 유자(儒者)의 한 사람이었다. 기봉의 시 전체를 살펴보면 거기에 흐르는 시정(詩情)은 그가 현실에 부딪쳐 나가면서도 결코 현실에 대한 신념을 거스를 수 없었다는 것을 여실히 보여 준다.

수(修)·제(齊)·치(治)·평(平)을 이상으로 하는 유자에게 현실은 처음이자 궁극의 지향점이다. 현실의 상황은 부정을 할 수도 없는 절대지향의 공간이었던 것이다. 이때 현실과 자아가 바람직하게 조화로운 관계를 유지한다면 별 문제가 없지만, 현실과 자아 사이에 좁힐 수 없는 괴리감이 개재될 때 문제는 달라진다. 결코 부정할 수 없는 현실이 자아를 받아들이지 않거나, 자아가 스스로 동화될 수 없을 때 자아는 마땅한 지향점을 잃게 되는 까닭이다.[35]

기봉은 이상적인 현실의 질서와 그것을 공존할 수 없는 질서 가

---

34) 임채용, 「백광훈의 작품세계」, 『중국어문논총』 6권, 중국어문연구회, 1993, 586쪽.
35) 정민, 앞의 논문, 131쪽 재인용.

운데에서 조성되는 괴리감을 좁히고자 하는 의지를 보였다. 그것에 대한 하나의 방편이 풍류라고 할 수 있다.

二月關西壯士行　이월에 관서 지방으로 장사가 가니
東風劒戟六藩迎　동풍에 창칼 든 여섯 군대가 마중 나오네.
香爐峯望千重掩　향로봉 바라보니 천 겹으로 가려 있고
鴨綠江流一帶淸　압록강 흘러서 일대가 맑아라.
長笛曉吹華閣逈　새벽의 긴 피리 소리 먼 누각에서 아스라이 들려오고
紅粧春醉錦筵晴　봄에 곱게 단장한 여인은 맑고 화려한 자리에 취하는구나.
幕中婉畵金湯敵　막중에서 철벽 수비로 적을 물리칠 마땅한 계획[36] 세우니
何用防胡萬里城　어찌 오랑캐 막을 만리성이 필요하리오.

이 시는 최경창이 쓴 시로 기봉이 관서평사가 되어 관서지방으로 떠나는 것을 기리며 준 것이다. 따라서 이 시에서 '장사'는 평사가 되어 부임하는 기봉을 가리키면서, 군대가 평사를 마중 나오는 장면과 관서지방의 뛰어난 자연 경관을 세밀하게 묘사했다. 창칼을 든 여섯 군대가 기봉을 마중 나올 정도로 기봉의 부임은 대단한 일이었다는 것을 추측할 수 있다. 특히 백 평사가 부임하니 오랑캐를 막을 만리성이 필요가 없게 되었다고 하여, 기봉의 뛰어난 전략과 전술을 높이 평가하고 있다. 기봉은 이처럼 나라를 지키는 굳센 의지와 전략을 지니고 있음을 스스로 드러내기도 하였다.[37]

戎裝晨發朔州城　군장하고 새벽녘에 삭주성을 출발하니
旗纛颭風劍戟明　깃발은 펄렁이고 칼과 창은 번쩍이네

───

36) 『기봉집』 권5 「次南崖韻奉送岐峯先生赴關西幕」
37) 백수인, 앞의 논문, 11쪽.

更上延坪城晚望　　연평문 다시 올라 뉘엿한 경 바라보니
胡山無數眼前平　　수없는 오랑캐 산 눈 앞에 펼쳐 있네.

—「延坪門」 38)

이 시는 기봉이 지닌 무관으로의 신념이 가장 잘 드러난 시라고 평가할 수 있다. 기봉은 본래 문인으로 섬세한 자신의 내면을 읊고 있었으나, 이 시에서는 그런 감정은 보이지 않고 군대의 모습과 자연 경관만을 서술하고 있다. 이는 관서평사라는 소임을 받고 부임해가는 강한 무인의 자세를 보여 주고 있다. 그것은 임금에 대한 충성의 발로이기도 하다. 특히 새벽에 창과 칼을 들고 삭주성을 떠나는 장면은 비장미마저 느끼게 한다. 또한 싸움에 있어서는 물러남이 없다는 호기와 기상을 보여 주는 시이기도 하다. 적지의 산들을 바라보는 화자의 여유와 용맹한 기상이 여실히 드러나 있고, 나라를 걱정하는 무관의 정신을 표현한 작품이라고 볼 수 있다.

一別悠悠塞外天　　변방 밖서 유유히 한차례 이별하니
黃碑白草古城邊　　누런 빗돌 풀도 시든 옛 성의 가이로다
英雄事去俱塵土　　영웅은 스러지고 모두 진토 되었으니
莫笑秦人謾學仙　　진인이 제멋대로 신선 배움 웃지마라

—「宿伐登浦映碧亭 三首 1」 39)

기봉은 관서평사를 지내면서 자아의 갈등을 드러내기도 한다. 다

---

38) 『기봉집』 권2 「延坪門」.
39) 『기봉집』 권2 〈宿伐登浦映碧亭 三首〉 1.

만 지난날을 결코 그리워하거나 그것을 한탄하는 것이 아니라 자신의 현실에 대해 적극적으로 모색한다. 그는 문인으로 낭만적이고 소극적인 태도를 보였으나, 시에서는 무인으로 지냈던 기개와 당당함을 강하게 드러내고 있다. 영웅의 부재를 한탄하면서 현실의 어려움을 토로하고 있다. 그는 직설적으로 현실을 보여 주기보다는 은밀하게 현실 속에서 자신의 뜻을 펼치기 어려웠음을 보여 준다. 그는 자주 낭만적인 시상을 통해 자신을 드러내기도 했다. 취흥을 한 방편으로 그려 내어 현실의 답답함과 나약함을 토로하기도 한다. 그것은 기봉 자신이 유자로서 지닌 이상적인 세계에 대한 소망의 발로라고 이야기할 수 있다.

白雪黃金寒	흰 눈으로 뒤덮힌 황금새에서
驅馳歲已殘	말 달리다 한해가 하마 저무네
胡笳驚半夜	오랑캐 피리소리 밤에 놀라고
鄕夢幾重山	고향 꿈은 몇 겹이나 산을 넘는다
水近琵琶曲	물 가까워 비파로 연주를 하고
峯尖國寺寒	뾰족한 뫼 나라 절은 스산하기만
何時從事罷	언제나 맡은 일 모두 끝나서
南海舞萊斑	남해서 노래자40)의 색동춤 추나.

— 〈題渭原東軒〉41)

기봉은 그가 자신의 임무에 대단히 충실했다는 것을 알게 하면서

---

40) 노래자는 춘추시대 노나라의 학자이다. 夢山 밑에서 농사를 지으며 살았는데 楚王이 그의 孝심과 어짋을 듣고 불렀으나 응하지 않고 오히려 江南으로 옮겨 살면서 奉養했다. 그가 사는 곳은 1년이 되면 많은 사람들이 모여들어 部落이 되었고 3년이 되면 聚落이 될 정도로 백성들은 그의 인격과 덕망에 동화되었다.
41) 『기봉집』 권2 〈題渭原東軒〉.

자신의 심회를 단적으로 드러내고 있다. 사적인 감정과 공적인 감정 사이에서 갈등을 하는 위정자의 모습을 엿볼 수 있고 거기에 내재된 인간본성의 심정을 여실히 짐작할 수 있다. 오랑캐 피리 소리에 잠을 깨어 일어나 보니 고향에 가고 싶은 꿈만 가득한데 몇 겹의 꿈으로 가득해 있는가에 대한 자기와의 대화를 시도하게 된다. 여기서 나오는 국사봉은 그의 고향 뒷산인 사자산의 가장 높은 봉우리를 뜻하는데 시인은 지금 동헌에서 오랑캐와 접해 있는 산을 보면서 고향의 뒷산 국사봉(國寺峯)을 연상하고 있다.42) 이는 변방에 있으면서도 부모에 대한 효심과 또한 관리로서의 자긍심과 임무수행에 대한 책임감을 보여 주고 있다. 그것은 민에 대한 변함없는 애정과 그들에게 받았던 덕망과 인격을 짐작할 수 있게 해 준다.

西來無日不思鄉	서쪽 땅 와 날마다 고향 생각 뿐이러니
南國江湖夢裏長	남국의 강과 호수 꿈 속에 아득하다.
辜負一春花月約	한 봄 내내 꽃 달 약속 헛되이 저버리매
何時歸臥綠陰涼	어느 때나 돌아가 초록 그늘 누워보나.

—「出山向熙川途中口號」43)

이 시는 산을 나와서 희천으로 가면서 도중에 읊은 시이다. 기봉이 평사의 소임을 받아서 관서 지방의 변방으로 온 이후로 늘 고향에 대한 그리움을 토로하고 있었음을 알 수 있다. 여기에서 남국은 기봉의 고향으로 추리할 수 있고 서쪽은 관서임을 알 수 있다. 고향에 가고 싶은 마음이 꿈속에서도 나타날 만큼 간절하다. 그렇지만

---

42) 장희구, 앞의 논문, 92쪽.
43) 『기봉집』 권2 「出山向熙川途中口號」.

자신의 책임을 버리고 고향으로 돌아가지는 못하는 위정자의 깊은 고뇌와 심회가 드러나 있다.

2) 도가적 낭만과 초월의식

기봉이 관직생활을 하고 당대의 위정자나 관료들과 끊임없이 교류해오면서도 현실에서 느끼는 괴리감을 버리지 않았다는 것을 짐작할 수 있다. 이러한 현실에서의 탈출은 그의 작품 속에 깊이 배여 있는 도가사상(道家思想)에 근거하고 있다.[44] 그것은 현실에 대한 도피가 아니라 현실에 대한 관심과 가치관의 표현이다. 신선사상이 어느 한 시대에 한때 유행했던 것이 아니었던 만큼, 문학작품에 투영된 신선사상을 감안하면 어느 정도 일정한 영향을 받았을 것임을 먼저 인정하여야 할 것이다.[45] 이는 기봉이 관심을 가지고 있던 도가사상의 의미를 살펴볼 수 있다.

昨下蓬萊第一峯　　　　봉래산 제일봉을 어저께 내려오니
輕鬢猶帶綠雲容　　　　상투 끝엔 여태도 초록 구름 남은 듯
雙雙立馬梨花下　　　　쌍쌍이 배꽃 아래 말을 세워 보노라니
雪醮紅紗亂玉驄　　　　눈 녹아 붉은 깊이 옥총마에 어지럽다

－〈見四仙立馬〉

시인은 자신이 직접 탐방한 산수가 수려한 비경이나 실재 공간인 누정 등을 마치 현실과 동떨어진 선계로 인식하기도 한다. 이것은

---

44) 박성규, 앞의 논문, 451쪽.
45) 조영임, 「삼당시인의 '선계동경'에 대한 소고」, 『한국한시연구』 12호, 한국한시연구학회, 2004, 214쪽.

탈속을 추구하고 초월적과 동떨어진 선계로 인식하기도 한다. 이것
은 탈속을 추구하고 초월적 세계를 지향하고자 한 시인의 의식이
반영된 것이라 할 수 있다. 46) 이 시는 현실에서 마주하고 있는 공
간에 선적인 환상성을 가미하고 있다. 봉래산, 옥총마를 내세워 탈
속적이며 몽환적인 분위기를 불러일으키는 한편 선계를 동경하지
만 결국은 극복할 수 없는 자신의 불만족한 현실에 대한 고통에서
벗어나고 싶은 심정과 아울러 좌절할 수밖에 없는 처지를 나타낸다.

我謂仙人好樓居	내가 말하기를, "신선들의 좋은 거처
瓊宮貝闕開蓬壺	경궁과 패궐이 봉래도 열려 있네"
丹靑百丈耀日月	백 길 높이 단청 위로 해와 달이 빛나거니
海天縹緲連淸都	바다 하늘 아득히 청도에 이어 있네
擬欲因之謝此世	이를 따라 이 세상을 하직하고 싶은데
攀綠神侶相招呼	신선 벗들 이끌어 서로 불러 초대하네
驂雲駕風入無倪	구름 마차 바람 수레 끝없이 들어가니
簾櫳俯挽羲和烏	주렴 차서 굽어보아 희화의 까마귀 당겼지

― 〈해신도〉

이 시는 52구로 써진 〈해신도〉의 일부분이다. 〈해신도〉는 신기루
를 보고 그린 그림을 소재로 하여 쓴 시이다. 눈앞에 펼쳐진 신기루
를 화려함과 신비스러움이 가득한 신선세계로 묘사하고 화자는 세
속을 완전히 벗어나 신선세계로 들어갔음을 보여 준다.47) 신선적
초월 공간에 대한 사실적인 묘사를 보면 그가 도교적 초월의 세계

---

46) 위의 논문, 212쪽.
47) 이자영, 「기봉 백광홍의 시세계 연구」, 충남대학교 교육대학원 석사논문, 2010, 60쪽.

에 대해서도 폭넓은 독서와 깊은 관심을 가졌음이 확인된다. 봉래도의 표묘황홀한 경관에 대한 묘사이다. 이로 보면 도교적 상상력에 바탕을 둔 낭만풍의 대두가 이미 그에게서 싹터 나오고 있음을 알 수 있다.[48]

童男不返東海遙	동남동녀 안돌아오고 동해는 아득한데
桃花萬樹開仙源	복사꽃 만 그루가 무릉도원 피었구나.
仙人采食碧實香	선인이 따 먹으니 푸른 열매 향기롭고
千春可留朱顔存	천년 세월 붉은 얼굴 보존하여 머물겠네.
誰將遺種落人間	뉘 장차 남은 씨를 인간세상 떨구어서
一株壩得君家園	한 그루 나무 얻어 그대 동산 심었던고
初凉七月早早熟	서늘해진 칠월에 일찍도 열매 익어
萬顆紫玉輝山村	수많은 자옥도가 산촌 환히 비추네.
丫鬟童子進中盤	머리 땋은 꼬맹이가 소반 담아 내어오니
團團新摘靑枝繁	동글동글 갓 딴 열매 푸른 가지 무성해라.
劈來細嚼齒牙寒	깎아서 맛을 보니 이빨이 시리거늘
珍味豈與梨棗論	보배론 맛 어이해 배 대추와 논하리오
兼味玉液數杯瀉	좋은 술을 곁들여서 몇 잔을 기울이니
十年可雪心煩冤	십년 묵은 체증이 말끔히 씻겨지네.
三山何處喚羽客	삼신산 어디메서 우객을 불러내어
玉洞眞源飛夢魂	옥동의 참 근원을 꿈속 넋이 날아보나

— <紫玉桃贈金正淑>

유선시는 일반적으로 선인, 선경, 진당복식과 같은 소재로 선경

---

48) 정민, 앞의 논문, 27쪽.

을 묘사하고 선계를 오유하거나 장생불로를 희구하는 내용으로 되어 있음을 볼 때, 기봉의 유선시도 종래 유선시 양식의 전통성을 계승한 것이라 할 수 있다.[49] 이 시는 칠언고시로 김정숙에게 자줏빛 복숭아를 주면서 쓴 것이다.

이 시에서 仙源, 三山, 仙人, 紫玉, 羽客 등의 시어들을 사용해 선계를 신이하고 환상적으로 묘사하고 있다. 신선의 과일로 상징되는 자옥도를 김정숙에서 주면서 기봉이의 상상력은 확대되어 간다. 우객을 불러낸다는 표현을 통해 득선을 희구한다는 거의 일관된 주제를 가지고 있어서 다분히 상투적이기는 하지만 관념화된 시어를 통해 사실감 있게 묘사하고 있다는 느낌이 든다.

歲暮江城愁殺人	세모라 강성에서 사람은 근심 겨워
遠登西嶺暫娛神	서쪽 고개 멀리 올라 잠시 마음 달랜다
風雲滿眼通天極	바람 구름 눈에 가득 하늘 끝에 닿아 있고
烟火連村撲海濱	연기 불 마을 잇고 바닷가를 치누나
稼雲靑黃堆四野	푸른누릇 이삭 구름 사방 들에 가득한데
船來一兩入東津	배가 오자 한 두 사람 동쪽 나루 드는구나
將歸更折蒼松樹	돌아가 다시금 푸른 솔을 꺾으리니
疑向蓬丘遭所親	봉래산 향해 가서 친한 이를 만나리라

—〈登亥嶺〉

신비한 선계의 묘사는 등선(登仙)하고자 하는 강렬한 욕망의 다른 표현이며, 생로병사 등 유한한 인간이 안고 있는 숙명과 현실, 이상 사이에서의 괴로움, 한계 등으로 인해 비상할 수 없는 좌절을 안고

---

49) 조영임, 앞의 논문, 209쪽.

현세를 살아가는 시인에게 자유와 탈속을 향한 일종의 탈출구의 역할을 하고 있음은 분명하다. 다시 말하면 중세적 현실의 좌절과 갈등에서 빠져 나오려는 통로를 유선의 방식을 통해 발견하려 했던 것이다.[50] 이 시에서도 시인은 현실세계가 고통만이 있다는 부정적인 심리를 보여 주는데 이는 좌절과 갈등에서 기인하는 것이라고 할 수 있다. 자신의 현실세계에서 그 어떤 가능성도 보이지 않지만 그곳에서 벗어나고 싶은 강렬한 욕구는 봉래산이라는 선적인 공간을 통해서 표출하게 되었던 것이다.

5. 백광홍의 문예적 특질

백광홍은 〈관서별곡〉을 창작하여 조선조 가사문학의 촉진을 가져왔고 이로 인해 국문학 발전에 큰 공을 세웠다. 오늘날에도 백광홍의 〈관서별곡〉이 가사문학에 끼친 영향을 높이 평가하고 이를 기행가사의 효시로 이야기한다. 그러나 그가 이른 나이에 생을 마감하였고, 그의 아우 백광훈에 가리어져서 그 문학사적 위상이 크게 평가받지는 못한 것은 사실이다. 다만 〈관서별곡〉에서는 이미 시대를 앞서고 있는 위정자로서의 역할과 통찰력, 민에 대한 남다른 관심과 시선이 나타나 있다.

지금까지 백광홍은 한시 작가로서 그 위상이 드러나지 않았다. 기봉은 우리 문학사를 빛낸 사대부 문인들과 정서적인 교류를 하고 거기서 받은 감화를 바탕으로 현실에 대한 안목을 세련되게 다듬고 열매를 맺게 하였다. 그의 한시에서는 유자로서 현실에 대한 관심

---

50) 정민, 『초월의 상상』, 휴머니스트, 2002, 165쪽.

과 거기에서 수반되는 여러 갈등을 슬기롭게 풀어 나갔다. 또한 현실에서 느끼는 괴리감을 신선사상이라는 낭만적인 방법을 통해서 풀어 나가고자 하였다.

뿐만 아니라 정철의 〈관동별곡〉 창작에 있어 지대한 영향을 미쳤던 〈관서별곡〉은 현실을 바라보는 따뜻한 시선과 인간애가 나타나며 이는 그의 작품을 지탱시키는 가장 큰 원동력이라는 사실을 부인할 수 없다. 특히 16~17세기 우리 문단이 유독 호남출신 문인들에 의해 주도되었던 사실은 흥미를 준다. 쟁쟁한 문인들이 한 지역에서 한꺼번에 쏟아져 나와 종적 횡적 연대를 가지면서 한 시대 문풍(文風)을 이끌었는데, 여기서 중추적인 역할을 하였던 것은 장흥문학이라고 해도 과언이 아니다.

백광홍은 36세로 짧은 생애를 마치면서 31세까지는 장흥의 사자산 밑 기산에서 살았다. 어느 경우에든지 그의 작품 대부분에는 인에 곡진하다는 특성이 공통적으로 배어 있다는 사실은 짧은 생애를 살았지만 위정자이자 시재가 돋보이는 문인이요 감성이 풍부한 풍류인이기도 했다는 사실에서 알 수 있다. 그는 사대부 문인이지만 여러 다채로운 모습을 지니고 있었음을 확인 할 수 있었다. 그러므로 〈관서별곡〉과 그의 문학세계는 백광홍이 태어나면서부터 가꿔온 시인으로서의 정서와 사상 등의 모든 요소가 응집되어 있고 현실에 대한 저항의지와 자신의 울분을 삭힐 수 있는 유인한 통로였다는 것을 알 수 있다.

이 논문에서는 기봉 백광홍의 현실인식을 모색하면서 작품세계를 살펴보려고 했지만 작품이 지닌 독자성과 작가의식을 끌어내어 차별화 시키는 데까지는 나아가지 못하였기에 보다 세밀하게 작품을 분석하는 후속 작업이 이어져야 할 것이라 여겨진다.

∴ 참고문헌

1. 기본자료

『기동악부』

『명은집』

『삼국사기』

『삼국유사』

『해동악부』

2. 단행본

김동욱, 『한국가요의 연구』, 을유문화사, 1951.

김상준, 『신화로 영화읽기 영화로 인간읽기』, 세종서적, 1999.

김승옥, 『향가문학론』, 새문사, 1986.

김영숙, 『한국영사악부』, 경산대학교 출판부, 1998.

김용규, 『도덕을 위한 철학통조림, 달콤한 맛』, 푸른그대, 2005.

김윤식, 『역사의 그늘 문학의 길』, 한길사, 2008.

김윤정, 『한국현대소설과 현대성의 미학』, 국학자료원, 1998.

김종우, 『향가문학연구』, 이우출판사, 1983.

김주연, 『뜨거운 세상과 말의 서늘함』, 솔출판사, 1994.

김한식, 『소설의 시대』, 미다스북스, 2010.

김현룡, 『한국 고설화론』, 새문사, 1984.

김현숙, 『두 코드를 가진 문학 읽기』, 청동거울, 2003.

나정순, 『고전시가의 전통과 현재성』, 보고사, 2008.

_____, 『우리 고전 다시 쓰기』, 삼영사, 2005.

박노준, 『신라가요연구』, 열화당, 1989.

_____, 『향가여요의 정서와 변용』, 태학사, 2001.

박범신, 『은교』, 문학동네, 2011.

백수인, 『기봉 백광홍의 생애와 문학세계』, 시와 사람, 2004.

백원철, 『낙하생 이학규 문학연구』, 보고사, 2005.

설성경, 『구운몽 연구』, 국학자료원, 1999.

김수민, 신장섭 역, 『한국 「기동악부」 주해』, 국학자료원, 1997.

안대회, 『18세기 한국 한시사 연구』, 소명출판사, 1999.

안치운, 『연극과 기억』, 을유문화사, 2007.

안토니 이스트호프, 임상훈 역, 『문학에서 문화연구로』, 현대미학사, 1996.

에드워드 쉴즈, 김병서·신현순 역, 『전통』, 민음사, 1992.

윤영옥, 『신라시가의 연구』, 형설출판사, 1988.

이금희, 『한국 문학과 전통』, 국학자료원, 2010.

이기담, 『온달바보가 된 고구려 귀족』, 푸른역사, 2004.

이재선, 『향가의 이해』, 한국학술정보, 2003.

일 연, 이가원·허경진 역, 『삼국유사』, 한길사, 2006.

임형택, 『우리 고전을 찾아서: 한국의 사상과 문화의 뿌리』, 한길사, 2007.

장 보드리야르, 하태환 역, 『시뮬라시옹』, 민음사, 2007.

장진호, 『신라향가의 연구』, 형설출판사, 1996.

정　민,『국역 기봉집』, 역락출판사, 2004.

_____,『초월의 상상』, 휴머니스트, 2002.

조동일,『구비문학의 세계』, 새문사, 1980.

채새미,『한국 현대 희곡의 샤머니즘 수용 연구』, 푸른사상, 2002.

최　철,『신라가요연구』, 정음사, 1979.

_____,『향가의 문학적 해석』, 연세대학교 출판부, 1990.

_____,『한국민요학』, 연세대학교 출판부, 1998.

최정선,『신라인들의 사랑(문학 이야기)』, 프로네시스, 2006.

하경숙,『한국 고전시가의 후대 전승과 변용 연구』, 보고사, 2012.

해석과 판단 비평공동체,『문학과 문화디지털을 만나다』, 산지니, 2008.

황위주,『조선전기 악부시 연구』, 고려대학교 박사논문, 1989.

황패강,『일연작품집』, 형설출판사, 1982.

3. 논문

강명혜,「고전문학의 콘텐츠화 양상 및 문화콘텐츠를 위한 수업모형」,『우리문학연구』제21집, 2006.

_____,「단군설화 새롭게 읽기」,『동방학』13집, 한서대학교 부설 동양고전연구소, 2005.

_____,「삼국유사의 언술방식」,『온지논총』28권, 온지학회, 2011.

_____,「지역 설화의 의미, 특성 및 스토리텔링화」,『퇴계학 논총』20권, 퇴계학회, 2012.

강석중,「옥봉 백광훈의 시세계」, 한국한시학회, 2001.

강진옥,「열녀전승의 역사적 전개를 통해 본 여성적 대응양상과 그 의미」,『여성학논집』제12집, 이화여자대학교 한국여성연구원, 1995.

강혜선,「구애의 민요로 본 서동요」,『한국고전시가작품론』1, 집문당, 1992.

곽기남, 「점필재 악부시에 형상된 풍교의식 연구」, 창원대학교 석사논문, 2009.

구명숙, 「김후란 시에 나타난 '가족'의 의미와 현실인식: 『따뜻한 가족』을 중심으로」, 『한국사상과 문화』 제51권, 한국사상문화학회, 2010.

구사회, 「헌화가의 자포암호와 성기신앙」, 『국제어문』 38집, 국제어문학회, 2006.

김갑기, 「慕賢 모티프: 「讚耆婆郞歌」와 「蜀相」을 中心으로」, 『한국사상과 문화』 제25집, 한국사상문화학회, 2004.

김균태, 「한국악부시 연구」, 『한국어교육학회지』 65·66호, 한국어교육학회, 1989.

김동준, 「고봉 기대승의 시세계」, 한국한시작가연구, 2004.

김미나, 「악부의 발화양상 연구」, 『반교어문연구』 19호, 반교어문학회, 2005.

김병권, 「제의성을 통한 「헌화가」와 「해가」의 연구」, 단국대학교 석사논문, 2002.

김선영, 「금오신화에 나타난 환상성 고찰」, 전북대학교 석사논문, 2007.

김성기, 「〈도천수대비가〉 연구」, 『고시가연구』 10권, 한국고시가문학회, 2002.

_____, 「백광홍의 관서별곡과 기행가사」, 한국고시가문학회, 2004.

김영숙, 「영사악부의 설시녀, 도미처 전의 수용 양상」, 『한국의 철학』 34권, 경북대학교 퇴계연구소, 2004.

_____, 「이복휴의 역사의식과 해동악부의 포폄양상」, 『대동한문학회지』 15집, 대동한문학회, 2001.

_____, 「현대소설에 나타난 설화의 변용 양상 연구: 〈아랑은 왜〉(김영하)와 〈처용단장〉(김소진)을 중심으로」, 숭실대학교 석사논문, 2010.

김영숙 외, 「악부의 온달열전 수용양상」, 『온달문학의 설화성과 역사성』, 박이정, 2000.

김영지, 「'소외'의 감옥에 갇힌 현대인들: 원고지와 동물원 이야기를 바탕으로」, 『동서비교문학저널』 제24호, 한국동서비교문학학회, 2011.

김옥란, 「여성연극의 상업성과 진정성: 여성 극작가 김숙현을 중심으로」, 한국 미래문화연구소, 『문화변동과 인간 그리고 문화연구』, 깊은샘, 2001.

김은수, 「16세기 호남 한시의 특성」, 한국고시가문학회, 1998.

김정혜, 「최인훈 패러디 희곡연구」, 숙명여자대학교 석사논문, 1997.

김종서, 「기봉 백광홍과 호남시단」, 한양대학교 한국학연구소, 2004.

김풍기, 「고전문학 작품의 정체성과 그 현대적 변용」, 『고전문학연구』 제30집, 한국고전문학회, 2006.

김혜정, 「고소설 『설공찬전』의 현대적 변용 양상 연구」, 서경대학교 석사논문, 2005.

김혜진, 「향가의 서정성 연구」, 서울여자대학교 박사논문, 2005.

김효림, 「삼국시대 서사문학연구: 삼국사기·삼국유사에 나타난 통치자의 형상을 중심으로」, 강남대학교 박사논문, 2012.

김효림, 「삼국시대 서사문학연구: 삼국사기·삼국유사에 나타난 통치자의 형상을 중심으로」, 강남대학교 박사논문, 2012.

류근안, 「관서별곡과 관동별곡의 비교연구」, 한국어문교육연구회, 2000.

류병윤, 「〈서동요〉의 형성과정」, 『고시가연구』 24집, 한국고시가문학회, 2009.

문아름, 「도화녀 비형랑 조의 서사구조와 의미연구」, 한양대학교 석사논문, 2012.

박 미, 「관서별곡과 관동별곡의 비교연구」, 조선대학교 석사논문, 2002.

박미정, 「향가의 기원성에 대한 유형적 고찰」, 대구교육대학교 석사논문, 2009.

박성규, 「이인로의 시세계 소고」, 한문교육연구, 2006.

박성철, 「정채봉 동화 『오세암』과 애니메이션 「오세암」 비교연구」, 부산교육대학교 석사논문, 2008.

박영주, 「송강 교유시 연구」, 한국고시가문학회, 2006.

박종훈, 「기봉 백광홍의 시세계와 인사상」, 한양대학교 한국학연구소, 2004.

박철상, 「백광홍 내사본 선시의 내사적 의미」, 한양대학교 한국한연구소, 2004.

박혜숙, 「이학규의 악부시와 김해」, 『한국시가연구』 제6집, 한국시가학회, 2008.

_____, 「형성기의 한국악부시 연구」, 서울대학교 박사논문, 1989.

서철원, 「삼국유사 향가에서 수용의 문맥과 서정주체」, 『한국문학이론과 비평』
제37집, 한국문학이론과 비평학회, 2007.

석진주, 「이복휴 시에 나타난 삶과 의식」, 『Journal of Korean Culture』 17, 한국어
문학국제학술포럼, 2011.

신배섭, 「향가문학에 나타난 '갈등'과 '화해' 양상 연구: 『삼국유사』 소재 14수를
중심으로」, 수원대학교 박사논문, 2008.

신장섭, 「김수민의 「기동악부」 연구」, 건국대학교 박사논문, 1993.

_____, 「영사악부를 통한 찬양감계적 유형 고찰」, 『인문과학연구』 30집, 강원대
학교 인문과학연구소, 2011.

신재홍, 「신라사회의 모성과 향가」, 『한국고전여성문학연구』 14권, 한국고전여
성문학회, 2007.

신태주, 「도화녀 비형랑 설화의 구성원리와 대칭적 세계관」, 『한민족어문학』
제45호, 한민족어문학회, 2004.

심재호, 「하이데거 철학으로 본 오정희의 「동경」 연구」, 『국어문학』 50권, 국어
문학회, 2011.

심치열, 「구활자본 애정소설 〈약산동대〉의 서사적 측면에서 본 양상」, 『한국고
전여성문학 연구』 제8집, 한국고전여성문학회, 2004.

오지원, 「처용설화의 현대적 변용연구」, 아주대학교 석사논문, 2007.

유영혜, 「귤산 이유원 연구: 문화,예술 취향을 중심으로」, 이화여자대학교 석사
논문, 2007.

유육례, 「〈서동요〉의 현대적 변용」, 『고시가연구』 21집, 한국고시가문학회,
2008.

윤종선, 「〈심청전〉의 현대적 수용 양상 연구」, 고려대학교 박사논문, 2011.

이국진, 「이학규 시세계의 한 국면」, 한국어문학국제학술포럼, 2007.

이남희, 「논평 1: 문화콘텐츠로서의 인문학」, 『고전문학연구』 제25집, 한국고전
　　　문학회, 2004.

이명현, 「문화콘텐츠 스토리텔링 소재로서 고전서사의 가치」, 『우리문학연구』
　　　25집, 우리문학회, 2008.

_____, 「설화 스토리텔링을 통한 구미호 이야기의 재창조」, 『문학과 영상』 제13
　　　권 1호, 문학과 영상학회, 2012.

이상보, 「관서별곡연구」, 국어국문학회, 1963.

이상설, 「삼국유사 인물설화의 소설화 과정 연구」, 명지대학교 박사논문, 1995.

이상진, 「문화콘텐츠 '김유정' 다시 이야기하기: 캐릭터성과 스토리텔링을 중심
　　　으로」, 『현대소설연구』 48권, 한국현대소설학회, 2011.

이상호, 「성설을 통한 현대인의 삶의 분석」, 『유교사상연구』 제35집, 한국유교학
　　　회, 2009.

이완형, 「〈찬기파랑가〉에 숨겨진 의도와 노래의 기능」, 『어문학』 제96집, 한국
　　　어문학회, 2007.

이은경, 「죽음과 노년에 대한 문학적 연구: 김태수 희곡작품을 중심으로」, 『드라
　　　마연구』 제36호, 드라마학회, 2012.

이정옥, 「숭악 임창택의 「해동악부」에 관한 연구」, 성균관대학교 석사논문,
　　　1998.

이창민, 「향가 현대시화의 맥락과 의미: 〈헌화가〉 관련 현대시 유형 분류」, 『한
　　　국문학이론과 비평』 제37집, 한국문학이론과 비평학회, 2007.

임채용, 「백광훈의 작품세계」, 중국어문논총, 1993.

장성진, 「서동요의 형성과정」, 『한국전통문화연구』 제2집, 대구효성가톨릭대학
　　　교 인문과학연구소, 1986.

장혜전, 「현대희곡의 소재 수용에 관한 연구: "호동설화"와 "세조의 왕위찬탈"을
　　　소재로 한 희곡을 중심으로」, 이화여자대학교 박사논문, 1988.

장희구, 「기봉 백광홍의 시문학 연구」, 조선대학교 박사논문, 1996.

전영선, 「고전소설의 현대적 전승과 변용」, 한양대학교 박사논문, 2000.

정 민, 「기봉 백광홍의 인간과 문학세계」, 한양대학교 한국학연구소, 2004.

정수현, 「대중매체의 설화수용 방식」, 『한국문예비평연구』 19, 한국현대문예비 평학회, 2006.

정운채, 「〈하생기우전〉의 구조적 특성과 〈서동요〉의 흔적들」, 『한국시가연구』 제2집, 한국시가 연구회, 1997.

정효구, 「작가와 독자 그리고 텍스트」, 박찬기 외, 『수용미학』, 고려원, 1992.

조영임, 「삼당시인의 '선계동경'에 대한 소고」, 한국한시학회, 2004.

조현정, 「온달설화의 현대적 변용양상」, 아주대학교 석사논문, 2007.

최재남, 「민요계 향가의 구성 방식과 사랑의 표현: 〈서동요〉와 〈헌화가〉의 대비」, 『반교어문연구』 29집, 반교어문학회, 2010.

최재봉, 「고종석의 초기작품들」, 『나비』, 책읽는 사회 문화재단, 2009.

표정옥, 「불교 감성교육의 텍스트로써 『삼국유사』의 비판적 상상력과 창의성 연구」, 『선문화연구』 13집, 한국불교선리연구원, 2012.

_____, 「『삼국유사』 스토리텔링의 문화콘텐츠 생성 욕망과 신화적 독서의 생산 성 연구」, 『동방학』 27권, 동양고전연구소, 2013.

하경숙, 「〈공무도하가〉의 현대적 변용 양상」, 『동양고전연구』 제43권, 동양고전 학회, 2011.

_____, 「〈서동요〉의 후대적 수용 양상과 변용 연구」, 『온지논총』 제33권, 온지 학회, 2012.

_____, 「〈헌화가〉의 현대적 변용 양상과 가치」, 『온지논총』 제32권, 온지학회, 2012.

_____, 「헌화가의 현대적 변용 양상과 가치」, 『온지논총』 32권, 온지학회, 2012.

_____, 「고대가요의 후대적 전승과 변용 연구: 〈공무도하가〉·〈황조가〉·〈구지 가〉를 중심으로」, 선문대학교 박사논문, 2011.

한영란, 「동요 개념의 전개양상 연구: 1910년대 이전의 문헌에 나타난 '동요'

　　　인식을 중심으로」, 『어문학』 85권, 한국어문학회, 2004.

함귀남, 「삼국시대 인물서사의 후대적 재현·변모 양상: 악부의 애정모티프를
　　　중심으로」, 이화여자대학교 석사논문, 2008.

황위주, 「조선전기 악부시 연구」, 고려대학교 박사논문, 1989.

＿＿＿, 「악부시의 개념과 양식적 특징」, 『선비문화』 12호, 남명학회, 2007.

1. 작품